AF194319

Das Buch

Ein Urlaub war genau das, was Lara brauchte. Mit ihrer besten Freundin Emma landete sie auf einer paradiesischen Insel im Indischen Ozean.

Abschalten und Kraft tanken, hatte sie sich vorgenommen. Die Trennung von ihrem Ex lag ihr noch schwer im Magen. Im Job hatte sie auch eine herbe Enttäuschung erleben müssen. Also Ruhe und einfach nur entspannen.

Doch es kam anders. Denn Lara hatte nicht damit gerechnet, dass sie sich gerade auf dieser Insel Hals über Kopf verlieben würde. Blöd nur, dass dieser Typ so gut wie verheiratet war.

So schnell wollte sie jedoch nicht aufgeben und gemeinsam mit Emma entschied sie sich dazu, gleich nach ihrer Rückkehr von der Insel auf seiner Hochzeit aufzutauchen. Was sich hingegen als großer Fehler herausstellte.

Damit hätte die Geschichte auch zu Ende sein können. Aber sie fing gerade erst an.

Die Autorin

Ramona Mosser wurde 1986 in Kärnten geboren und hat Psychologie studiert. Die Ausbildung zur Klinischen und Gesundheitspsychologin absolvierte sie in Graz. Derzeit lebt und arbeitet sie in Salzburg. Sie ist gerne auf Reisen, um Inseln und Städte zu erkunden. Sie liebt es, ins Theater zu gehen und hört gerne Musicals und Jazz. Bei *Absolut (k)ein Liebesroman* handelt es sich um ihren Debütroman.

Ramona Mosser

Absolut (k)ein Liebesroman

#sowasvonamSand

© 2021, Ramona Mosser
Herstellung und Verlag: BoD – Books on Demand, Norderstedt
ISBN: 9783753454191

Teil eins

Daaru, Daaru, wir fahren nach Daaru!

»Das ist ja nicht normal!« Ich konnte nur mehr den Kopf schütteln. Meine Verwunderung war grenzenlos und ich bekam mich nicht mehr ein.

»Was hast du denn, Lara? Das ist doch toll!«

Toll? Was war denn daran toll? Es war einfach nur dämlich und an Infantilität nicht zu überbieten.

»Du bist ja wohl die Einzige, meine liebe Lara, die sich davon gestört fühlt.«

Ich blickte mich um und musste zugeben, dass Emma recht hatte. Niemand starrte sie auch nur ansatzweise an, jeder war mit sich selbst beschäftigt.

Okay, ich musste mich einfach nur entspannen. Endlich mal runterkommen, was mir echt schwer fiel und gerade hier mitten im Paradies sollte das doch möglich sein. Also gut, ich versuchte mich auf das Hier und Jetzt zu konzentrieren. Ich fühlte den feinen weißen Sand unter meinen Füßen, der sich ähnlich wie Mehl anfühlte. Zumindest dachte ich, dass sich Mehl zwischen den Füßen so anfühlen könnte. Schließlich war ich mit meinen Füßen noch nie in einem Sack voller Mehl und das letzte Mal als ich Mehl zwischen meinen Händen hielt, lag schon eine Zeitlang zurück. Schnell schüttelte ich diesen Gedanken wieder ab - Also: Das Hier und Jetzt! Der Sand! Der Wind, der durch die Blätter der Palmen fährt und der einen frischen Duft von Wassermelonen mit sich bringt. Ich atmete diesen Duft ganz tief ein und schloss kurz meine Augen. Als ich mich entspannt genug fühlte, öffnete ich sie wieder. Mein Blick glitt weit hinaus auf den Horizont, wo der Indische Ozean und der blaue wolkenlose Himmel miteinander verschmolzen. Viele Menschen schwärmen immer von der Sonnenuntergangsstimmung am Meer. Aber ich dachte mir, dieser Moment ein paar Stunden bevor die Sonne untergeht, ist auch nicht zu verachten. Auf einmal hatte ich es geschafft, ich vergaß alles um mich herum. Die Zeit stand still und mir wurde bewusst, dass ich im Paradies gelandet war. Eine Welle, die meine Beine umspülte, riss mich aus den Gedanken und mein Blick streifte vom Horizont zurück an den Strand, unterbrochen von einer Unstimmigkeit im Bild für die Emma verantwortlich war und ich merkte wieder, wie mein Puls höher schlug und meine Atmung schneller wurde. Werde ich mich in den nächsten Tagen wirklich daran gewöhnen? Wird Emma von diesem Ding jemals wieder herab steigen oder werde ich es in einer nächtlichen Aktion eliminieren müssen? Ich wusste es nicht. Ich wusste bloß, dass Emma mich mit diesem stupiden aufblasbaren Rieseneinhorn wahnsinnig machte.

»Lara? Alles okay mit dir?« Noch vor einer Minute hatte sich Emma auf diesem Ungetüm im Wasser treiben lassen. Sie schien jedoch mein sorgenerfülltes Gesicht gesehen zu haben und kam mit diesem Riesen-Gummiding auf mich zugelaufen. Durch ihre große dunkle Sonnenbrille, die mich etwas zu sehr an Audrey Hepburn erinnerte, sah sie mich an.

Ich stammelte herum und wollte ihr sagen, dass sie sich keine Sorgen machen sollte. Was jedoch wirklich aus meinem Mund kam, war mir ein Rätsel, weil Emma ganz plötzlich lauthals zu lachen begann. Immer wieder erstaunte mich die Tatsache, woher so viel Kraft aus diesem zierlichen Wesen kam, wenn sie erstmals richtig loslegte.

»Oh Mann, Lara! Ich hab keine Angst um dich, aber der Wahnsinn stand dir ins Gesicht geschrieben. Außerdem stehst du schon eine halbe Stunde auf demselben Fleck.«

Eine halbe Stunde? Mir kam es wie fünf Minuten vor. Ach herrje, ich sollte mich endlich mal entspannen.

»Ja, Lara, das solltest du! Entspann dich!«

Okay? Was war das? Emma und ich kennen uns schon wirklich verdammt lange, aber wieso konnte sie auf einmal meine Gedanken lesen? »Emma? Wieso kannst du meine Gedanken lesen?«

Emma blinzelte ein paar Mal zu oft hintereinander und ich sah ihr an, dass sie jetzt nicht genau wusste, ob einen Lachkrampf zu bekommen das Richtige in diesem Moment wäre. Irritiert antwortete sie: »Naja, weil du das ja gesagt hast und ich dich nur bestätigen wollte.«

Nach einem Nüchternen: »Ach ja, ja dann... danke«, konnten wir uns nicht mehr halten und lagen lachend auf dem Boden.

Nachdem wir uns vom kollektiven Lachkrampf erholt hatten, schleppten wir uns abermals ins Wasser und konnten nun wirklich noch die Sonnenuntergangs-stimmung auskosten, bevor wir zu unserem Water Bungalow zurückkehrten und uns für das Abendessen zurechtmachten. Als hätte Emma mich mit ihrer Sonnenbrille heute nicht schon genug an *Breakfast at Tiffany's* erinnert, zog sie nicht nur das kleine Schwarze an, sondern auch umgehend alle Blicke auf sich, sobald wir das Restaurant betraten. Sehr zum Leidwesen frisch angetrauter Ehefrauen drehten sich da ein paar Köpfe zu weit um, wenn Emma an ihnen vorüber ging. Für mich ist es immer ein wahrer Genuss mit ihr unterwegs zu sein. Ich konnte mich so oft ich wollte, unbeobachtet zum Buffet schleichen und mir tonnenweise Essen auf den Teller laden. Das lob ich mir doch! Was glaubt ihr, wie es da Emma ginge, wenn sie sich fette Steaks und Pommes auf den Teller schaufeln würde? Mein Gott, sie wäre da ganz schnell - nicht die Kleine mit dem *petite robe noire*, die so sexy ist, sondern die Kleine, die so viel isst. Dann lieber die, die niemand sieht.

Ich war zynisch geworden, das gebe ich zu. Der Vorschlag von Emma, ich sollte doch mit ihr gemeinsam auf die Insel fahren, kam zwar unerwartet, aber genau zur rechten Zeit. Zu Hause würde mich niemand vermissen. Und ich dachte mir auch, Hauptsache weg. Am liebsten gleich ganz weit weg. Zudem gesellte sich noch ein wenig Schadenfreude dazu, denn Emma hatte mich ausgewählt, um mit ihr den Urlaub zu verbringen. Nicht ihren doofen Freund. Ich wertete es als gutes Zeichen, bald würde sie ihn absägen. Möglicherweise hatte sie aber auch bloß Mitleid mit mir? Er muss doch regelrecht getobt haben, als er erfuhr, dass ihre Wahl auf mich fiel. Wir konnten uns einfach nicht ausstehen und je eher Emma merkte was für ihr ein Idiot er doch war, umso besser auch für sie. Dann kann sie sich einen Mann angeln, der ihrer würdig ist. Er passte einfach nicht zu ihr und er passte schon gar nicht zu uns. Wir kannten uns beinahe schon ein Leben lang, während unserer Kindheit und Jugend verbrachten wir unentwegt Zeit miteinander. Fast hätte man sagen können, wir wären wie Schwestern. Aber ich habe gesehen, wie Schwestern sein können. Die können sich schlagen und neidisch aufeinander sein. Als Einzelkind, griff ich hier lediglich auf meine Beobachtungen zurück. Wir zwei waren miteinander verbunden. Sogar die Pubertät und alles was dazu gehörte, durchlebten wir gemeinsam. »Was passiert da mit meinem Körper?«, flüsterten wir uns angstvoll zu und hielten uns zum Trost im Arm. Unsere Eltern waren nicht auf die Idee gekommen, uns aufzuklären. Diese Aufgabe übernahmen die Mädchenzeitschriften, die wir mit einem gewissen Voyeurismus gelesen hatten. Selbst heute konnte ich noch nicht sagen, welche Art der Aufklärung uns mehr schockiert hätte. Mit dem Schrecken entkamen wir schließlich der Pubertät und waren nun endlich erwachsen. Klar, ein Kind zu sein war toll, aber ein Teenager? Danke, aber nein danke, diese Erfahrung brauchte ich nicht noch einmal. Nun wäre es an der Zeit gewesen, ein erwachsenes Leben zu führen. Ein Leben, in welchem wir Partner hatten und ab sofort zu viert durchs Leben gingen. Mit so einer Spaßbremse an Emmas Seite wurde aus einem erwachsenen Leben ganz schnell ein langweiliges Leben. Abgesehen davon war ich ohnehin Single und für Emma stand fest, dass wir in ein bestimmtes Alter kamen. Jeder von uns kam im Laufe seines Lebens immer wieder in ein bestimmtes Alter. Wenn man zum Beispiel aufs Töpfchen gehen sollte oder in das Alter, wo es plötzlich unpassend war, wenn du noch ins Töpfchen machtest. Da gab es ein Alter, da warst du zu jung, um dich zu schminken und irgendwann kommst du in das Alter, da solltest du dein Gesicht unbedingt hinter Make-up verstecken. Oder was ist mit dem Fragen stellen? Deine Eltern bläuen dir ein, dass du sie bei jeder Kleinigkeit um Erlaubnis fragen sollst und in der Arbeit heißt es dann *Sei selbstständig*. Mit dreißig Jahren war man im besten Alter um Kinder zu bekommen, wenn man mal die Fünfzig erreicht hatte, war das nicht mehr so passend, auch wenn es medizinisch noch im Rahmen des Möglichen läge. Nun erreichten wir ein Alter, würde Emma einwerfen, in dem wir uns in einer festen Beziehung befinden sollten, die wir nicht so leichtfertig hinwarfen bei der kleinsten Unstimmigkeit. Natürlich sagte sie mir das nicht direkt, ich hatte gerade eine Trennung hinter mir und sie war keineswegs unsensibel. Dennoch sah ich eine aufblitzende Angst in ihren Augen, die ganz schnell von einem Übermaß an Erleichterung abgelöst wurde, die besagte, dass sie nicht diejenige war, die überbleiben würde. Da war es also -

das bestimmte Alter, welches man zunehmend erreichte, wenn man auf die Dreißiger zuging. Die Glücklichen heirateten und die, denen es an Alternativen mangelte, blieben zusammmen. Es ist wie eine Reise nach Jerusalem. Pech für dich, wenn du nicht schnell genug warst, als die Musik ausging. Und den Zenit des Problems haben wir hier noch nicht mal annähernd erreicht. Nicht das Singledasein ist das große Thema. Denn so ein Topf findet schon noch seinen Deckel. Die Degradation zum Single, wenn du den sicheren Hafen verlässt und auf die Vierzig zusteuerst. Wer bleibt dann noch übrig, wen fischt man da noch aus der See? Nun gut, in erster Linie befand ich mich noch in sicheren Gewässern und außerdem kam ich doch gut alleine zurecht. Ich brauchte weder einen Mann, noch brauchte ich eine geheuchelte Liebe.

Diese Gedanken kamen mir auf einem der romantischsten Flecken der Erde. Vielleicht schleppte mich Emma auch gerade deshalb mit, damit ich wieder an die Liebe glauben konnte.

Der Tag vor der Abreise

Endlich raus hier, Koffer packen und dann ab, dachte ich mir noch vor ein paar Tagen, vor der Abreise. Ich war voller Vorfreude und Tatendrang und dann kamen ganz viele und unaufschiebbare Dinge dazwischen. Da hatten wir beispielsweise die Vorhänge, die seit einem Jahr nicht gewaschen worden waren und ich hatte so das Gefühl, dass sie keine drei Wochen mehr ungewaschen an der Stange hängen bleiben konnten. Keinen einzigen Tag mehr! Mich überkam der Gedanke, dass sie das nicht überstehen würden. Die Vorhänge waren in der Waschmaschine und dann überkam mich weitere Panik - so ein ähnliches Gefühl, das Eltern überkommen mag, wenn sie ihr Kind irgendwo vergessen hatten. Inständig wagte ich zu hoffen, Eltern würden ihre Kinder nicht einfach so vergessen. Aber dies nur zur Veranschaulichung meines Dilemmas. Also, eine fluchtartige Panik überkam mich, als mein Blick über das Bett streifte. Haha von wegen Blick über das Bett streifen, wohin soll denn mein Blick streifen, wenn die Bude so klein ist, dass sie vom Bett komplett ausgefüllt ist. Wenn ich nicht die Bettlaken und alles drum herum wasche, dann werde ich vermutlich von den fleischfressenden Ungeheuern, die sich aus den mikroskopisch kleinen Milbentierchen entwickeln, gleich nach der Rückkehr aus meinem Urlaub aufgefressen werden. Daher klingeln bei der Nachbarin und fragen, ob ich Waschmaschine und Trockner benutzen darf. Tja noch bin ich soweit bei Sinnen, dass ich an die Zeiteffizienz denke. Julia, meine Nachbarin sah mich entgeistert hat, schien aber zu höflich zu sein um mir zu sagen, dass ich mich zum Teufel scheren soll. Schließlich war sie es schon gewohnt von mir, dass ich mich zu den unmöglichsten Uhrzeiten bei ihr meldete und das unmöglichste Zeug wie Mehl oder Zucker von ihr verlangte. Ich buk vielleicht zwei oder drei Mal im Jahr, aber wenn, dann weil ich wieder mal einen Geburtstag vergessen hatte und dachte, was Selbstgebackenes kommt waaahnsinnig gut an. Oder ich einfach spontan sein wollte. Oder ich alleine keinen Wein trinken wollte und dafür Julia dann herhalten musste. Also, es gab so einige Gründe, um bei Julia zu läuten. Die Sache mit dem Wein kam jedoch durchaus häufiger vor. Aber nur ein Mal wollte ich eigentlich Wein, endete stattdessen tatsächlich mit dem Backen von Muffins. Alles, weil Julia einen Mann in ihrem Bett hatte. Wir saßen so an ihrer Küchentheke und ich wunderte mich schon darüber, sie so früh im Pyjama angetroffen zu haben, als plötzlich ganz unaufgeregt ein Adonis von einem Mann aus ihrem Schlafzimmer ins Badezimmer spazierte. Ich fragte sie stumm und sie antwortete mir lediglich mit einem kurzen Schulterzucken. Tja, die Kleine konnte einfach nicht

Nein sagen. Und das im doppeldeutigen Sinn. Weder bei der lästigen Nachbarin, die Mehl brauchte, noch - wie ich später erfahren durfte - beim Kerl, dessen Mutter zwei Stockwerke unter uns wohnte. Nachdem ich mich an diesem Abend dann selbst fluchend aus ihrer Wohnung geworfen hatte: »Oh Mann, sag doch das nächste Mal etwas. Ich habe euch gestört oder? Oh nein, ich will es gar nicht wissen.« Aber ich wusste es. Gefrustet von der Tatsache, dass ich wohl oder übel an diesem Abend niemanden hatte, an den ich mich schmiegen konnte, brauchte ich Schoko-Muffins. Immerhin machten sie vorübergehend mein Leid etwas erträglicher.

Vor ein paar Monaten war ich in die Wohnung eingezogen, da wuchs mir Julia mit ihrer offenen und herzlichen Art ganz schnell ans Herz. Als ich bei meinem Einzug und bei der gefühlt hundertsten Kiste, die ich die Stockwerke hochschleppte, da der Lift gerade an diesem Tag gewartet wurde, brach ich im Stiegenhaus schluchzend zusammen. Der erstbesten Person hatte ich mein Leid geklagt. Auf keinen besseren Menschen außer ihr hätte ich treffen können. Ich musste damals ein fürchterliches Bild abgegeben haben und im Gegensatz zu ihr hätte ich mich schnellstmöglich aus dem Staub gemacht. Julia jedoch sah mich mit ihrem weichen Blick an, schnappte sich meine Kiste und half mir - wieder im doppeldeutigen Sinn - auf die Beine. Später hatte sie mir erzählt, dass sie im ersten Moment wirklich nicht wusste, was sie von mir halten sollte, aber es kam ihr in den Sinn, dass es wohl besser wäre gleich zu Beginn abzuchecken, ob nun eine Irre ins Haus eingezogen war.

Als ich so nachdachte und auf meinem nackten Bett saß, wurde mir klar wie einsa... - verdammt, wie soll ich denn heute Nacht schlafen, wenn nun die Steppdecken auch noch in der Waschmachine waren. Die Vorhänge waren schneller fertig gewesen als gedacht, also hatte ich sie noch schnell mit den Steppdecken gefüttert. Den Steppdecken? Tatsächlich war es nur eine. Einzahl. Daran musste ich mich nach all diesen Monaten noch gewöhnen. Ich war keine Wir mehr, keine Eins-Plus-Eins, kein Teil eines Paares und auch keine Eine-Platte-Für-Zwei-Bitte mehr. Das war einerseits traurig und andererseits war die Trennung notwendig gewesen.

Der Urlaub, der da vor mir lag, war wie ein Schnitt und ich hatte das Bedürfnis nach einem Neuanfang. Emma fragte mich genau zum richtigen Zeitpunkt, ob ich sie nach Daaru begleiten wollte. Sie arbeitete in einem renommierten Reisebüro und es gehörte zu ihren Aufgaben, nicht nur sündteure Urlaube für betuchte Reisende zusammenzustellen, sondern auch hin und wieder mal selbst das Angebot zu testen und nachzugehen, ob Partnerbetriebe ihre Anforderungen auch erfüllten. In den meisten Fällen brachte ihre Arbeit sie nach Italien, auf eine griechische Insel oder nach Spanien. Aber dieses eine Mal schickte ihr Chef sie mitten in den Indischen Ozean und sie hatte mich dazu auserkoren, sie zu begleiten. Emma hatte ihren Traumjob gefunden. Schon seit jeher war sie ein Sprachenwunder und belegte auch schon in der Schule jedes Freie Wahlfach, das mit Sprache zu tun hatte. Es war zu jener Zeit, als sie feststellen musste, dass vereinzelte Klassenkameraden in den Ferien in weit entfernte Länder reisten und auf ein Flugzeug angewiesen waren. Sie hingegen war noch nicht mal in Italien gewesen. Ihre Eltern zeigten beim Thema Reisen keine Ambitionen. Einmal ging es im Urlaub an den nächstgelegenen See mit Campingplatz, den sie sogar zu Fuß erreicht hätten, wenn sie es gewollt hätte. Einfach nach Triest, auch mit Lignano & Co. hätte sie schon zufrieden geben.

»So weite Strecken fahren wir nicht mit dem Auto«, sagte der Vater.

»Wenn du die Organisation übernimmst - ich habe für so etwas keine Zeit«, sagte die Mutter und dachte damit wäre die Sache erledigt gewesen.

Doch Emma war vom Reisefieber bereits gepackt. In der Schule setzte sie sich in ihrer Pause zum einzigen Computer mit Internet, nahm mit Reiseveranstalter Kontakt auf und stellte mit ihren zwölf Jahren einen einwöchigen Urlaub zusammen. Natürlich musste sie auch das Budget der Eltern bedenken, das erschwerte ihr einiges. Das Hotel, in welchem sie unbedingt wohnen wollte, hatte kein hiesiger Veranstalter im Programm. Also würde sie dort einfach selbst anrufen, schließlich lernte sie schon seit einem Jahr Italienisch. Ein Zimmer in einem italienischen Hotel zu reservieren wäre nicht das eigentliche Problem gewesen. Das hatte sie beherrscht. Leider verstand sie kein einziges Wort außer »Pronto« und »Chi parla?« Ernüchtert hatte sie aufgelegt und die

Italienreise dahinschwinden sehen. Doch sie wäre nicht Emma, wenn sie nicht auch schon damals so hartnäckig gewesen wäre. Sie bettelte geradezu ihre Italienisch-Lehrerin an, ihr Nachhilfestunden zu geben. Emma erkannte in ihrer Verzweiflung nicht, dass sie Frau Huber, die viel lieber Signora Rossi geheißen hätte, damit sogar eine Freude machte. In ihrer bisherigen Laufbahn hatte die Lehrerin schon viel erlebt, aber niemals war sie von einer Schülerin angefleht worden, ihr etwas beizubringen.

Tatsächlich hatte sie die erste Reise ins Ausland für ihre Familie auf die Beine gestellt. Ihre Eltern glaubten nach wie vor noch nicht daran. An dem Tag, an welchem es mit der Reise los gehen sollte, standen sie mit ihren Koffern in der Hand - denn Rollkoffer gab es zu dieser Zeit noch keine - vor ihrem Haus und sahen mit offenstehendem Mund den Bus vor sich halten, der sie außerhalb ihrer Grenzen bringen sollten.

Das war der Beginn vieler Reisen nach Italien und von Jahr zu Jahr drangen Emma und ihre Eltern immer weiter in den Süden des Landes vor.

Obwohl ich ihre Reisen und den Anfang dieser unmittelbar mitbekam, liebte ich diese Geschichte. Das eine oder andere Mal durfte ich sogar mit ihnen nach Italien kommen. Emma wusste schon früh, was sie wollte und ich beneidete sie für ihre Leidenschaft. Schlussendlich war ich froh, dass sie sich mit der Arbeit in einem Reisebüro begnügte und mir nicht ganz abhandenkam. Für mich beinhaltete eine Reise immer eine Flucht vor etwas, doch für Emma lag die eigentliche

Motivation darin, etwas Unbekanntes zu entdecken und Neues zu erleben.

Die Begegnung

Es war hier auf der Insel fantastisch, ich wachte relativ früh am Morgen auf, trat vor die Tür, atmete die warme Meeresluft ein und fühlte mich so richtig entspannt. Ich tat einfach mal nichts oder zumindest nicht viel. Konzentrierte mich auf den Moment - auf das Hier und Jetzt - wie es die billigen Ratgeber über Achtsamkeit propagierten, die ich so gerne verschenkte. Jedem, der bei mir mit so einem Buch angekommen wäre, hätte ich es auf die Stirn geklatscht. Zuletzt landete dennoch so ein Ding in meinem Einkaufskorb. Und ich muss sagen, da ist schon ein Funke Wahrheit dran, was da so geschrieben stand. Nur eine Sache nach der anderen machen und dieser Sache, die man gerade macht, alle Bedeutung der Welt schenken. Ein- und Ausatmen - mit dem Unterschied, dass ich nun wirklich langsam daran glaube und wirklich entspannt bin, ohne krampfhaft zu versuchen, es zu sein.

Wenn ich mir diesen Moment, auf diesem wundervollen Stück Erde klar vor Augen führte, konnte ich mir gar nicht mehr vorstellen, warum mich der Alltag zu Hause dermaßen überforderte. Meine Arbeit war arbeitsreich, aber ich war nicht überlastet. Meine Freizeitaktivitäten waren ausgewogen, ich hatte also keinen besonderen Freizeitstress. Meine Familie war okay und mein Liebensleben nicht vorhanden. Alles war in Ordnung und bevor ich mich wieder absichtlich aus diesem Gefühl des Urvertrauens herauskatapultiere und griesgrämig wurde, schlüpfte ich in meine Laufshorts und startete die erste meiner zwei Runden um die Insel. Ich war keineswegs überambitioniert. Zwei Runden waren notwendig, um auf eine halbe Stunde Laufzeit zu kommen, wobei dies beim Barfußlauf durch den Sand anstrengend genug für mich war. Jeden Tag vor dem Frühstück gönnte ich mir einen morgendlichen Lauf, wenn es noch ruhig war und ich kaum Menschen zu Gesicht bekam. Wenn es noch ruhig war? Diese Inselgruppe war weithin dafür bekannt, dass sogar Tage damit verbracht werden konnten ohne einer Menschenseele zu begegnen. Du konntest dich im eigenen Bungalow, deinem eigenen kleinen Garten oder Whirlpool verschanzen, das Essen vor der Hütte abstellen lassen und du wurdest lediglich diskret darauf aufmerksam gemacht. Das war möglich, durchaus. Aber der Gedanke, das endlosscheinende Meer und die Insel gehörten einem ganz alleine und seien im Moment nur für einen selbst da, bekam man nur am Morgen.

Beim Laufen kamen nochmals die Gedanken von vorhin auf und wo ich meine Messlatte für Zufriedenheit und Glück anlegte: Arbeit, Freizeit, Familie, Partnerschaft. Da fragte ich mich, ob das denn alles sei. Das Leben ist doch keine Plus-Plus-und-Ist-Gleich-Rechnung, denn wo ein Plus, da auch ein Minus. Das Leben kann doch nicht nur an Äußerlichkeiten gemessen werden. Ich bekam das Gefühl, dass ich mich irgendwann im Alltag verloren hatte und die Reise entpuppte sich als ein schon längst überfälliger Weckruf. Ein Cut, der dringend notwendig war. Wenn ich wieder zu Hause war, fing dann alles wieder von vorne an? Würde ich mich wieder zwischen Arbeit und Haushalt verlieren? Wie lange würde es mir gelingen das Frische, die Erholung aufrechtzuerhalten? Der Alltag bot einem auch Sicherheit, konnte aber auch irrsinnig öde sein. Schluss jetzt. Ich stellte Fragen auf welche mir keine Antworten einfielen. Meinen Fokus legte ich wieder auf meine Laufschritte, die morgendliche frische Brise war innerhalb weniger Minuten schwüleren Luftmassen gewichen. Ich schwitzte, tapste mehr vor mich her, als dass ich lief. Es war mir jedoch völlig gleichgültig, wie ich dabei aussah, denn ich fühlte mich einfach nur gut und versuchte jeden Moment in mich aufzusaugen.

Später traf ich Emma bereits sonnenliegend vorm Bungalow an. Sie lächelte mich noch ganz verträumt an, sodass mir klar wurde, dass sie gerade erst aufgestanden sein musste. Gerade erst dürfte sie sich aus dem Schlaf geräkelt haben. »Frühstück! Hunger!«, forderte sie sogleich ein. Mein Wunsch war ihr Befehl, ich sprang schnell unter die Dusche und eine Viertelstunde später, waren wir unterwegs zum Frühstücksbuffet. Ich liebte diese Barfuß-Insel. Langwierige Entscheidungen wie

»Welche Schuhe ziehe ich nur an?« wurden überflüssig. Generell war die Insel ein Hammer in Bezug auf das Treffen von Entscheidungen, weil die Auswahlmöglichkeiten übersichtlich waren. Du verbrachtest deine Zeit an Land oder zu Wasser. An Land hattest du die Möglichkeiten, die Zeit in deinem Bungalow zu verbringen, dich am Strand in die pralle Sonne zu legen oder in den Schatten unter die Palmen. Dann gab es noch die Strandbars, in denen du dir jederzeit einen Cocktail gönnen konntest. Wenn du das Bedürfnis nach einer Abkühlung hattest oder zu schnorcheln, zu tauchen und die Insel mit dem Kanu zu umrunden, musstest du dich aus der Bar bequemen und deinen Weg ins Wasser suchen.

An jenem Tag entschieden wir, uns ein bisschen unters Völkchen zu mischen und schlugen den Weg zu einem kleinen breiten Strandabschnitt ein, wo es - für hiesige Inselverhältnisse wohlgemerkt - etwas belebter zuging. Wir zogen zwei Strandliegen aus der Sonne in den Schatten, der von den saftigen Palmen gespendet wurde, ließen uns fallen und seufzend blickten wir auf das Meer hinaus.

Blinzelnd sah Emma zu mir herüber und schelmisch zog sie aus ihrer Strandtasche eine schwarze Netztasche.

»Oh nein, bitte tu mir das nicht an! Nein, nein, nein!« In der Netztasche befanden sich zwei Fangteller und ein Ball. Erinnerungen an Familienurlaube am Strand kamen auf und noch heute läuft es mir kalt den Rücken runter, wenn ein Klettverschluss geöffnet wurde. Wobei ich seit jeher dafür plädierte, dass es Klettverschluss lediglich für

Kinder geben durfte. Kinder, die zu klein waren, um sich die Schuhe zu binden. Und nur in diesem Fall. Aber Emma akzeptierte kein Nein, sie akzeptierte nicht mal zehn Neins. Ich hatte mitgezählt. Schlussendlich überredete sie mich damit, dass sie extra wegen mir auf ihren Plastikschwan verzichtete. Dann sollte ich wenigstens so viel sein und mich dazu herablassen mit ihr zu spielen. Nachdem der Ball anfänglich mehr im Wasser als auf dem Handschläger landete, begann ich Gefallen daran zu finden. Die Bewegung tat ja ganz gut und wir fingen an, wie Kinder herumzualbern. »Nur nicht übermütig werden!«, höre ich plötzlich eine Stimme in meinem Kopf sagen. Diese Stimme hörte ich so lange schon nicht mehr und fragte mich gleichzeitig, wann ich diesen Satz zum ersten Mal vernommen hatte. So in meinen Gedanken versunken, hörte ich gar nicht, wie Emma meinen Namen rief, erst das »Vorsicht!« nahm ich wahr und bückte mich reflexartig, bevor der Ball beinahe in meinem Gesicht gelandet wäre.

Ich drehte mich um und erwartete gleich hinter mir den Ball zu sehen, aber da war er nicht, daher suchte ich den Strand mit meinen Augen ab und auf einmal stand er da. Zig andere Menschen befanden sich auch auf dem Strand, die in diesem Moment aufhörten zu existieren. Ich sah nur ihn und er sah nur mich. Ich kniff die Augen zusammen. Alles drehte sich in mir und um mich. Rauschen im Kopf und ich fragte mich, ob ich nicht doch vom Ball auf den Kopf bekommen hatte. Langsam kamen die Hintergrundgeräusche zurück, die anderen Menschen waren plötzlich wieder da und ich fühlte Emmas

Anwesenheit direkt hinter mir. Dann wurde mir klar, dass ich keinen Ball abbekommen habe und ich nicht träumte. In meinem Kopf gingen die Alarmglocken an und ganz panisch schrie es in mir »Schlüsselmoment! Schlüsselmoment!« Ich drehte mich zu Emma um, um mich zu versichern, dass ich nicht wieder meine Gedanken laut heraus posaunt habe, aber an ihrem besorgten Gesicht konnte ich es nicht ablesen. In diesem Augenblick konnte ich nichts sagen, wollte nur ja wieder mit meinem Blick diesen wunderschönen Mann einfangen. Doch dann war er auf einmal nicht mehr da. Ich blickte nervös nach links und nach rechts, doch er war nicht mehr da. Dafür stand zwei Meter vor mir ein anderer Mann, lächelnd streckte er mir den Ball entgegen. Auch hübsch und nett, aber eben nicht der von vorhin. Er ging dann auch nicht weg, sondern kam noch auf mich zu. Was will der von mir, dachte ich mir Nase rümpfend.

»Hey, hier dein Ball.«

Ach ja, der Ball.

»Ich heiße Jakob.«

Ja, schön, interessiert mich aber nicht. Zu einem anderen Zeitpunkt, in einer anderen Welt, hätte ich mich geschmeichelt gefühlt, aber jetzt, such ich mir mal den anderen Ball, äh Mann.

»Willst du ihn nicht?«

Emma kam zu Hilfe und sagte: »Doch, doch vielen Dank. Ich glaub, da hatte jemand heute schon zu viel Sonne. Du heißt Jakob, ja? Ich bin Emma und diese sprachlose Dame, die sonst um kein Wort verlegen ist, ist

Lara. Lara, jetzt echt, vielleicht ist das Laufen am Morgen doch nicht mehr das Richtige für dich, wenn du dann den ganzen Tag...«

»Du läufst?«, kam es hinter Jakob hervor und auf einmal stand dieser wunderschöne Mann nur einen Meter entfernt von mir. Klappe: Zweiter Schlüsselmoment.

»Ja, ich laufe. Hier. Jeden Morgen.« Der Satz kam aus mir heraus, als wäre ich Arielle, die ihre ersten Worte spricht, nachdem sie wieder zu ihrer Stimme kam.

»Na wunderbar, sie hat ihre Sprache wieder gefunden, wie einst Arielle, als...«, fügte Emma sarkastisch und mehr für sich hinzu, bevor ich sie unterbrach.

»Darf ich vorstellen, das ist meine wunderbare Freundin Emma, ich bin Lara, Jakob haben wir schon kennengelernt und du bist?«

»Sehr erfreut hier zu sein und mein Name ist Sven.«

Auf diesen Spruch hin konnte ich mir das Lachen nicht verkneifen und auch Sven wirkte trotz seines guten Aussehens etwas beschämt. Wer hätte das gedacht, dass so einem schönen Menschen etwas peinlich sein kann.

Wir zogen uns zurück unter die Palmen in den Schatten. Emma und ich saßen auf einer Liege, meine Füße gruben sich fest unter die Sandoberfläche. Sven und Jakob saßen uns gegenüber. Mit beiden Armen stützte sich Sven selbstbewusst an der Sitzfläche ab. Jakobs Unterarme lagen auf seinen Oberschenkeln, während er hin und wieder seinen Kopf einfach hängen ließ und trotz Schatten und einer leichten Brise schwitzte. Nachdem wir uns gegenseitig erzählt hatten, wie wir ganz untypisch mit den jeweils besten Freund und der jeweils besten

Freundin auf dieser Insel landen konnten und klarstellten, dass wir uns nicht im Honeymoon befanden, schauten wir vier uns alle sprachlos an. Es war jedoch nicht eine dieser unangenehmen Pausen, in der weder krampfhaft nach einem neuen Gesprächsthema gesucht wurde noch wurden irgendwelche Ausflüchte gesucht, um sich schnell davonzumachen. Noch immer fühlte ich mich so, als hätte ich tatsächlich einen Ball an den Kopf bekommen. Einen Ball, der sich so hart anfühlte wie die Kokosnüsse aus denen wir unsere Cocktails schlürften. So im Stillen fragte ich mich, ob ich mich nicht doch ernsthaft verletzt hatte und ich mich einfach Amnesie-bedingt nicht daran erinnern konnte. Sobald ich mit Emma wieder alleine war, dachte ich mir, musste ich sie unbedingt danach fragen.

Später einmal wird auch Sven mir erzählen, dass es ihm gleich ergangen war. Er wird mir erzählen, dass er mich schon zuvor aus seinem Augenwinkel wahrgenommen, aber nicht weiter beachtet habe. Erst als ich mich nach dem Ball suchend umdrehte und ich ihm direkt in die Augen blickte, da war auch für ihn die Zeit still gestanden.

Nach der Begegnung

Nach dem gemeinsamen Nachmittag am Strand verabredeten wir uns zu einem gemeinsamen Abendessen. Ich fühlte mich schon lange nicht mehr so beschwingt. Emma und ich alberten auf dem Weg zurück zu unseren Bungalow herum und ich willigte sogar ein, am nächsten Tag einen Ritt auf dem Plastik-Einhorn zu wagen. Aufgedreht und euphorisch stellte ich mich unter die Dusche, merkte wie ich langsam zur Ruhe kam.

Fürs Abendessen fertig gemacht, setzte ich mich auf die Treppe unseres Bungalows, die direkt ins Meer führte und beobachtete die Meeresbewohner. Voller Ehrfurcht sah ich den kleinen Haien und den majestätischen Rochen zu, wie sie ihre Runden zogen. Ruhig, langsam und geräuschlos glitten sie unter Wasser dahin. Ich atmete geräuschvoll aus und bemerkte, wie die ganze Anspannung, die sich heute, aber auch über die letzten Tage, Wochen, Monate hinweg aufgebaut hatte, abfiel. Ich musste gähnen und hoffte, dass ich nicht an Ort und Stelle einschlief. Dieser Mann, den ich heute getroffen hatte - was löste er in mir aus? Das Aussehen war das erste, das mir ins Auge stach, aber da war noch mehr.

Viel mehr. Er war charmant, schien nicht eingebildet zu sein und vor allem redete er mit MIR. Wenn ich ein Mann wäre, würde ich mir da nicht eher Emma aussuchen? Ich merkte, wie ich anfing, mir die Sache wieder zu vermiesen und schob ganz schnell diesen Gedanken weg, damit nicht noch die ganzen anderen potentiell gefährlichen Gedanken aufkommen konnten. So ließ ich doch lieber nochmal den Tag Revue passieren.

∞

Sven und Jakob hatten uns erzählt, dass sie nach einer Rundreise durch Sri Lanka zum Abschluss für ein paar Tage auf die Insel gekommen waren, bevor es für sie wieder nach Hause ging.

Emma fragte, wie um alles in der Welt zwei Jungs auf die Idee kamen, einen Abstecher auf die Insel zu machen.

Nein, sie meinte nicht Sri Lanka. »Sri Lanka ist doch keine Insel!« Bevor es noch peinlicher für mich werden konnte, stoppte mich Emma, aber ich konnte es nicht lassen. »Na, klar, dann werdet ihr mir wohl auch gleich sagen, dass es um das Vereinigte Königreich von England auch um einen Inselstaat handelt.«

Bei den Emojis gab es ein Emoticon mit großen Augen und zusammengebissenen Zähnen. Ungefähr so hatten die drei mich angeblickt. Dankenswerterweise ritten sie nicht weiter auf meinen miserablen Kenntnissen in Geographie herum und sie kamen auf das eigentliche Thema zurück.

»Nein, ich wollte wissen, warum ihr euch gerade diese Insel ausgesucht habt?« Emma machte eine ausladende Bewegung. »Daaru. Warum gerade eine Insel im Indischen Ozean?«

In erster Linien fühlten sie sich wegen Emmas »Jungs« ob ihrer Mitte Dreißig geschmeichelt, gleichzeitig jedoch nicht ganz ernst genommen und holten gleich zum Gegenschlag aus.

Nun hatten auch sie wissen wollen, wie denn zwei »Mädels« auf die Idee kamen, den Urlaub auf einer Honeymoon-Insel zu verbringen.

Emma hatte verteidigend ihre Hände in die Höhe gehoben und gemeint, dass sie Berufliches mit Privatem verband. »Mein Chef sagte, ich darf noch jemanden mitnehmen et voilà - die Wahl fiel auf Lara.«

Ein wenig mehr Enthusiasmus hatte ich mir zwar von Emma schon erwartet. Es hörte sich ein bisschen danach an, als wäre ich nicht ihre erste Wahl gewesen. Dennoch spendete ich ihr Beifall und verneigte mich.

Nun waren die Jungs an der Reihe. Wie gute alte Kumpels blickten sie sich an, denn auch sie wussten, dass sie nicht besonders gute Argumente abliefern konnten und ihre Beweggründe ziemlich öde waren. Weil's ja irgendwie am Weg lag, wie Jakob so schön sagte, und sie die Inselgruppe schon immer ganz spannend fanden. Außerdem waren sie gerne schnorcheln und tauchen und schließlich gab es sonst nirgendwo einen All-in-Urlaub mit so viel Ruhe und Gechilltheit.

»Gechilltheit«, wiederholte ich für mich ganz leise. Ließ mir das Wort über die Zunge rollen. Beim ersten

Mal klatsche es mir direkt an die Zähne. Man musste die Zunge erst warm werden lassen, dann klappte es.

»Was hast du gesagt?«, fragte Jakob, weil er mich nicht verstanden hatte und ich wie paralysiert vor mich hin starrte.

»Ach nichts.« Ich war mir zwar nicht sicher, ob es das Wort »Gechilltheit« überhaupt gab, geschweige von Ü30igern in den Mund genommen werden durfte. Gleichzeitig fragte ich mich, ob der Ausdruck es nicht doch in den Duden schaffen konnte.

Gechilltheit: [gə 't͡ʃɪlt haɪt] *Substantiv, feminin - 1. Ausdruck der totalen Entspannung; 2. Zustand, der nur beim Nichtstun erlangt wird, am besten mit einem kühlen Drink in der Hand und (gechillter) Lounge-Music im Hintergrund; Wort kann auch in veränderter Form als Verb gebraucht werden. Begriff wurde von Dauerurlaubern und Ewig-Youngsters geprägt. Synonym: Im Italienischen gibt es den schönen Ausdruck »il dolce far niente«, das süße Nichtstun.*

Als ich noch meinen Gedanken zum potentiellen Dudeneintrag nachhing und ich mir sicher war, dass ich zumindest *chillen* darin finden würde, hatten sich Sven und Emma in eine lebhafte Diskussion verstrickt.

Sie hatten sich gefragt, ob diese Insel nicht nur Honeymoonern vorbehalten bleiben soll und ob Singles nicht für unnötige Spannung auf der Insel sorgen würden. Dabei sahen sie Jakob und mich besonders streng an und warteten auf unseren Beitrag.

»Naja, vielleicht geht es ja gerade deshalb auf der Insel so ruhig zu, weil hier keiner hinkommt zum

Aufreißen.« Unsicher spechtelte ich zu Jakob und flehte ihn mit meinen Augen an etwas zu sagen.

»Auf der anderen Seite«, fügte Jakob hinzu, »wie schon erwähnt, geht es bei anderen Club-Urlauben mit All-in meist zu laut zu und man muss sich mit lästiger Pool-Animation herumschlagen.«

Mit einem heftigen Nicken stimmte ich Jakob zu. »Genau. Also warum nicht gleich Daaru-Feeling for ev'rybody.«

»Lara, los geht's.« Mit dieser Aufforderung riss mich Emma aus meinen Gedanken. Sven und Jakob erwarteten uns bereits am Ende unseres Stegs.

Der (Zusammen-)Krach

Emma lag mit dem Bauch auf dem Bett und tat so, als wäre sie in eine Zeitschrift vertieft. Nach dem Abendessen hatte ich mich mit Sven auf einen Spaziergang aufgemacht und gemeinsam saßen wir lange am Meer. Wir hatten erwartet, danach noch auf Emma und Jakob in der Strandbar zu stoßen. Anscheinend waren sie jedoch bereits in ihre Bungalows abgetaucht. Zum Schein hatten wir ihr frühes Verschwinden bedauert.

»Spät geworden gestern, was?«, sagte Emma mit einem spitzen Unterton, ohne den Blick von ihrer Zeitschrift zu heben. Sie versuchte betont ruhig zu wirken, ich jedoch wusste, dass sie am liebsten aufgesprungen wäre, um mich auszufragen. Dennoch, irgendetwas wirkte komisch an ihr.

»So spät war es gar nicht, du hast nur schon so früh geschlafen. Ich wollte dich nicht wecken.«

Ein nicht deutbares »Aha« kam von ihr zurück, weiterhin steckte sie ihre Nase in die Zeitschrift.

Weniger spitz, aber eher neckisch, und nicht ohne

zwei Mal die Augenbrauen zu heben, wollte ich wissen, wie es denn noch mit Jakob lief.

Da sprang sie auf einmal hysterisch vom Bett auf und sah mich durchdringend an: »Wie es mit Jakob lief? Wie es mit Jakob lief, nachdem ihr einfach zu zweit aufgebrochen seid? Wie soll es mit Jakob gelaufen sein, was glaubst du?«

Ich war etwas verdattert aufgrund ihres Ausbruchs und mir war nicht ganz klar was das alles zu bedeuten hatte. Daher stotterte ich herum und fand die richtigen Worte nicht, während Emma mehr und mehr zur Furie wurde, die wild gestikulierte, ohne wirklich auszusprechen, was sie sagen wollte. Später sollten wir nochmals über diese Situation sprechen. Emma würde mir erzählen, dass sie einfach nur einen gemütlichen Mädels-Urlaub ohne viel Stress geplant hatte. Vor allem ohne Männer, da Emma ohnehin dachte, dass ich fürs Erste die Nase voll von Männern hatte. Endlich mal auf einer Insel, wo die Menschen paarweise kamen und auch wieder gemeinsam abreisten. Keine Befürchtung, dass eine Frau wie Emma als Urlaubstrophäe für stark strapazierte männliche Egos herhalten musste. So etwas hätte sie ohnehin nie zugelassen, wenn sie das nicht gewollt hätte. Doch zum damaligen Zeitpunkt verstand ich rein gar nichts.

»Ist dir Jakob irgendwie ungut gekommen?« Das war der erste vollständige Satz, der nach meinem Herumgestottere aus meinem Mund kam und ihr Geheul durchbrach. Plötzlich ganz ruhig und merklich erschöpft, sah mich Emma an und klärte mich in aller Sachlichkeit darüber auf, dass sie von Jakob, wie nicht anders erwartet, bloß zu ihrem Bungalow begleitet wurde. Vermutlich war er genauso früh ins Bett gegangen.

Emma klang vorwurfsvoll. »Auch er schien sich von seinem Männer-Trip etwas anderes erwartet zu haben.«

»Also liegt es daran, dass du lieber mit Sven los gezogen wärst!« Nicht als Frage, sondern eher als angriffslustige Feststellung hatten diese Worte einfach so meinen Mund verlassen. Als sie auf dem Weg zu ihrem Ohr wanderten, bereute ich sie dermaßen, dass ich am liebsten auf sie zugesprungen wäre, sie zu Boden gerissen und ihr die Ohren zugehallten hätte. Aber es war zu spät, ich biss mir mit verschämt-erschrockenem Blick kräftig auf die Lippen und das Höllenfeuerwerk ging wieder von vorne los.

»Lara! Das ist jetzt nicht dein Ernst. Du weißt, dass ich einen Freund habe. Ist mir schon klar, du magst ihn nicht besonders... Ha, was sag ich da, du kannst ihn nicht leiden und das würde dir ganz recht sein, wenn ich und Jakob..., du und Sven... und was dann? Leben wir glücklich bis was? Was, Lara, was? Was denkst du dir nur! Lara, ich habe einen Freund, ich habe Herbert! Und Sven - als hätte er es nicht schon oft genug erwähnt - hat eine Verlobte - eine V E R L O B T E. Lara, Sven ist verlobt!«

Ich ließ ihre Schreitirade einfach über mich ergehen. Es war einer jener Momente, in denen man sich fragte, wie man da so plötzlich hineingeraten konnte und sich auf einmal alles anfängt zu drehen. Aus gut wird böse und aus böse wird gut. Und auf einmal war ich die Böse, oder in diesem Fall die Blöde. Dass sie mir das mit Herbert - sogar in meinen Gedanken konnte ich diesen Namen nur spöttisch aussprechen - unter die Nase rieb, war eine Sache. Aber, dass sie mir die gemeinsame Zeit mit Sven nicht gönnte? Wie sie soeben sagte: ER ist VERLOBT! Nicht ich! Das war seine Sache und es war seine Entscheidung so viel Zeit mit mir zu verbringen. Ich lief ihm nicht hinterher, ich erwiderte nur, was er auf mich ausstrahlte. Zugeben musste ich schon, dass es ein Schock war, als ich am Abend zuvor von dieser Verlobten erfuhr. Vor allem, weil es beinahe beiläufig geschah.

Beim gemeinsamen Abendessen hatten wir sehr viel Spaß miteinander und es stellte sich dann noch heraus, dass wir aus derselben Stadt kamen.

»Nein, das glaube ich jetzt nicht. Wirklich?« Ich war fassungslos.

»Vor ein paar Jahren bin ich in die Stadt gezogen und habe Sven kennengelernt«, dabei drehte sich Jakob zu ihm und sprach ihn direkt an »wobei du ja eine regelrechte On-Off-Beziehung mit der Stadt geführt hattest.« Dann sah er wieder uns an. »Man konnte nie sicher sein, ob er noch da war oder nicht. Zum Glück hält dich ab jetzt deine Verlobte in der Stadt. Zumindest bis demnächst.« Beim letzten Satz blickte er wieder verschwörerisch zu Sven hinüber. Tausend Gedanken jagten mir durch den Kopf und bekam doch nicht wirklich einen zu fassen. Oder hatte ich mich doch nur verhört? Besser ich hätte nicht verzagt nachgefragt.

»Wieso, was ist denn demnächst?«

»Na, seine Hochzeit.«

Ich erinnerte mich an Jakobs Kühnheit zurück, mit welcher er die Verlobung angesprochen hatte. Doch daran wollte ich in diesem Augenblick nicht denken, und fokussierte mich wieder auf Emma und unseren Streit. Ich wusste nicht, ob ich sauer oder traurig sein sollte und konnte mich nicht entscheiden, ob ich schreien oder weinen sollte. Inzwischen war Emma wieder völlig ruhig geworden und sie hatte sich auf das Bett fallen lassen. Dies deutete ich als Zeichen, dass ich nun an der Reihe war etwas zu sagen.

Zu meiner Verwunderung blieb ich dabei ganz ruhig. »Emma, wieso glaubst du, dass ich Herbert nicht mag?« Diese Frage klang lächerlich und an ihrem Blick konnte ich erkennen, dass dies auch ihr Gedanke war. Bisher wurden Herbert und ich einfach nicht so warm miteinander. Er verstand keinen Sarkasmus. Okay, um fair zu bleiben, er verstand meinen Sarkasmus nicht. Irgendwann wusste ich einfach nicht mehr, worüber ich mit ihm reden sollte, weil eh alles blöd war, was ich machte.

Emma erzählte mir, dass auch er an mir verzweifelte und konnte schwer einschätzen, ob ich ihn hochnahm oder nicht. Zum ersten Mal tat mir Herbert leid und ich fragte mich, ob ich nicht tatsächlich zu streng mit ihm war. Emma traf auf Herbert, als ich in meiner alten Beziehung schon ordentliche Probleme hatte und in der Zeit nach meiner Trennung war ich mehr als zynisch. Das bekamen gerade die ab, die am wenigsten damit zu tun hatten, so auch Herbert.

»Herbert macht mich glücklich und wenn ihr euch ein bisschen besser verstehen würdet, wäre es für uns alle wesentlich einfacher.« Aufrichtige Reue kam in mir auf. Auch wenn ich es mir noch nicht richtig vorstellen konnte, nahm ich mir jedenfalls vor, mich nach unserer Rückkehr bei ihm zu entschuldigen.

Emma wirkte erleichtert und gab zu, dass Herbert ein bisschen mehr Humor nicht schaden würde. Aber sie hatte sich einfach in ihn verliebt, so wie er war.

Und dabei hätten wir es dann belassen sollen. Wir hätten uns umarmen sollen, sagen, dass es uns leid tat, so ausfällig geworden sein, einen Drink ordern und mit diesem am Strand in den Tag zu starten. Hätten wir.

Haben wir aber nicht. Stattdessen quasselte ich davon, dass Sven das erste Gute war, was mir seit langem passiert war und nun ja, dass er verlobt sei, war nun mal blöd, aber schließlich hatte ich eine schmerzliche Trennung hinter mir und war mir sicher, dass ich ein bisschen Glück verdiente.

Emma schnaubte nur verächtlich.

Was? Tat sie das wirklich? Ich vergewisserte mich mit einem Blick und sah, wie ihre Augäpfel hervortraten und ihre Nasenflügel sich aufblähten.

Eindeutig schnaubte Emma mich verächtlich an.

»Eine schmerzliche Trennung? Tatsächlich eine schmerzliche Trennung? Lara!«, schrie sie es heraus. »Du hattest keine schmerzliche Trennung, du hattest eine schmerzliche Beziehung! Du hast ja an dieser Beziehung festgehalten, obwohl sie schon gar nicht mehr zu retten war und Max hat das ausgenutzt so lange es ging. Ihr seid so abhängig voneinander gewesen und gleichzeitig habt ihr euch verabscheut und wart einfach nur zu feige, einen Schlussstrich zu ziehen.« Emma wirkte so außer sich, so vollkommen erschöpft. »Das war ja alles ein Wahnsinn. Ich wollte dir die ganze Zeit helfen und wusste dann irgendwann nicht mehr wie.«

Okay, das kam jetzt alles sehr überraschend. So dachte sie also über mich? Beinahe hätte ich Max, Max und mich, uns und unsere Beziehung in Schutz genommen. Hätte am liebste los geschrien, was ihr da einfiele so über uns zu sprechen. Auch wenn es andere nicht sehen konnten, wir hatten doch etwas ganz besonderes, wir ergänzten uns in unserer Unterschiedlichkeit und passten uns schließlich kompromissbereit an den anderen an. Ein Loblied hätte ich auf unsere zerbrochene Beziehung singen können, weil es einfach zu schmerzhaft war, zugeben zu müssen, dass sowohl ich als auch Max wertvolle Zeit an eine Beziehung verschwendet hatten, die bereits nach der Phase einer gewissen Verliebtheit vorbei war. Wir kämpften uns zusammen und zerbrachen daran. Doch die ganzen Jahre, die können ja nicht einfach so umsonst gewesen sein. Emma hatte recht damit, dass es sich um eine schmerzliche Beziehung handelte und die Trennung die eigentliche Erlösung für uns beide war. Auch wenn es am Anfang nicht so wirkte.

Nachdem ich lange nichts gesagt hatte und mir Tränen in die Augen stiegen, dürfte Emma sich ihrer harten

Worte bewusst geworden sein. Die Situation bereitete ihr Unbehagen, sie wurde etwas fahrig und murmelte vor sich hin. »Ich muss jetzt echt mal raus.«

Wie angewurzelt blieb ich fürs Erste einfach an dem Fleck stehen, an dem ich mich gerade befand. Ich versuchte einzuordnen, was da nun abgegangen war und fragte mich, ob nicht ich diejenige von uns beiden war, der ein dramatischer Abgang zugestanden hätte. »Nein«, sprach ich laut aus. Denn schlagartig wurde mir klar, egal was da jetzt geschehen war, egal was da ganz offensichtlich zwischen Emma und mir stand, egal was sie zu beschäftigen schien, ich wusste, dass ich mit ihr darüber sprechen konnte. Normalerweise wäre ich wahnsinnig angepisst gewesen und hätte auf stur geschaltet. Doch es gab drei gute Gründe, es nicht zu tun. In erster Linie musste ich mir eingestehen, dass eine Menge Wahrheit in dem steckte, was mir Emma an den Kopf geworfen hatte. Zweitens war mir die Freundschaft mit ihr viel zu wichtig und drittens war dieser Urlaub ein absoluter Traum und einfach viel zu schade, um ihn grollend zu verbringen. Ich zögerte keine weitere Sekunde und lief los - hoffentlich in die richtige Richtung - um Emma zu finden. Nachdem ich den Steg, der unsere Water Villa mit der Insel verband, hinter mir gelassen hatte, bog ich intuitiv nach rechts ab und hielt mich nah am Rand der Palmen. Von hier hatte ich die jeweiligen Strandabschnitte gut im Blick.

Schon bald entdecke ich sie vor einer Liege stehend, bereits wieder mit einem, wenn auch müden, Lächeln im

Gesicht. Sie sah in meine Richtung, schien mich aber noch nicht wahrgenommen zu haben, als sie plötzlich herzhaft auflachte. Erst in diesem Augenblick erkannte ich, wer sie so dermaßen zum Lachen gebracht hatte. Im Gegensatz zu ihr, hatte er meine Anwesenheit gespürt, denn er drehte sich zu mir um. Sven deutete mir mit einer beschwichtigenden Geste näher zu kommen, doch ich blieb wie angewurzelt stehen. Bis ich mich schließlich umdrehte und in die andere Richtung davon ging. Bewusst ganz langsam und erst als ich mir sicher war, außer Sichtweite zu sein, befahl ich meinen Beinen zu laufen. Ich fühlte mich verraten. Und wie schon die Tage zuvor, lief ich einfach. Ich dachte, dass es befreiend wirkte, aber im Grunde lief ich einfach nur weg. Entfernte mich. Wobei dies auf einer Insel - vor allem, wenn man immer nur dem Strand folgte und somit nur im Kreis lief - etwas schwierig war. Am Ende landete ich ohnehin wieder am Ausgangspunkt. Ich lief, ich atmete, versuchte mich nicht verraten zu fühlen. In meinem Kopf baute sich ein Druck auf, Hitze stieg auf, weil ich versuchte den Ärger und die Tränen zu unterdrücken. Gedanken dröhnten durch meinen Kopf. Ich will nicht weinen. Ich will, dass mir alles nichts ausmacht. Ich will stark sein, aber ich konnte es nicht. Da war diese Wut und ich fragte mich, warum ich nur so verdammt wütend auf Emma war. Sie war doch meine Freundin. Ich lief noch schneller, versuchte meinen Ärger und meine Tränen zu unterdrücken und begann dadurch langsam zu hyperventilieren. Mein Atem wurde schwerer und nun stolperte ich nur mehr so vor mich hin. Ich hatte das

Bedürfnis laut schreien zu müssen. Sollte ich? Ich blickte um mich herum und sah keine Menschenseele. Es wurde gesagt, die Wut soll raus. Es soll gut tun, die Wut raus zu lassen. Alleine der Gedanke beruhigte mich und machte mich gleichzeitig nervös. Wie bei meiner ersten Zigarette, die ich zu Hause geraucht hatte. Meinem Onkel hatte ich sie bei der letzten Familienfeier aus der Packung geklaut und eine Freundin hatte mich zuvor instruiert, ich solle ja fest genug anziehen, weil sonst bringe das nichts, und dann pafft man nur, und das ist kein richtiges Rauchen. Dann kann man es gleich bleiben lassen, hatte sie in strengem Ton zu mir gesagt. Ich hatte mich damals umgesehen, ob eh keine Spaziergänger an unserem Garten vorbeikamen, ob eh nicht meine Mutter doch noch mal zurückkam, weil sie etwas vergessen hatte. Mein Puls hatte sich beschleunigt, es war so aufregend gewesen. Zu Rauchen war doch nichts Verbotenes, aber etwas das ich das erste Mal tat.

Und so kam ich mir in jenem Moment am Strand auch vor. Nur fragte ich nicht danach, ob ich mir eine Zigarette anstecken sollte oder nicht, sondern: Soll ich nun mal laut schreien oder nicht? Es war nicht verboten, aber wenn mich jemand dabei erwischte, dann würde ich sicher blöd angeglotzt werden.

Ach was, ich mach das jetzt.

»Aawwwhh...« Okay, das war nun etwas traurig. Ich bin einfach zu gehemmt. Nicht mal zu schreien bekomme ich hin.

»AAAAAHHHHH« Es wird schon besser. Es klingt nur noch so als hätte ich mich an einem Grashalm geschnitten.

AAAAAAARRRRHHHHHHdieses_schei*FU**bescheu erteAAAAAARRRHHH_verdammtesLEEEEEEBEEEE N_Es geht mir auf den AAAAAAARRRRRSCH. Mir geht es auf den Arsch, dass ich die letzten Jahre mit einem Typen vergeudet habe, der es nicht wert war. Hab nicht mehr die Dinge gemacht, auf die ich Bock hatte. UND ich hätte die Stelle der Teamleitung bekommen sollen und nicht dieser Hannes, der erst nach mir in die Firma gekommen war und immer meinen Kaffee trank. Die Position klauen und den Kaffee. Das geht ja wohl gar nicht. AAAAAAAARRHHHHHHHHHH!

Plötzlich trat eine Stille ein. Ich hatte es geschafft zu schreien. Ich hatte es raus gelassen. Das Rauschen in meinem Kopf, welches sich zu einer Brandung und dann schließlich zu einer Stromschnelle empor steigerte, war nun wieder dem beruhigenden Geräusch der Wellen, die sanft an den Strand glitten, gewichen.

Ich war gar nicht wütend auf meine Freundin, ich fühlte mich gar nicht von Sven und Emma verraten. Diese Erkenntnis traf mich unerwartet. Ich fühlte mich von meinem Chef verraten, weil er sich nicht für mich eingesetzt hatte, damit ich zur Teamleitung befördert wurde.

∞

Nach dem Studium hatte ich mich zuerst im Personalbereich im Recruiting versucht. Das wurde mir aber schnell zu langweilig. Schnell wurde mir klar, dass ich Organisationen hinsichtlich Optimierungsprozesse beraten und bei ihrer Entwicklung unterstützen wollte. So schnell mir dies klar wurde, so lange fristete ich noch mein Dasein bei meiner alten Stelle. Bis ich schließlich die Aufgabe zugeteilt bekam Positionen für ein scheinbar neugegründetes Unternehmen, welches externe Beratungsleistungen anbot, zu besetzen. Ich fand dann heraus, dass meine Firma sich um einen neuen Zweig erweitern wollte. Der Grund dahinter war einfach. Der Sohn sollte ins Unternehmen einsteigen. Da wurde mir meine Naivität wieder klar. Ich dachte, wir seien ein modernes Unternehmen und dass das Ende der Vetternwirtschaft schon längst eingeleitet worden war. Auch jetzt musste ich noch darüber lachen und den Kopf schütteln.

Gegen den Sohn hatten wir von Anfang an Vorbehalte und wir rätselten über die Hintergründe seines Einstiegs ins Unternehmen. Bestimmt war er nach dem Studium zuerst auf eine ausgedehnte Weltreise gegangen und hatte sich die Sonne auf seinen verwöhnten Bauch scheinen lassen. Oder war es doch ein qualvoller Drogenentzug gewesen und nun musste er nah bei Papi sein, der auf ihn aufpassen konnte? Das waren mitunter noch die nettesten Hirngespinste, die wir uns bei einem gemeinsamen Pausenkaffee ausgedacht hatten. Mit jedem seiner Besuche wurden wir weniger gehässig, bis unsere angestellten Vermutungen völlig verstummten. Mich hatte er für sich gewonnen, als er eines Tages frühmorgens vor allen anderen in der Firma war. Er stand mit einer Teetasse im Besprechungsraum und es fiel gerade so viel Licht durchs deckenhohe Fenster, welches ausreichte um ihn zu erleuchten. Ein Lichtschein umgab ihn und er kam mir vor wie der Messias. Er hatte dunkelbraunes Haar, eine gute athletische Figur, die vom Laufen und ein wenig Schwimmen geformt worden war und er hatte das, was man eine gewinnbringende Art nannte. Eine leichte Abgehobenheit, die noch charmant wirkte.

Vermutlich hatte ich ihn damals mit großen Augen angestarrt, von außen betrachtet hätte man mir unterstellen können, mich in ihn verliebt zu haben. Tatsächlich hatte ich ihn einfach nur als meinen Messias erkannt, der es mir ermöglichte, das öde Recruiting-Büro zu verlassen und - im wahrsten Sinne des Wortes - ein Stockwerk emporzusteigen.

Noch bevor mir Felix als Messias erschienen war, grübelte ich über einen Schlachtplan, wie ich zu meiner neuen Position kommen würde. Nach einigen schlaflosen Nächten, marschierte ich in das Büro meiner damaligen Chefin und verkündete, dass ich die perfekte Besetzung für diese Stelle gefunden hätte und knallte ihr meine Bewerbung hin. Ich war noch heute davon überzeugt, dass ich den Wechsel in die Unternehmensberatung meinem Schlafmangel zu verdanken hatte. Im Grunde wollte ich es von Anfang an auf diese Art machen, weil ich wusste, dass meine Chefin nichts mehr hasst, als wenn um den heißen Brei herum gesprochen wird.

Einmal bekam ich mit, wie es in einem Vorstellungsgespräch gerade um die Flexibilität und Einsatzbereitschaft ging. Irgendwann dürfte ihr der Geduldsfaden gerissen sein - zugegebenermaßen Geduld gehörte nicht zu ihren Stärken - denn sie blaffte den Kandidaten an, ob er nun bereit war auch am Wochenende zu arbeiten und Überstunden zu leisten. Er dürfte nur mehr den Kopf geschüttelt und ein kleinlautes Nein herausbekommen haben. Zuvor hatte er, auf eine sehr ungeschickte Art und Weise und ohne auf den Punkt zu kommen, zu erklären versucht, dass er das Sorgerecht für die Kinder hat und es daher mit der zeitlichen Flexibilität nicht ganz so klappt. Aus der Stelle wurde auch nach Klärung der Situation nichts, da die zu besetzende Position eine gewisse Kommunikationskompetenz voraussetze.

Martha, so hieß meine Chefin, führte mit mir ein knallhartes Bewerbungsgespräch und ohne jegliche Vorbereitung glänzte ich bei jeder Antwort. Natürlich hatte ich in den schlaflosen Nächten schon jede erdenkliche Frage durchgekaut. Zudem kannte Martha ganz genau meine Stärken und wusste auch, dass ich arbeiten konnte, dass ich mich reinhängte. Obwohl ich mich in meiner alten Position langweilte, machte ich einen guten Job. Martha war dies nicht entgangen und sie befürchtete schon, dass ich mich bald nach einer anderen Stelle umsehen werde.

Am Ende des Gesprächs sagte sie nur, dass es ohnehin für alle Beteiligten das Beste sei, wenn ich wechsle und sie bekomme damit eine neue Mitarbeiterin mit frischem

Elan. Martha fügte dann noch hinzu: »Du wirst uns hier fehlen. Alles Gute im Team Felix.«

Und auf einmal war ich im Team Felix. Ich hatte in der Anfangszeit sehr viel Ehrfurcht vor ihm, zwecks der Messias' Sache und vermutlich auch, weil er der Sohn des Chefs war. Es war so aufregend beim Aufbau beteiligt zu sein und Felix hatte wirklich Ahnung von der ganzen Sache. Ich lernte in dieser Zeit so viel, ich spürte mich, ging in meiner Arbeit richtig auf und zog auch gleich ein paar Kunden ans Land. Zuerst erstellten wir selbst Vortragsreihen und Workshops, besonders zu den Themen Kommunikation, Kundenberatung und Teamentwicklung. Dann funktionierte viel über Mundpropaganda oder in den Vorgesprächen fanden wir heraus, dass die jeweilige Firma ganz was anderes brauchte und schneiderten dann unsere Programme auf sie zu. Es fing an zu laufen. Die wirtschaftlich schwierigeren Zeiten machten sich natürlich bemerkbar, da wurde dann an diesen Dingen zuerst gespart, aber es gab dann noch immer genügend Auftraggeber.

Der Tag war gekommen. Mein Tag. Aus Team Felix sollte Team Lara werden. Felix wollte sich mehr um die operativen Geschäfte kümmern und daher sollte jemand die Teamleitung übernehmen. Das war mein Moment. Dies sollte meine erste, wenn auch überschaubare, Leitungsposition werden und ich freute mich schon darauf nach Hause zu gehen und meinen Lebenslauf zu aktualisieren. Ach was, ich würde mich mit dem noch halbvollen Champagner-Glas in das Teamleitungsbüro - oh mein erstes eigenes Büro - zurückziehen und es gleich von dort aus erledigen. Dann musste ich mir neue Visitenkarten drucken lassen, wenn es nicht Felix bereits in die Wege geleitet hatte. Ach nein. Bestimmt standen die fertiggedruckten Karten schon auf meinem Tisch. Wobei lieber wäre mir, wenn ich es selbst in die Hand nehmen könnte, so könnte ich noch ein paar individuelle Änderungen vornehmen. In den letzten Tagen entstand auch noch eine Diskussion darüber, ob es offiziell wirklich Teamleitung heißen sollte oder ob uns da nicht noch eine bessere Bezeichnung einfallen würde. Bisher klang es noch so, als wäre jeder Bachelor-Absolvent höhergestellt. Aber was sollten denn diese Hierarchien. Schließlich haben wir eine sehr offene Unternehmenskultur, in welcher auch schon mal der Geschäftsführer dem Praktikanten den Kaffee brachte.

Wir versammelten uns alle im Meetingraum. Sektflöten waren bereitgestellt, ein Eimer mit Eis, in welchem der Schampus kühl gehalten wurde. Brötchen von meinem Lieblingsfeinkostladen fehlten auch nicht. Ich werde viel zu aufgeregt sein um zu essen, schoss es mir durch den Kopf. Ach, ein oder zwei Brötchen sind noch immer gegangen und außerdem macht einen der Champagner eh immer so hungrig. Einmal stand ich nun im Mittelpunkt, es fühlte sich so an als wäre ich auf meiner eigenen Hochzeit. Ich hatte mich natürlich auch hübsch gekleidet. Mein graues Etuikleid ausgepackt und mir neue schwarze Pumps besorgt. Gerade so hoch, dass meine Beine schön gestreckt aussahen, aber nicht so hoch, dass ich nicht mehr laufen konnte.

»So aufregend. Hätten wir uns vor einem Jahr gedacht, dass es so gut laufen würde?« Meine Bürokollegin war ganz aufgedreht und sie zog mich zum Meetingraum. Ob sie wohl auch auf die Teamleitungsstelle hoffte? »Deine Schuhe sind übrigens toll. Ach was, sie sehen richtig geil aus.« Sie deutete dabei auf meine Schuhe und rieb sich vor Freude die Hände.

Es war eine gute Stimmung im Raum vernehmbar und mir schien, dass alle schon wussten, wer die neue Teamleitung übernehmen würde. Sogar Felix' Vater war gekommen und er nickte mir zur Begrüßung zu. Obwohl es ja nur um die Teamleitung ging, waren doch mehr Menschen gekommen, als ich erwartet hatte. Stimmt. Ich hatte es ja vergessen, es ging ja darum, dass Felix nun eine Sprosse weiter im Unternehmen aufstieg. Ach, das war gar nicht alles für mich hier. Ich fühlte mich auf einmal unsicher, irgendwie fehl am Platz und die Schuhe fand ich plötzlich viel zu auffällig. Bevor ich noch mehr ins Wanken geriet, machte Felix Anstalten beginnen zu wollen.

Er begrüßte alle wichtigen Menschen namentlich, ließ die bisherige Zeit Revue passieren und dankte seinem Team. »Offiziell möchte ich euch nun die neue Teamleitung vorstellen.«

Unsicherheiten hin oder her, dieser Moment war meiner und ich würde noch sehr oft an diesen Moment zurückdenken.

»Vorab haben wir schon einige Gespräche geführt und ich bin sehr froh...«

Ach so, haben wir? Warum kann ich mich nicht erinnern oder meint er das Jahresgespräch vor zwei Monaten? Aber da haben wir doch gar nicht über diese Stelle gesprochen oder?

»Und ich bin sehr froh, nun offiziell bekannt geben zu können, dass diese Stelle Hannes übernehmen wird.«

Applaus.

∞

Der Applaus hallte noch immer in meinen Ohren nach. Es war nicht mein Applaus gewesen. Oder lag es bloß daran, dass mir die Ohren von meinem Geschrei dröhnten? Ich hatte mich in den Sand fallen lassen. Nun war ich bereit, etwas zu unternehmen. Nachdem ich mich erhoben hatte, klopfte ich mir den Sand von meinen Knien und den Schienbeinen. Plötzlich blickte ich in Jakobs Gesicht.

»Oh nein, bitte nicht.« Den konnte ich jetzt wirklich nicht gebrauchen und ich wollte mir gar nicht erst ausmalen, wie viel er mitbekommen hatte.

Er hob seine Arme und trat seinen Rückzug an. Jakob hätte bestimmt irgendetwas Aufmunterndes von sich gegeben und wäre bestimmt ein guter Zuhörer gewesen, aber jetzt hatte ich vorerst was anderes zu erledigen.

Hinaus aufs Meer

Nachdem ich mir ein Kanu geschnappt hatte, paddelte ich hinaus aufs Meer und begann die Insel zu umrunden. Nach einiger Zeit hielt ich inne und ließ mich einfach nur treiben. Ich schloss die Augen und richtete mein Gesicht der Sonne entgegen. Auf einmal war es so ruhig, ich konnte die Ruhe regelrecht spüren. Spüren in mir. Auf der Insel war es ja an und für sich schon sehr ruhig. Keine Hektik, nur Lounge-Musik, kein Geschrei. Sogar beim Essen drang nur gedämpftes Geplauder zu einem durch. Die Leute hatten damit zu tun, sich möglichst häufig, intensiv und verliebt anzusehen. Das Laute, das Unruhige kam ausschließlich von mir. Meine Ohren dröhnten davon. Ich versuchte diesem Dröhnen zu entkommen, der Insel zu entkommen und merkte nicht, dass ich vor mir selbst weglief. Irgendwie hatte ich das Gefühl, dass es noch immer nicht vorbei war. Konnte es denn noch schlimmer kommen? Was war nur mit mir passiert? Warum fühlte sich alles so furchtbar anstrengend an?

Zum Strand zurückblickend fiel mein Blick auf den Mitarbeiter des Wassersportbereichs. Er beobachtete mich ganz genau, wollte wohl sicher gehen, dass ich die Rettungsweste anbehielt. Zuvor hatte ich mir ungefragt ein Kanu mit Paddel geschnappt und mich zum Meer geschleppt. Ein besorgter Mitarbeiter war mir nachgelaufen und überreichte mir mit einem freundlichen Lächeln die Schwimmweste. Verächtlich hatte ich dieses orange Teil betrachtet. Mit einem Handzeichen hatte ich abgelehnt. Eine Schwimmweste - a life jacket - eine Rettungsweste. Die hätte mir mal jemand früher zuwerfen sollen. Das Lächeln und die freundliche Miene des Mitarbeiters verschwanden. Ich hatte keine Ahnung in welcher Sprache er mit mir redete, aber er sagte auf keinen Fall etwas Nettes. Mühelos hatte er es geschafft mir die Schwimmweste anzuziehen, mich in das Kanu zu setzen, mir die Paddel in die Hände zu drücken, um mich dann nur noch vom Ufer wegschubsen zu können - wie mir vorkam alles innerhalb weniger Sekunden.

Nun saß ich in meinem Kanu, die Rettungsweste fest um mich geschnallt. Sie saß anfänglich doch sehr straff und erst als ich außer Sichtweite zu sein schien, traute ich mich sie zu lockern. Augenblicklich war ich jedoch heilfroh, sie zu haben. Sie wirkte beschützend und in dem Moment half sie mir, mich weniger alleine zu fühlen.

Ich habe gehört, zu heulen, soll auch ganz befreiend wirken. Nein, ich ermahnte mich. Du wirst da nicht nochmals das Gleiche wie vorher am Strand veranstalten und einfach los brüllen. Mit Schrecken dachte ich daran, was danach gefolgt war: Direkt vom Strand war ich zur Water Villa gelaufen. Ich musste Felix anrufen und ihn zur Rede stellen. Die Teamleitung hätte ich übernehmen sollen. Wie er mich an diesem Nachmittag nach der Ankündigung gemustert hatte, hatte ihm das Spaß gemacht? War Felix so ein Sadist? Ich dachte, dass ich ihn gut kannte und wir verstanden uns geschäftlich immer sehr gut. Lag es daran, dass ich eine Frau war? Das war es! Hannes war ein Mann. Orh, dieser Hannes! Mit der Verkündung, dass Hannes die Leitung des Teams übernahm, wurde ich ganz schnell von meiner Wolke herunter geholt, auf der ich zuvor noch schwebte. Die Landung war keinesfalls weich gewesen. Ich dachte an das damalige Gefühlschaos. Ich fiel, prallte auf und dann zog es mir noch den Boden unter den Füßen weg. Mit dem Handy in der Hand war ich fest entschlossen die Sache zu klären, auch wenn sich nichts mehr an der Sache ändern ließ.

∞

Im Anschluss an die Verkündung, natürlich nicht ohne Hannes gratuliert zu haben, hatte ich mich nach Hause geschlichen und bestellte mir Essen beim Asiaten, zog meinen Pyjama an und zappte durchs Fernsehprogramm. Ich war wie erstarrt, als endlich der Lieferdienst läutete. Essen und dann schlafen.

Den Plan hatte ich ohne Emma gemacht, die plötzlich vor der Tür stand. Ich hatte ganz vergessen, dass wir meine Beförderung, die letzten Endes nicht stattgefunden hatte, feiern wollte.

»Nein, das glaube ich nicht. Du verarscht mich nur.«

Ich brachte nur mehr ein, »Doch! So ist es«, heraus

und fiel schluchzend in ihren Arm.

Anschließend musste sie den Lieferdienst bezahlen, der hinter uns auftauchte und ihn sogar beruhigen, da er offensichtlich noch nie einen erwachsenen Menschen dermaßen schluchzen sah. Emma fackelte nicht lange herum und bestand darauf, nachdem sie mit Herbert telefoniert hatte, dass ich mit auf die Insel komme. Ohnehin müsste ich endlich mal raus und der letzte Urlaub lag schließlich schon eine Zeitlang zurück. Ich wollte kurz protestieren, war dafür jedoch zu müde.

Am nächsten Tag hatte ich gleich meinen Urlaub beantragt. Nicht, dass wir es uns noch anderes überlegen hätten können. Felix hatte mir beigepflichtet, dass es sich dabei um eine gute Idee handelte, da wir in dieser Zeit weniger Aufträge hätten und ich soll mir dann bitte auch gleich drei Wochen Urlaub nehmen. Das war ja wieder typisch. Ich beantragte einen Urlaub und am Ende fühlte es sich so an, als wäre ich in den Urlaub geschickt worden. Somit waren vor meinem Urlaubsantritt lediglich zwei Wochen vor mir gelegen, in welchen ich Felix aus dem Weg gehen musste, was mir durch den Abbau von Überstunden und den externen Vortragsreihen ganz gut gelang. Seit dem Gespräch wegen meines Urlaubs waren wir uns kaum noch über den Weg gelaufen.

Noch bevor ich über die Zeitverschiebung nachdenken konnte, wählte ich Felix' Nummer. Ich rechnete kurz nach, bei vier Stunden Zeitunterschied, war es nun sechs Uhr abends bei ihm. Entweder erwischte ich ihn noch im Büro oder er saß mit seiner Familie beim Abendessen. Da fiel mir ein, dass ich gerade dabei war, das Mittagessen zu verpassen. Erleichterung kam auf, als mir einfiel, dass ich an der Poolbar auch noch etwas zu essen bekam.

»Lara? Hallo, warum rufst du mich aus deinem Urlaub an?« Ich hörte Kinder im Hintergrund, was bedeutete, dass er schon zu Hause war. Waren sie im Freien? Moment, ich sollte mich eher darauf konzentrieren, was ich ihm sagen wollte. Der Mut begann mich zu verlassen. »Lara, alles gut? Warum rufst du an?«

Ich schien noch nichts gesagt zu haben. »Hey Felix! Wie geht's dir? Wie läuft's in der Firma?« Es kam mir eigenartig vor gleich zu Beginn die Karten auf den Tisch zu legen. Ein wenig Smalltalk war doch wohl noch erlaubt. Schließlich war er nicht Martha.

»Du rufst mich doch nicht in allem Ernst aus deinem Urlaub an, um zu fragen wie es bei der Arbeit läuft? Lara, schalt doch mal ab und entspann dich! Das hast du dir verdient.«

»Hm, ja, verdient, das stimmt.« Hörbare Pause. Es ist nun ganz ruhig im Hintergrund und bestimmt hat er sich in sein Arbeitszimmer zurückgezogen. Da platze es aus mir heraus. »Verdient hätte ich wohl auch die Beförderung. Die Teamleitung. Sie wäre mir zugestanden. Ach was, sie steht mir zu.« Wieder eine Pause. Ich hörte Felix atmen.

Als ich noch in der Recruiting-Abteilung tätig war und die Arbeit zur Routine wurde, sprich langweilig wurde, konzentrierte ich mich immer mehr und mehr auf die kleinen Dingen, auf die sonst niemand bewusst achtete. Unter anderen auf die Atmung jener Kandidaten, die ich anrief, um sie zu einem Bewerbungsgespräch einzuladen. An der Atmung erkannte ich, ob es sich bei der Stelle nur um einen Notnagel handelte, es die letzte Chance war, weil sich sonst niemand bei ihnen meldete oder sich eine Terminkollision anbahnte.

Felix' Atmung war schnell und unruhig. Er hatte wohl mehr damit gerechnet, dass ich mich tatsächlich für die Firmengeschäfte interessierte und nicht um meine vorenthaltene Beförderung. Er drohte in Zugzwang zu geraten.

Umso verwunderlicher war es für mich, dass er plötzlich seine Ruhe wiederfand und mit versöhnlicher Stimme sprach. »Du hättest nur etwas sagen müssen.« Pause. »Vor zwei Monaten - als ich bereits ankündigte, die Teamleitung abzugeben, habe ich erwartet, dass du zu mir kommst und mir sagst, dass du sie übernehmen möchtest.«

Ich war ganz baff. »Okay, ich wäre dann zu dir gekommen, hätte gesagt, dass ich die Teamleitung übernehmen will und du hättest dann Ja gesagt?«

»Ja, so war der Plan gewesen. Ich habe es ja an deinem Blick gesehen, dass du es machen möchtest und ich hätte mir auch niemanden vorstellen können, der besser dafür geeignet gewesen wäre. Daher war ich überrascht als...«

»Und Hannes?«

Leichtes Schnauben auf der anderen Telefonleitung. »Und Hannes ist gekommen und hat gesagt, dass er schon damit rechne, dass du, Lara, die Leitung bekommst, aber er möchte sich dennoch dafür anbieten.

Tja und dann - in Ermangelung an Alternativen - der Rest ist Geschichte.«

∞

Sanft ließen die Wellen mein Kanu hin und her schaukeln. Ich fühlte mich hier draußen auf dem Wasser geborgen. Versuchte mich von meiner Geschichte abzukapseln und nicht daran zu denken, dass meine berufliche Zukunft derzeit ungewiss war. Werde ich noch einen Job haben, wenn ich aus dem Urlaub zurückkehre, nachdem ich Felix einen verdammten Wixer genannt hatte? Noch nie habe ich jemanden so beschimpft. Oh, was habe ich nur getan? Bin ich ein Opfer oder einfach bloß auf einem Ego-Trip? Er hatte gewollt, dass ich Initiative zeigte und mir holte, was mir zustand. Aber ich wusste ja gar nicht, dass ich Initiative hätte zeigen sollen. Es ist doch so, dass einem eine Beförderung angeboten wird und nicht, dass einer sagt: »Hey, ich will jetzt eine Beförderung!« Oder war ich da auf dem Holzweg?

Wah! Ist das alles anstrengend.

Und ich konnte von hier aus nichts tun! Ich hatte keine Verfügungsgewalt aus diesem Kanu heraus. Auf einmal musste ich lachen. Kein Schreien. Kein Weinen. Lachen. Ohne Tränen. Kein Lachen, welches sich dann zu einem lupenreinen Nervenzusammenbruch hochschaukelte. Ein Lachen aus tiefstem Herzen und die Anspannung fiel immer mehr und mehr von mir ab. Ich fühlte mich so frei wie schon lange nicht mehr. Da verspürte ich eine Zuversicht in mir, dass schon alles gut werden würde. Ich agierte im Job immer am besten, wenn ich unzufrieden war. Der Alltag und die Routine ließen mich eher am Rad drehen. Irgendwie - wie auch immer - werde ich das schon wieder hinbekommen. Wenn unsere Firma weiterexpandiert, wird Felix eine Verstärkung an seiner Seite brauchen und wer könnte dafür besser geeignet sein als diejenige, die ihm die Meinung gesagt hatte. Er stand auf Leute, die ihm sagten, wenn er einen Fehler gemacht hatte.

Ich paddelte die Runde um die Insel fertig und brachte mein Kanu zurück. Lächelnd. Beinahe hätte ich den Kanu-Verleiher umarmt, wenn er nicht so grimmig geschaut hätte - nur, weil ich zuerst seine Rettungsweste nicht haben wollte. Letzten Endes bin ich nun doch nicht untergegangen und hatte wieder den Halt gefunden. Nun musste ich nur noch die Sache mit Emma regeln. Ich war bereit, die weitere Zeit auf der Insel zu genießen.

Die Nacht

Emma und ich machten uns gerade auf zum Abendessen. Schweigend überquerten wir, wie schon so oft, den Steg, der uns direkt auf die Insel führte. Irgendwann hatte ich aufgehört mitzuzählen, wie oft ich am Tag zwischen Water Villa und Strand hin und her lief.

Zu Beginn des Urlaubs hatten wir noch darüber gescherzt, einen ganzen Tag in der Water Villa zu verbringen. Frühstück bei Sonnenaufgang auf der Terrasse, anschließend ein paar Runden im Meer ziehen, den Nachmittagscocktail im Jacuzzi und das Abendessen inszeniert als Candle Light Dinner. Wenn ich so darüber nachdachte, dann wäre das ein perfekter Tag für Honeymooner, die zwischenzeitlich ins Bett verschwinden, aber nicht für zwei Freundinnen. Außerdem bereitete mir der Gedanke, mit Emma einen Tag lang auf sechzig Quadratmeter zu verbringen, Unbehagen. Wir hatten uns zwar entschuldigt, aber zu einer richtigen Aussprache kam es nicht. Vermutlich wären wir damit bis zum Ende unseres Urlaubs nicht durch. Manchmal muss der Dreck eben doch vorerst untern Teppich gekehrt werden. Daher war ich sehr glücklich darüber, dass die Jungs uns zum Abendessen erwarteten. Ich hatte schon befürchtet, ich würde mich etwas unwohl fühlen, denn schließlich hatten alle meinen Ausbruch mitbekommen. Meine Bedenken waren völlig umsonst gewesen, selbst Emma amüsierte sich prächtig und schien darüber hinwegzusehen, dass ich es auf einen verlobten Mann abgesehen hatte.

Im Schein des Lichts saßen da vier Menschen an einem Tisch, die sich vor wenigen Tagen noch völlig fremd waren und nun tauschten wir uns aus, als wären wir alte Freunde, die sich lange nicht mehr gesehen hatten. Wir kosteten vom Teller des jeweils anderen, animierten uns zu Blindverkostungen und der Wein floss in Strömen. Da wir die Kellner nicht länger aufhalten wollten, als wir dies ohnehin schon getan hatten, zogen wir in die Strandbar weiter. Dort wurde uns unmissverständlich gesagt, dass es einen und keinen weiteren Cocktail geben würde. Wir wurden stiller, ruhiger und die Brandung tat ihr übriges dazu. Auch zu gemeinsamem Schweigen waren wir imstande, ohne dass es unangenehm wurde.

Aus dem Augenwinkel konnte ich erkennen, wie Jakob mich hin und wieder ansah. Er beobachtete mich. Oder versuchte er mich gar auszuspähen? Er hatte meinen Ausbruch am Strand unmittelbar miterlebt. Seinen Versuch mit mir zu reden, hatte ich abgewehrt. Auch kurz nachdem ich mein Kanu gut gelaunt zurückgegeben hatte, war er wieder in meinem Blickfeld aufgetaucht. Ich wehrte abermals ab, denn ich wollte zu Emma und mich mit ihr aussprechen. Jakob hatte ich einfach stehen gelassen und mir fiel wieder ein, wie betreten er mich angeschaut hatte. War ich zu forsch gewesen? Als er mich nun von seinem Lounge-Sessel aus betrachtete, fragte ich mich, was er wohl dachte.

Zuvor hatte ich ein kleines Spiel mit ihm begonnen: Ich drehte mich langsam in seine Richtung, was ihm Zeit verschaffte, seinen Blick von mir abzuwenden. Doch nun fuhr ich ohne Vorwarnung mit meinen Kopf zu ihm herum und fragte ihn direkt: »Jakob, was denkst du?«

Er erschrak und sein ganzer Körper zuckte dabei zusammen. »Was, ich? Nichts. Ich habe die Sterne betrachtet. Da seht nur! Eine Sternschnuppe.«

Und tatsächlich, in diesem Moment, sahen wir einen Lichtstrahl übers Himmelszelt gleiten. Wie kleine Kinder mit großen staunenden Augen und ergriffen von Ehrfurcht, saßen wir da, die Arme um unsere Beine geschlungen und den Kopf gegen das Himmelszelt gerichtet, wartend, ob sich dieser magische Moment nicht nochmals wiederholen würde.

»Eigentlich«, Jakob räusperte sich, »ist eine Sternschnuppe ja ein Meteor, der…«

»Jakob, bitte, lass es.« Sven wollte sich an diesem Abend wohl seine Illusion von den Sternen nicht zerstören lassen.

Eine dünne Stimme meldete sich, die zuvor auffällig ruhig gewesen war. »Egal was es ist oder welchen Namen es hat, es ist magisch. Es ist etwas von ganz weit weg und trotzdem Teil unseres Universums. Wir alle sind ein Teil dieses Universums.«

Wir sahen erstaunt zu Emma, die mehr auf dem

Sitzsack lag als saß. Alkoholbedingt war sie unfreiwillig zur lallenden Philosophin des Abends geworden. Als Emma merkte, dass sie ihre Gedanken gerade laut ausgesprochen hatte und ein erschrockenes Gesicht machte, prusteten wir abermals los. Dann wieder Stille und wir wussten, dass dieser Abend ein Ende haben würde. Das Ende des Urlaubs lag vor mir und dann kehre ich wieder zurück. Zurück in das Leben. In das alte Leben. Ganz schnell schob ich diese Gedanken weg. Jakob bot mir seine Hand an, um mir auf die Beine zu helfen. Bevor ich seine Hand nahm, sah ich ihm in die Augen und fragte mich, was er wohl über mich dachte. Wollte er seinen Freund vor mir beschützen? Wollte er seinen Freund vor einer Dummheit bewahren? Was würde ihn wohl zu Hause erwarten, sollte Sven die Verlobung lösen? Schließlich war dieser Trip seine Idee gewesen. Oder ist es unter Buddys üblich, dass der eine den anderen deckt? Ruckartig zog er mich hoch und ich prallte leicht gegen seinen Oberkörper, da drehte er sich auch schon von mir weg und trottete mit gesenktem Kopf Richtung Meer.

»Vielen Dank, aber auch!«, schrie ich ihm nach. »Für nichts«, fügte ich noch leise hinzu. Autsch. Ich hatte mir in die Lippen gebissen und schmeckte Blut. Mit den Fingern wischte ich es mir sofort weg.

Sven war Jakob gefolgt und ich sah, dass sie miteinander sprachen. Ich konnte nichts Auffälliges an der Unterhaltung ausmachen. Ein Gespräch unter Betrunkenen. Jakob war etwas mehr angetrunken als Sven. Unterdessen blieb die angeduselte Emma an meiner Seite und legte die Arme um meine Schultern. Mit Mühe konnte sie ihre Augen noch offen halten, wirkte aber selig. Wir unterhielten uns. Nichts von Belang. Ein Gespräch unter Betrunkenen. Emma mehr als ich.

Mir war noch nicht danach in die Water Villa zu gehen, mir war nicht nach schlafen, ich wollte noch länger den Sand unter meinen Füßen spüren. Ich sagte Emma, dass es vollkommen okay sei, mich alleine am Strand zurückzulassen und verschwieg, dass ich mir eher Sorgen darum machte, ob sie alleine in die Water Villa finden würde. Vor meinem Kopf lief ein Film ab, in welchem sie einen Schritt daneben trat und im Wasser bei den Haien und den Rochen landete. Kaum zu Ende gedacht, war sie schon unterwegs und ich war erstaunt über ihren halbwegs sicheren Schritt. Ruhigen Gewissens machte ich mich auf in die entgegengesetzte Richtung. Ich wollte auf die andere Seite der Insel, auf welcher es dunkler war und die Sterne noch heller leuchteten. In meinem Kopf hörte ich Jakobs Stimme, die mir sagte, dass es nicht die Sterne sind die heller leuchten, sondern bla bla bla. Insgeheim hatte ich gehofft, dass Sven mich bei meinem nächtlichen Spaziergang begleiten würde. Kaum hatte ich den Gedanken zu Ende gedacht, registrierte ich Schritte hinter mir, ich drehte mich um und sah ihn auf mich zukommen.

»Hey, endlich eingeholt. Ich war mit Jakob auf dem Weg zum Bungalow und fest der Meinung, ihr seid direkt hinter uns.« Mit seinem Daumen deutete er hinter sich.

»Ich dachte mir, ich drehe noch eine kleine Runde um

die Insel. Gut, dass du mich gefunden hast.«

»Emma hat in die Richtung gedeutet, als ich nach dir gesucht habe.«

»Oh, ich hoffe sie hat es gut in die Water Villa geschafft.«

»Keine Sorge. Sie hat zwar ein bisschen gebraucht bis sie ihre Karte gefunden hat. Doch es hat dann geklappt.« Wir lächelten uns zu, die Hände hielten wir synchron verschränkt und plötzlich waren wir ganz verlegen. Mein Herz pochte. Da waren wir also. Wieder mal alleine.

Dieses Mal schwiegen wir miteinander. Ich versuchte den Moment zu genießen. Mit dem Gedanken nicht zu sehr in der Vergangenheit zu sein und auch nicht im Alltagsstrudel. Beim letzten Mal hatte ich mich über meine Arbeit ausgelassen und wie unfair ich behandelt wurde. Ein wenig hatte ich auch von Max erzählt. Das Genießen gelang mir ein Stück und doch war mir die Vergänglichkeit dieses Abends bewusst. Wie wird es sein, wenn ich wieder zurückkehre in mein bisheriges Leben. Mein bisheriges Leben. Es kam mir beinahe vor, als würde eine Ewigkeit zwischen diesem Moment und meinem bisherigen Leben liegen. Ich will etwas und ich weiß nicht was. Ich will diesen Mann, wurde mir mit einem Schlag bewusst. Ich will dieses Gefühl nie wieder verlieren, das er mir gibt. Lebendig zu sein. Da zu sein. Zu leben. Ein Blick zu Sven sagte mir, dass auch er mit etwas haderte. Er sprach es nicht aus. Hatte auch ich etwas in ihm bewegt? Ich stellte mir vor, wie er versuchte sich aus seiner Verlobung zu lösen. Sven traf auf mich und wusste, dass SIE nicht die Richtige für ihn war. Das ahnte er bestimmt schon zuvor, hatte den Gedanken jedoch zur Seite geschoben. Nur zu gut wusste ich, wie es war in einer Beziehung festzuhängen. Wir ließen uns auf den Sand nieder, hörten dem Rauschen der Wellen zu und blickten weit auf das Meer hinaus. Obwohl es gar nicht kalt war, lief mir ein Schauer über Rücken und Arme. Sven hätte sofort zu seiner Jacke gegriffen, um sie mir anzubieten, jedoch hatte er keine dabei. Er hatte lediglich seinen Arm, den er um mich legen konnte. Ich sah, wie er zögerte. Sein Blick wurde sanft, er rückte näher und legte den Arm um mich. Ganz selbstverständlich legte sich mein Kopf auf seine Schulter. Schmiegte sich an. Sie passten perfekt zusammen. Kopf und Schulter. Wie weit würde er wohl gehen? Bewahrte ich ihn möglicherweise davor, sein Leben mit einer Frau zu verbringen, die er gar nicht wirklich liebte? Vielleicht zwar liebte, aber nicht genug, um sie auch zu heiraten. Langsam wurde mir das Schweigen doch zu viel, ich musste herausfinden was in Sven vorging.

Sven äußerte zögernd und apathisch, dass es da etwas gebe, womit er abschließen müsse. »Und zugleich habe ich Angst davor, etwas zu verlieren.«

Mehr kam nicht, er lenkte sogleich das Gespräch auf mich, auf die Tage auf der Insel. Wir schwelgten in den wenigen gemeinsamen Erinnerungen, die wir hatten. Der Schnorchel-Ausflug, bei welchem wir mit riesigen Wasserschildkröten geschwommen waren. Unter dem Meer sah es so viel bunter aus als auf der Oberfläche. Wir dachten auch an den Tag, als wir uns lediglich zwischen Strandliege, Bar und Meer hin und her bewegt hatten. Am nächsten Tag hatte Sven einen Katamaran-Trip zu einem verlassenen Eiland organsiert. Eine ganze Insel nur für uns vier. An diesem Tag fühlte ich mich so frei. Noch dazu war es jener Tag gewesen, an welchem Sven und ich uns das erste Mal berührt hatten. Ich suchte mir am Katamaran ein Plätzchen zum Sonnen und wollte nur das Meer vor mir haben. An einer engen Stelle drängte sich Sven bei mir vorbei. Unsere Arme berührten sich, ich versuchte das elektrisierende Gefühl, welches mich durchzuckte, herunterzuspielen, da sah ich in seine weitgeöffneten Augen und ein Gesicht, das erschrocken wirkte. War das der Moment? Bing. Der Moment, in welchem er sich auch in mich verliebt hatte?

Obwohl wir nicht offen über unsere Gefühle füreinander sprachen, war es spürbar, dass wir beide hofften, der Abend würde nie zu Ende gehen. Der Tag war längst schon um, als wir schließlich in Svens Water Villa landeten. Links davon lag Jakobs Hütte. Unsere Water Villa, in welcher Emma gerade schlief, befand sich genau auf der anderen Seite der Insel. Die Jungs hatten sich für eine getrennte und dafür kleinere Behausung entschieden. Wir standen etwas verlegen im Zimmer und schauten uns nur an. Sollte sich nicht eine leidenschaftliche Szene abspielen? Sollten wir uns nicht wild küssen, um dann nie wieder die Hütte zu verlassen? Sven musste bewusst gewesen sein, dass er noch immer eine Verlobte hatte. Verdammt, diese blöde Verlobte. Aber sie gehörte zu unserer Geschichte dazu, andernfalls wäre er nie auf dieser Insel gelandet.

»Ach ja, der Mangolikör«, schien ihm gerade eingefallen zu sein und holte seinen Koffer untern Bett hervor.

»Der Mangolikör?«

»Ich habe dir ja davon erzählt. Der Schwarzmarkt!« Er flüsterte ganz geheimnisvoll, als befürchtete er, wir könnten hier abgehört werden. Sven brachte eine Flasche, die er zwischen seiner Schmutzwäsche versteckt hielt, zum Vorschein. Triumphierend öffnete er die Flasche und ließ den Inhalt in zwei Wassergläser fließen.

»Sven, das sind keine Schnapsgläser, vielleicht solltest du nicht so viel einschenken.«

»Mach dir keine Gedanken. Das ist nur ein leichter.« Schlagartig breitete sich ein frischer Duft von Mango aus. Sven schwenkte das Glas vor meiner Nase und ließ mich daran riechen. Es war himmlisch. Die Süße und die Frische einer Mango, eingefangen in einem Glas.

»Das ist doch nur Saft. Mangosaft!«, stellte ich fest.

»Hm, was meinst du?«

»Sven, die haben dich aber ziemlich verarscht«, und flüsternd fügte ich hinzu, »am Schwarzmarkt.«

Wir mussten lachen. Sven sah ein, dass er ihnen auf den Leim gegangen war. Die linke Hand hatte er in die Hosentasche gesteckt, mit dem Kopf wippend betrachtete er sein Glas, welches er in der anderen Hand hielt.

»Dann hab ich also dreißig Euro für eine Flasche Mangosaft bezahlt. Fein.«

»Dafür der Leckerste, den ich je getrunken habe, also schenk nach.«

Irgendwann merkte ich, dass es nicht nur in meinen Kopf pochte, sondern es auch an der Tür klopfte. Mein Kopf war kurz vorm Explodieren. Die Erkenntnis kam langsam. Es war doch kein Mangosaft gewesen. Schon irgendwie, aber mit sehr viel Alkohol versetzt. Wir hatten es erst zu spät bemerkt. Erst nach und nach wurde mir klar, dass ich mich noch immer in Svens Bungalow befand. Der Alkohol hatte harmlos zu wirken begonnen, wir hatten herumzualbern und zu kichern begonnen, kurz danach war mir schwindelig geworden. Ich sah nur mehr verschwommen und ich musste mich hinlegen. Plötzlich lag ich in Svens Bett und wir kuschelten uns aneinander.

Sven hatte mir zugeflüstert, dass er glücklich war, mich getroffen zu haben. »Ich sehe nun einige Dinge viel klarer und kann endlich wieder in die Zukunft blicken.« Es entstand eine kurze Pause und er fügte hinzu: »Und die Zukunft annehmen.« Er küsste mich auf die Wange. Ich drehte meine Lippen zu seinen und dann…

Oh dieses Pochen und Klopfen. Warum öffnete Sven nicht einfach die Tür? Aus dem gleichen Grund wie ich vermutlich. Ich brauchte eine gewisse Zeit bis ich mich überhaupt bewegen konnte. Die Verbindung zwischen Geist und Körper schien durchtrennt zu sein. Versuchte zu sprechen, es gelang mir nicht. Langsam bekam ich es mit der Panik zu tun. Ich lag nun schon gefühlte fünf Minuten da, in welchen ich mich nicht rühren konnte. Den ersten Morgen mit Sven hatte ich mir anders vorgestellt. Ich hatte mir vorstellt in sein Gesicht zu blicken, mit seinen zärtlichen und zugleich kräftigen

Händen hätte er mir eine Tasse Tee vor die Nase halten sollen. Oh du meine Güte, schon beim Gedanken an etwas Trinkbares wurde mir schlecht. Statt dem wunderschönen Gesicht von Sven, sah ich auf die halbleere Mangolikör-Flasche, umgeworfene Gläser und mein Kleid, das ich gestern noch anhatte. Und meine Unterwäsche. Meine Unterwäsche! Als alter Sherlock Holmes-Fan schlussfolgerte ich, dass ich unter der Decke nackt sein musste. Was war passiert? Ich weiß, dass ich ihn küssen wollte, was war danach passiert? Hatten wir miteinander geschlafen? Die Indizien deuteten darauf hin. Au weh, das Nachdenken bereitete mir weitere Kopfschmerzen. Also erstmals Schluss damit. Es klopfte und pochte weiter. Meine ganze Konzentration galt dem Versuch mich zu bewegen und zu sprechen.

»Sven?«, krächzte es aus mir heraus, aber ich bekam keine Antwort. Erst jetzt bemerkte ich, dass ich ihn gar nicht atmen hören konnte. Ich erschrak, meine Augen weiteten sich. Er wird doch nicht! Ach Blödsinn! Im besten Fall war er nach draußen gegangen und besorgte uns Frühstück. Vielleicht war er ja der Türklopfer und hatte sich bloß ausgesperrt.

»Housekeeping!«

»Miss Lara?«

Nun saß ich kerzengerade im Bett. Es waren zwei Stimmen vor der Tür und eine davon kannte meinen Namen. Keine davon gehörte zu Sven. Ich sprang aus dem Bett, wollte mir schnell mein Kleid überwerfen, da sah ich, dass ich ein übergroßes graues T-Shirt trug. Also doch nicht nackt.

»You may come in.« Meine krächzende Stimme hörte sich noch schlimmer an, als ich mich eigentlich fühlte. Mein Blick streifte das leere Bett und ein enttäuschtes Gefühl machte sich in mir breit, welches einen bitteren Geschmack hinterließ.

Die Stimme, die zuvor meinen Namen gerufen hatte, gehörte zu dem Mitarbeiter der Rezeption, der Emma und mich bei der Ankunft auf der Insel willkommen hieß und die Formalitäten mit uns erledigte. Hinter ihm konnte ich einen etwas verängstigten jungen Mann ausmachen. Meine nackten Beine schienen ihn zu verunsichern, obwohl hier die meiste Zeit die Leute nur in Badehosen und Bikinis herumliefen. Ganz förmlich wirkte der Rezeptionist, sein Namenschild erinnerte mich wieder daran, dass sein Name Jack war. Ich blickte an ihm vorbei und versuchte Sven ausfindig zu machen. Die zwei folgten meinem Blick. Aber da war niemand.

»Miss Lara. I have to inform you, that Mr. Sven had to leave early.«

Ich verstand nicht ganz. Sven musste weg? Early? Früh? Es musste ja mittlerweile schon Mittag sein. »How late is it?«

»It's two p.m.«, schoss es aus Charly, dem Housekeeper heraus. Er hatte schnell gelernt mit dieser unbehaglichen Situation umzugehen und war jetzt ganz stolz, endlich seine Englischkenntnisse zu präsentieren. Jack deutete ihm mit einem Blick, dass er still sein sollte.

»Yes, it's early afternoon, Miss Lara.«

Jack berichtete mir, dass Mr. Sven und Mr. Jakob die

Insel früh verlassen mussten, um noch ihren Flug zu erwischen. Sie waren mit der Zeitverschiebung durcheinander gekommen und zudem waren auf den Tickets fälschlicherweise die Boarding- und Flugzeiten ihres Heimatortes angegeben. Folglich hatten sie sich um einen ganzen Tag vertan. Aber Mr. Jack ist das sofort aufgefallen und hat die zwei informiert. Dieses letzte Detail erwähnte er nicht ganz ohne Stolz.

In diesem Moment hasste ich ihn dafür. Dafür, dass er mir das erste Aufwachen neben Sven raubte und dafür, dass wegen seiner sorgfältigen Arbeitsweise, Sven nicht mehr auf der Insel weilte. Ich brauchte mir auch keine Hoffnungen zu machen, ihn noch einzuholen, denn sein Flug ging schon vor fünf Stunden. Erst jetzt fiel mir das verwaiste Zimmer auf. Die Schranktüren standen offen, die Regale waren leer und das Buch, welches Sven so oft mit sich herumtrug, fehlte auch. Nur die Mangolikör-Flasche und die Gläser deuteten auf unsere gemeinsame Nacht hin. Das einzige was mir von Sven blieb, war sein T-Shirt, das schlaff über meinem Körper hing. Enttäuscht und geplagt von Kopfschmerzen zog ich mich rasch im Bad um, wusch noch mein Gesicht und war dabei Svens Water Villa zu verlassen. Sein T-Shirt knüllte ich zusammen und warf es in eine Ecke. Ich hob es wieder auf und betrachtete es kurz. Wegwerfen konnte ich es später auch noch.

»This, Miss Lara, is a letter of Sven. He asked me to give it to you.« Jack hielt mir ein zusammengefaltetes Stück Papier direkt vors Gesicht.

Ein Brief von Sven! Er hatte doch noch an mich gedacht. Ein kleiner Hoffnungsschimmer machte sich in mir breit. Das war nicht das Ende unserer Geschichte. Möglicherweise sogar erst der Anfang. Ich hätte Jack umarmen und ohrfeigen gleichermaßen können, warum hatte er den Brief nicht gleich herausgerückt.

Auf dem Weg zur Water Villa machte ich noch einen Abstecher zum Strand und lehnte mich an eine Palme. Mir grauste vor der Begegnung mit Emma. Sie wird mir Vorwürfe machen. Ich hatte die Nacht mit einem verlobten Mann verbracht. Bei dem Gedanken legte sich meine Stirn in tiefe Falten. Und am Abend zuvor ließ ich sie alleine nach Hause gehen. Ich rieb mir mit meinen Händen über das Gesicht vor lauter Scham. Sogar Sven hatte Jakob noch in seine Hütte begleitet. Schlechtes Gewissen und diese fiesen Kopfschmerzen brachten mich zum Wanken, meine Füße gruben sich immer tiefer in den Sand und ich ließ mich schlussendlich ganz nieder. Die Palme spendete Schatten und eine kleine Windbrise machte meinen Kopf wieder klarer. Der Brief! Nun fiel mir wieder der Brief von Sven ein. A letter. Es war lediglich ein zusammengefalteter Zettel.

Liebe Lara,

leider warst du nicht wach zu kriegen. Daher muss ich mich nun auf diesem Weg von dir verabschieden. Was für ein Mangolikör! Es tut mir leid, was ich dir da angetan habe. Schon seit Jahren hatte ich nicht mehr solche Kopfschmerzen. Es hat mich sehr gefreut, dass ich dich und Emma auf der Insel kennengelernt habe. Die Gespräche mit dir waren toll, die werde ich vermissen. Ich hätte dir sicher noch einiges zu sagen, aber ich muss nun leider los. Die Zeit drängt.

Bye, bye

Sven

Ich las den Brief nochmals und nochmals. That's it? Bye, bye Sven? Ich starrte auf das Blatt Papier. Drehte und wendete es, hielt es gegen die Sonne. Mit letzter Kraft suchte ich nach einem versteckten Hinweis. Drehte jeden Satz und jedes Wort um. *Die Zeit drängt.* Konnte das eine Aufforderung an mich sein? Mir wurde schlecht. Und was zum Teufel war es, was er mir noch zu sagen hatte? In meinem Kopf hämmerte es. Alles drehte sich. Ich durfte nicht mehr denken. Der Tag sollte einfach nur schnell vorbeigehen.

Rückkehr ins normale Leben

Emma fand mich schlafend unter der Palme. Mein Kopf war vom Stamm der Palme abgerutscht und ich musste meinen Mund erstmals von all dem Sand befreien. Du mein Güte, ich war sowas von am Sand. Mir war nicht danach, mich vor Emma zu rechtfertigen, ich war müde. Ich wollte schlafen, ich wollte nach Hause. Nein, ich wollte doch gar nicht nach Hause. Da sah ich in ihre Augen. Ich wollte sie doch gar nicht ansehen, aber da sah ich es. Sie sah mich besorgt an und sie war bereit zuzuhören.

»Einen Brief, nur einen Brief! Pah, was sag ich, einen Notizzettel von einem Brief hat er mir hinterlassen. Ohne jegliche Aufforderung! Ohne ein Ruf-mich-an, ohne ein Ich-ruf-dich-an.«

»Sie hatten es tatsächlich eilig wegzukommen. Wie tief hast du nur geschlafen?« Emma sah mich ungläubig an. »Die zwei machten solch einen Lärm. Jakob hämmerte an Svens Tür. Die Nachbarn beschwerten sich sogar.« Sie schüttelte ihren Kopf. »Aber du, du hast geschlafen.«

»Hat Sven versucht mich zu wecken?«

»Wir alle«, und sie machte dabei eine melodramatische Pause, »haben versucht dich zu wecken. Jack, der Rezeptionschef, willigte ein, dass du noch länger in der Water Villa bleiben durftest. Zuerst hat er protestiert, als er die Mangolikör-Flasche sah, schien ihm jedoch alles klar gewesen zu sein. Was zum Teufel habt ihr da nur getrunken?«

Emma sah nur mein Zusammenzucken bei der Erwähnung des Mangolikörs und fragte nicht weiter nach.

»Wie hat Jakob reagiert, als er mich bei Sven sah?« Emma zögerte. »Emma, bitte, ganz ehrlich?«

Sie kniff die Augen zusammen und überlegte für einen Moment. »Hm, er war schon irgendwie irritiert, beinahe etwas enttäuscht.«

»Er wird sich eben gedacht haben, was er da für eine Scheiße gebaut hat. Schließlich hat er Sven zu dieser Reise überredet.«

»Nein, ganz so war es nicht. Eher als wäre er sauer auf Sven. Liebe Grüße übrigens.«

»Was?«, ich verstand nicht ganz. Emma schien sich in der Erinnerung zu verlieren.

»Was? Ach so. Von Jakob. Liebe Grüße von Jakob sollte ich dir noch ausrichten.«

»Oh. Okay. Ähm danke.«

Wir sahen uns verdutzt an und lachten leise. Ich lachte trotz meiner Kopfschmerzen und gerade wegen dieser horrenden Schmerzen. Über was haben wir uns da gerade unterhalten? Heute keinen Alkohol mehr. Kein Nachgrübeln. Und schon gar kein Gerede mehr über

Männer.

Uns waren noch knapp zwei Tage auf der Insel geblieben. In dieser Zeit schaffte ich es, kaum an Sven zu denken. Beinahe so als hätte er gar nicht existiert. Und doch hat sich etwas in mir verändert. Ich entspannte mich, ich pendelte mich ein. Den Tag startete ich mit Laufen und Schwimmen. Bei den Kajak-Fahrten rund um die Insel gab ich mich nicht mehr ganz so auffällig. Nach einem Schnorcheltrip gönnte ich mir eine Massage, bei der ich direkt aufs Meerwasser sehen konnte. Lediglich, wenn wir an einem Tisch im Restaurant oder in der Beach-Bar landeten, in welcher wir uns mit Sven und Jakob getroffen hatten, machte sich da ein nervöses Kribbeln in mir bemerkbar.

Die letzte Stunde auf der Insel brach an. Unser Gepäck wurde abgeholt und wir verließen unsere wunderschöne Water Villa. Auf Wiedersehen, ihr lieben Meeresbewohner. Jack war gekommen, um sich nochmals von den Gästen zu verabschieden und er bedachte mich mit einem ganz besonderen Blick. Vielleicht bildete ich es mir auch nur ein. Dass es zum Abschied Mangosaft gab, wertete ich jedoch als Provokation.

»Please, give my best regards to Sven. I hope, that he made his way home safely.«

»Oh, yes, ähm I don't know.« Damit hatte ich nicht gerechnet. »I'm sure everything is fine - Sven is fine. But I won't see… I wish you the best, Mr. Jack. Thank you for ev'rything. Well then, goodbye. Cheerio.«

Wir betraten den Steg, ich stülpte mir meine Flip-Flops über und meine Füße vermissten schon den Sand unter sich. Ich blickte nochmals auf die Insel zurück. Gleich werde ich mit dem Boot diese Insel verlassen, ich werde ins Flugzeug steigen. Im Flugzeug aus Gewohnheit diesen schrecklichen Kaffee trinken und irgendetwas Undefinierbares zum Essen serviert bekommen. Es wird mir nicht schmecken, aber ich werde es trotzdem essen, einfach zum Zeitvertreib. Dann wird unser Flugzeug landen, beim Gepäckband werden wir auf unsere Koffer warten. Emma wird von Herbert abgeholt werden und ich werde mir ein Taxi zu meiner Wohnung nehmen. Dann auspacken, Wäsche waschen, Julia erzählen wie der Urlaub war. Was werde ich Julia erzählen? Die Begegnung mit Sven einfach aussparen? Wie wird die Begegnung mit Felix, meinem Chef? Oh nein, das hatte ich ja schon wieder ganz vergessen. Unser Telefonat! Warum muss mir das gerade jetzt einfallen? Warum kann ich nicht einfach mal den Moment genießen und an nichts denken!

Ich holte tief Luft, sah dabei auf den mit Palmen gesäumten Strand mit dem weißen Sand und nahm dieses hellschimmernde türkise Wasser in mich auf. Als ich ausatmete, überkam mich das unbestimmte Gefühl, dass ich diese Insel eines Tages wiedersehen werde.

Hochzeitscrash

»Lara, liebst du diesen Mann?« Emma sah mich dabei eindringlich an und betonte jede Silbe. »Wenn du glaubst, dass er der Richtige ist, und dass er diese Frau nicht heiraten sollte, dann stehe ich dir bedingungslos bei!«

Von dem Zeitpunkt an, als unser Flugzeug gelandet war und mehr als zehn Stunden Flug hinter uns lagen, nahmen die Dinge eine eigenartige Wendung an. Emmas Frage hallte in meinen Ohren nach. »Lara, liebst du diesen Mann?« Ich sagte ihr, dass ich mir da absolut sicher sei, und dass er das sei was ich wollte. Noch NIE in meinem Leben war ich mir bei etwas so sicher gewesen.

Den ganzen Flug über hatte ich über Sven und über meine kurze Zeit mit ihm auf der Insel monologisiert, und Emma hörte mir zu. Sie hörte mir die ganze Zeit aufmerksam, aber sehr nachdenklich, zu. Abermals berichtete ich ihr von dem Mangolikör, auf welchem die gemeinsame Nacht folgte. Wie viel durfte ich ihr denn überhaupt erzählen? Auf der Insel nutzte sie jede Gelegenheit um mich daran zu erinnern, dass er eine Verlobte hatte. Auch als ich sie prüfend ansah, hing sie an meinen Lippen, also erzählte ich einfach weiter.

»Na dann, warten wir nicht länger, komm schon!« Sie zog mich hinter sich her aus dem Flugzeug hinaus. Ich war noch ganz in Trance, aber sie, sie war so unglaublich, so stark und voller Tatendrang.

Quengelnd versuchte ich mich gegen ihre gute Laune zu wehren. »Ach Emma, das hat doch alles keinen Sinn. Er wird heiraten und ich weiß nicht mal wann und wo.«

»Du vielleicht nicht, aber ich weiß es.« Emma manövrierte mich zwischen die anderen Passagiere hindurch und ließ dabei keine einzige Sekunde meine Hand los. »Und deshalb müssen wir uns jetzt beeilen. Also, komm schon, gib Gas.«

Ich trappelte wie ferngesteuert hinter ihr her, die Augen noch ganz verquollen und das Taubheitsgefühl, welches ich noch vorhin im Gesicht spürte, wich langsam der Aufregung. Von Meter zu Meter, die wir zurücklegten, wurde ich immer wacher.

Nachdem wir unsere Koffer vom Gebäckband gehievt hatten, verließen wir auch schon das Flughafengebäude und Emma winkte uns ein Taxi herbei. Denn bereits um ein Uhr nachmittags ging im Stadtschloss eine Hochzeit über die Bühne. Wir bildeten uns ein, diese Hochzeit verhindern zu müssen.

Das Warten am Gepäckband hatte mich gelähmt und die Taxifahrt machte es nicht unbedingt besser. Ich wartete auf den Adrenalinkick, den Emma gerade durchleben musste, doch er kam nicht. Mit dem Taxi brauchten wir natürlich eine Ewigkeit vom Flughafen in die Stadt. Für so viele Autos war diese Stadt einfach nicht gemacht. Aber welche Stadt war das schon. Wenn ich in der Stadt unterwegs war, dann nahm ich nie das Auto oder den Bus, zu Fuß oder auf dem Fahrrad kam man hier schneller ans Ziel. Nicht selten wurde ich dabei vom Regen erwischt. Dieser blieb heute aus, die Sonne strahlte von einem blauen wolkenlosen Himmel. Angesichts dieses Wetters konnte man neidisch werden. Vor zwei Jahren heiratete meine Cousine an diesem Ort. Pünktlich, gerade als die Braut ankam, hatte es zu schütten begonnen, der Regen hatte während der Trauung kurz abgenommen und in dem Moment, in welchem sie im Schlosspark ein paar Fotos machen wollten, war es so als hätte jemand einen vollen Kübel Wasser genommen und über das Brautpaar ausgeschüttet. Das einzig Gute daran war, dass man nicht mehr wusste, ob die verlaufene Schminke vom Geheule der Braut oder vom Regen kam. Eine traurige Braut und ein verzweifelter Bräutigam waren die Garnierung dieser Hochzeit gewesen.

Die Erinnerung an diese Hochzeit verblasste wieder und ich nahm die Umgebung zum ersten Mal bewusst wahr. Wir erreichten gerade den Vorgarten, in dem schon der Sekt für den Empfang bereit stand. Festlich gedeckte Stehtische mit Blumenarrangements waren zu sehen. Hinter einer undichten Hecke erspähte ich ein geschmücktes Auto, welches wohl für die Braut bestimmt war. Was hatte ich mir nur erwartet zu sehen?

Emma stieß die schwere hölzerne Tür auf, orientierte sich kurz, folgte dann einem weiß-goldenen Schild, auf welchem das Wort *Hochzeit* prangte. Das Schild hatte mehr eine warnende als eine wegweisende Wirkung auf mich. Wenn das Schild gewusst hätte, was ich vorhatte, dann hätte es sich wohl gewünscht, eine auf mich weg-von-hier-weisende Message zu tragen.

Hatte ich geglaubt, dass ich eine sitzen gelassene Braut inklusive Hochzeitsgesellschaft in betretener Stimmung vorfinden würde?

Während ich noch mit mir haderte, war Emma den Korridor weiter entlang gelaufen. Ich war schon ein paar Meter zurück gefallen, es fühlte sich so an als würden meine Gedanken meine Beine lähmen und plötzlich schwirrte mir der Kopf. Wieder einmal. Am Ende des Korridors erblickte ich eine hohe weiße Tür mit goldenen Ornamenten. Ich wusste, was mich hinter dieser Tür erwarten würde.

Mein Herz pochte wie wild, mein Magen drehte sich einmal um die eigene Achse, den Hals schnürte es mir zu. Was nur habe ich mir erwartet? Dachte ich, dass ich gar nichts vorfinden würde, was überhaupt auf eine Hochzeit hinwies? Was wusste ich über Sven? Nach all dem was auf der Insel geschah, wie konnte er da noch eine andere Frau heiraten! Was auf der Insel geschah, was mit uns beiden geschah, das war so - ja, was war da eigentlich? Zum ersten Mal ließ ich meine Gefühle außer Acht und begann mich auf die Fakten zu konzentrieren.

Die letzte Nacht war unsere erste Nacht, in der wir zusammen schliefen. Er hatte mir gesagt, wie zufrieden er sich an meiner Seite fühlte, dass er erst durch die Begegnung mit mir einige Dinge klarer sehe. Aber welche Dinge, was er nun klarer sehe, das erwähnte er nicht, und ich hatte auch nicht danach gefragt. Nein, ich hatte gleich meine Schlussfolgerungen daraus gezogen. Weiter zu den Fakten. Sven hatte mir einen Kuss auf die Stirn gegeben und wir schliefen ein. Das Bild tauchte vor mir auf, wie er mich auf die Wange küsste und er sich von mir weg drehte. Wir hatten uns weder leidenschaftlich geküsst, noch hatten wir in dieser oder irgendeiner anderen Nacht miteinander geschlafen. Es fiel mir plötzlich wie ein Schleier von den Augen: Da war Nichts!

In den letzten Sekunden hatte ich bloß auf den Boden gestarrt, wir mussten von hier weg. Augenblicklich. Suchend hielt ich nach Emma Ausschau. Sie hatte bereits die große Flügeltür erreicht und stand ordentlich außer Atmen nach vorne gebeugt da. Sie sah mich keuchend an und formte ihre Lippen zu einem »Bereit?«

Bereit?

Nein, ich war nicht bereit. Ich war möglicherweise gerade dabei die Zukunft von diesen Menschen zu zerstören.

Panik durchfuhr mich und ich begann auf Emma zuzulaufen, um sie darüber in Kenntnis zu setzen, dass das Ganze hier eine blöde Idee war. So schnell wie möglich wollte ich von diesem Ort weg, bevor mich noch jemand sah oder etwas von unserem Plan mitbekam. Langsam legte Emma ihre Hand auf die Türschnalle. Sie würde doch nicht etwa - kapierte sie nicht, dass ich meine Meinung geändert hatte? Wild fuchtelte ich mit den Armen, keuchte mehrmals ein Nein, weil ich in diesem Moment zu mehr nicht im Stande war. Abermals fühlte ich mich gelähmt, wie in einem Traum, in welchem man um Hilfe schreien möchte und es kommt nur ein Quaken heraus. Es half nichts, ich musste lauter werden, damit Emma mich verstand. Im besten Fall würde die Hochzeitsgesellschaft durch diese dicken Wände und Türen nichts davon mitbekommen. Andernfalls mussten wir schnell davon laufen oder uns auf der Toilette verstecken bis die ganze Hochzeit vorbei war. Ach ja, das hörte sich gut an. Dann werde ich endlich nach Hause fahren können, mich auf mein bequemes Sofa begeben und Schlaf nachholen. Um diesem kleinen einfachen Traum näher zu kommen, nahm ich meine ganze letzte Kraft zusammen. Leider konnte ich mich nicht mehr ausreichend kontrollieren und ich schrie viel zu laut.

»N e i n !«

Nur, hatte da Emma schon die Tür geöffnet und ich war wider Willen in eine Hochzeitsgesellschaft geplatzt.

Diese Stille, die den Raum und das gesamte Gebäude so plötzlich ergriff, ließ mein Herz noch heftiger schlagen. Durch mein hinaus gebrülltes Nein, wurde ein Redner, den ich nicht ausfindig machen konnte, zum Schweigen gebracht, sein Echo hallte noch kurz nach. Alle Blicke waren auf mich gerichtet. Emmas zusammengekniffenes Gesicht befand sich keinen halben Meter von mir entfernt. Ob sie im ersten Moment zu einem Sorry oder Scheiße ansetzte, vermochte ich nicht mehr zu sagen. Aber diese zwei Worte beschrieben die Situation sehr treffend: *Sorry, dass ich in eure Hochzeit geplatzt bin und Scheiße, ich habe eure Hochzeit zerstört.* Durch meinen vorhergehenden Faktencheck, den ich eventuell schon im Flugzeug durchführen hätte sollen, wusste ich, dass die Wahrscheinlichkeit gegen Null ging, dass Sven mit den Worten *Wo bist du nur so lange gewesen?* auf mich zu laufen und mich küssen würde. Angesicht der vielen Gäste, die zu einem Teil auch zur Braut gehörten, wäre mir das mehr als unangenehm gewesen. Obwohl es schwer vorstellbar war, dass die Situation überhaupt noch peinlicher werden konnte. Zudem war es keineswegs romantisch, wie es in Filmen immer der Fall ist. Das hier war die pure Realität.

Die erste Reaktion, die ich in Svens Gesicht ausfindig machen konnte, war Freude und darauf folgte sehr schnell Verwunderung. Die Anderen nahm ich nur als ein Konglomerat und nicht als Einzelpersonen wahr. Vielleicht da und dort ein Hut, der auch auf royalen Hochzeiten zu finden wäre, ein roséfarbenes Kostümchen oder ein grau-karierter Anzug. Eine Frau, in einem dunkelblauen Etui-Kleid, die bei meinem Anblick erschrocken die Hand vor den Mund schlug. Ansonsten standen oder saßen sie vor mir als Einheit. Sie waren eine Einheit und ich war der Eindringling. Eine weitere Person konnte ich doch noch ausfindig machen. Jakob trat hinter Sven hervor. Seinen Blick konnte ich nicht deuten, aber ich erkannte, dass seine Augen funkelten. Neben all diesen Teilnahmslosen, die ahnungslos waren, wirkte er am lebendigsten. Er hatte gleich gecheckt, was hier los war und versuchte Blickkontakt zu Sven aufzunehmen. Der wurde jedoch gerade abgelenkt. Ich sah eine Braut, die ihrem Bräutigam flüsternd, aber durchaus aufgebraucht, den Kopf zugewendet hielt. Sie zischte ihn vermutlich mit der Frage an, wer denn diese Frau sei. Auch die anderen Gäste fingen zum Tuscheln an. Beim Brautpaar mischten sich nun auch Jakob und eine weitere Frau, die ihre Trauzeugin sein musste, ein.

Die Schwelle der Peinlichkeit war längst überschritten und ich konnte nur mehr zur Begrenzung des Schadens ansetzen. Lüge oder Wahrheit? Lüge: *Sorry, habe mich nur mit der Zeit vertan. Meine Cousine hat auch ihre Hochzeit heute hier.* Wahrheit: *Sorry, ich wollte viel früher da sein, um die Hochzeit zu verhindern, weil eigentlich ich mit Sven zusammen sein sollte. Aber jetzt, da ich ohnehin zu spät bin und ich mir nochmals meine Gedanken dazu gemacht habe, will ich das gar nicht mehr. Schöne Feier noch und Tschüss.*

Sofort verwarf ich beide Optionen. Nichts davon kam in Frage. Musste ich denn überhaupt etwas sagen? War es denn nicht möglich, einfach den Rückweg anzutreten?

Ich richtete mich auf, räusperte mich und setzte einen kühlen Blick auf.

»Es tut mir sehr leid«, meine Stimme zitterte, »dass ich Sie gestört habe. Auf Wiedersehen.«

Was denn? Auf Wiedersehen? Niemals wollte ich irgendeinen Menschen aus diesem Saal jemals wieder über den Weg laufen. Trotzdem kam es mir weiterhin so vor, als müsste ich eine Erklärung hinzufügen. Die Lüge.

»Ich habe mich an der Tür geirrt.«

Die Lüge in abgewandelter kurzer Form und jetzt weg von hier.

Zuerst schleifte ich eine noch immer unter Schock stehende Emma von der Tür weg und schloss diese, um dann endlich den Rückzug anzutreten. Natürlich hatte ich es nicht geschafft, dass die Tür ins Schloss fiel und so öffnete sie sich wieder wie von Geisterhand. Die Pein war mein. Zahllose Köpfe und der Blick eines sprachlosen Brautpaares richteten sich weiterhin auf mich und meinen Abgang.

Als ich am goldenen, weißen Hochzeitsschild vorbeikam, fragte ich mich, ob ein Zusatz mit *Bitte nicht stören!* mich vor dieser Dummheit bewahrt hätte. Emma brachte keinen ganzen Satz hervor. Sie stammelte eine Entschuldigung nach der anderen. Wir waren endlich im Garten angekommen und ich hielt kurz inne, um mich von der Sonne wärmen zu lassen. Erst jetzt merkte ich, wie kalt es im Gebäude gewesen war. Ich sah an mir herunter. Tanktop, kurze Jeans-Shorts, Turnschuhe. Weitere Gedanken erübrigten sich und ich schüttelte nur den Kopf.

»Lara, es tut mir so leid… ich weiß nicht was ich sagen soll.«

»Lass es, Emma. Schauen wir einfach, dass wir von hier endlich weg kommen.« Schweigend gingen wir die Allee entlang. Meine Muskeln fühlten sich so schwach an und ich wollte einfach nur mehr schlafen. Mich hinlegen und schlafen.

»Emma, Lara, wartet!« Hinter uns tauchte Jakob auf. Konnte denn dieser Albtraum nicht endlich vorbei sein?

In einer Entfernung von drei Metern blieb er stehen, beinahe so als wäre unser Wahnsinn ansteckend. Er schien darauf zu warten, dass wir unser Verhalten von Vorhin erklärten. Sein Blick wanderte zwischen Emma und mir hin und her.

»Okay, also, schön euch zu sehen und auch irgendwie schräg. Gerade noch auf der Insel und dann sehen wir uns hier wieder.«

»Jakob, was willst du?« Was stammelte er da bloß herum.

Zynisch setzte Jakob mit den Worten an: »Tja, das sollte man zwar eher dich oder euch fragen, aber na gut.« Bevor er weitersprach, drehte er sich kurz zum Schloss um. Vermutlich warteten sie auf ihn, um mit der Zeremonie fortzufahren. Oder, oh du meine Güte, war die Hochzeit nun doch geplatzt? Ich spürte wie mir die Farbe aus dem Gesicht wich. Sie mussten es mir angesehen haben. Jakob und Emma führten mich zu einer Bank in der Nähe, damit ich mich setzen konnte. Jakob wurde weicher, hockte vor mir und hielt meine Hand. »Lara, vielleicht hast du da auf der Insel etwas missverstanden.«

Ich entzog ihm meine Hand, einerseits weil sie verschwitzt war und anderseits fühlte es sich einfach komisch an.

»Ich habe es versucht, Sven klar zu machen, dass er da viel zu weit geht und er dir die Wahrheit sagen muss.«

»Was?«, jetzt mischte sich Emma ein. »Wollte er einfach noch ein bisschen Spaß haben, bevor er heiratet?«

Jakob erhob sich, dabei nahm sein Gesicht einen zerknirschten Ausdruck an. Entweder weil er Emma nicht folgen konnte oder die Sache doch verzwickter war als wir alle ahnten. Er sah Emma an. Ich musste bereits den Eindruck erweckt haben, dass mit mir nicht mehr viel anzufangen war. »Lara hat ihn an seine Schwester erinnert. So, jetzt ist es endlich raus.«

Emma blickte ihn ungläubig an.

Nun wendete er sich doch wieder mir zu. »Als er dich zum ersten Mal am Strand sah, glaubte er, vor ihm stehe seine Schwester.«

Von der Seite kam ein Würgegeräusch von Emma. »Wie pervers ist das denn?«

»Nein, nicht so! Das versuche ich euch ja gerade zu erklären.«

»Ich hab ihn also an seine Schwester erinnert?« Gedanken und Szenarien rasten in Windeseile durch meinen ohnehin schon geschundenen Kopf. Was war das nur für ein Spiel? Gab es zwischen Braut und Schwester Krach? Musste er daher auf den Kontakt mit seiner Schwester verzichten? Welcher Irrsinn steckte da dahinter? »Das war ja wohl noch nicht die ganze Geschichte oder?« Ich blickte in ein trauriges Gesicht.

»Seine Schwester ist schon vor einigen Jahren gestorben.«

»Oh.«

Schlagartig wurde es still, Gedanken wurden zum Schweigen gebracht. Auch Emma brachte lediglich ein Oh heraus. Jakob ließ sich neben mir auf die Bank fallen.

»Auf der Insel hatte ich Sven mehrmals gebeten, dir von seiner Schwester zu erzählen. Ich dachte, er hätte sie im Brief erwähnt und eine Erklärung hinzugefügt. Am Abreisetag. Wir mussten aufbrechen und du, du hast einfach nur geschlafen. Hättest du nicht so geschnarcht, hätte man meinen können, du …« Abrupt brach er den Satz ab und räusperte sich. »Aber als du da mitten in die

Trauung geplatzt bist, wusste ich, dass er nichts davon in den Brief geschrieben hat. Im Gegenteil.«

So ganz nebenbei erwähnte er die Trauung, als läge es bereits eine Ewigkeit zurück, dass ich sie gestürmt hatte.

Jakob schüttelte den Kopf. »Mit dem Brief hat er dich noch ermutigt, ihm nachzulaufen.«

Ich zuckte kurz und Emma wies ihn mit einem strengen Blick zurecht.

»Seine Schwester, ich habe ihn an seine Schwester erinnert?«

Es war nicht gerade einfach die Geschichte richtig zusammen zu bekommen. Da hatte ich tatsächlich gedacht, dass sich zwischen uns etwas Großes ereignete, verliebte mich Hals über Kopf und dann so ein Sch...lamassel. Was für eine Fehleinschätzung. Seit ich aus dem Taxi gestiegen bin, fühlte ich mich betäubt, aber langsam kroch sich da ein Gefühl von ganz unten nach ganz oben. Es kratze an meinem Brustkorb, kletterte meinen Hals empor und endete schließlich damit, dass man von außen betrachtet, nicht sagen konnte, ob ich weinte oder lachte.

Emma und Jakob beobachteten mich und sahen wie mir die Tränen über die Wangen liefen und ich gleichzeitig zu kichern begann. Ein Kichern, das den Beginn eines Nervenzusammenbruchs andeutete. Es konnte kaum noch absurder werden, dennoch zwang mich Emma dazu, ihr zuzuhören. Heute sehe die Sache ganz schlimm aus, redete sie mir ein, aber in kurzer Zeit werden wir bei einem Gläschen Wein sitzen und darüber lachen. Ich ließ mich beruhigen, aber glaubte nicht daran, dass ich jemals darüber reden, geschweige denn lachen, werde.

Es war Jakob anzusehen, dass es ihn zum Schloss zurückzog. Was immer ihn auch dort erwarten würde. »Wie gesagt, Lara, es tut mir sehr leid, dass alles so kam. Dennoch es war schön euch zu sehen, auch wenn es«, auch diesen Satz beendete er nicht.

Gefragt hätte ich ihn schon noch gerne, warum er mir denn nicht schon auf der Insel von der Schwester erzählt hatte. Der Ärger wuchs in mir. Hatte es ihm Spaß gemacht, dass ich mich da jeden Tag aufs Neue blamierte?

Die Tatsache, dass er nun hier stand und die Sache aufklärte, besänftigte mich hingegen wieder. Er, und nicht Sven, war gekommen. »Danke, Jakob, danke.«

Überrascht sah er mich an und schien noch abzuwägen, ob sich Sarkasmus hinter meinen Worten befand. Er machte mit der Hand eine wegwerfende Geste. »Hey, keine Ursache.«

»Weg von hier.« Mit diesen Worten half mir Emma von der Bank hoch und wir verließen den Schlosspark. Erst jetzt bemerkten wir, dass uns etwas fehlte. Wo waren nur unsere Koffer geblieben?

»Das Taxi!«, riefen wir beide zeitgleich und begannen zu laufen. Das wird wohl die teuerste Taxirechnung, die ich je bezahlt hatte und bezahlen würde.

Ich hatte beschlossen in nächster Zeit nicht mehr meine Wohnung zu verlassen und am besten mit niemanden mehr zu sprechen. Meine Wohnung! Mein Sofa! Einfach nur auf meine Couch liegen und schlafen. Ich wollte einfach nur mehr schlafen.

Verlobt zu sein

Schon als Sven von der Insel zurückkam, hatte ich etwas geahnt. So wie er geistesabwesend die Wohnung betrat, da hatte ich es gewusst. Auf einen Anruf während seiner Abwesenheit wartete ich manchmal vergebens und wenn er sich meldete, dann war er recht kurz angebunden. Aber daran war nichts Ungewöhnliches. Wir waren schon öfters voneinander getrennt gewesen. Dafür war die Zeit danach umso leidenschaftlicher. Das war es, was mir dieses Mal Sorgen bereitete. Er nahm mich kaum wahr. Er begrüßte mich als wäre er nur schnell Brötchen fürs Frühstück holen gegangen. Jakob verhielt sich mir gegenüber auch ganz seltsam. Hatten die Jungs zu viel Sonne abbekommen? Hatte es etwas mit diesen Frauen auf der Insel zu tun?

»Mach dir keine Gedanken, Sandra«, hatte Jakob gesagt, »ich entführe Sven auf eine Insel auf der die Menschen quasi nur paarweise vorkommen.«

Und wenn sie nach Thailand geflogen wären, ich machte mir überhaupt keine Sorgen. Ich war mir seiner Liebe und seiner Treue sicher, noch bevor wir uns dies offiziell vor unserer Familie und all unseren Freunden schwören würden. Sven war endlich mal ein Mann, dem ich auf Augenhöhe begegnen konnte. Keine Eifersuchtsanfälle, wenn ich mit einem anderen Mann sprach. Zuerst wollen sie dich haben und dann behandeln sie dich wie Dreck. Den letzten Narzissten, der sich mit mir sein Ego aufpolieren wollte, wurde ich erst mit polizeilicher Verfügung los.

∞

Auf einer Poolparty war ich Sven zum ersten Mal begegnet. Seine Augen streiften kurz über mich. Es war nichts Anzügliches - Ausziehendes - in seinem Blick. Er nahm mich wahr. Nahm mich wahr als menschliches Wesen und dann? Nichts dann. Ich wartete den ganzen Abend. Er unterhielt sich mit Leuten. Sprang in den Pool. Ich verfolgte die Blicke der anwesenden Frauen. Und was ich da sah, kam mir so bekannt vor. Sie konnten kaum den Blick von ihm abwenden. Er war alleine gekommen. Oh ja, er war ein schöner Mann und bildete sich nichts darauf ein. Von einer Sekunde auf die andere bekam ich Panik. Warum um Himmels Willen sprach er mich nicht an? Es hätte doch ein paar Gelegenheiten gegeben. Schnell wurde mir klar, dass mich dieser Mann nicht ansprechen würde. Na gut, vielleicht war er einfach nicht interessiert an mir. Vielleicht interessierten ihn ja Männer. Egal was es war, ich würde nicht gehen ohne es zumindest probiert zu haben. Meiner Freundin fiel es bald auf, wohin ich die ganze Zeit glotzte. Ich offenbarte ihr, dass ich einen Crush hatte und in meinem Bauch kribbelte es ganz mächtig. Wir kicherten und als Sven in den verwaisten Pool sprang, sah ich meine Chance gekommen. Ich befreite mich rekelnd von meiner Tunika, die ich über meinem Monokini trug und merkte, dass ich nicht mehr ganz so nüchtern war. Trotzdem köpfelte ich ins Wasser und schwamm auf ihn zu.

Ich wollte gerade zu einem »Hi« ansetzen, da kam er mir zuvor.

»Hallo, Schönheit.«

»Und Tschüss.« Okay, schräg! Wer begrüßt einen denn so? Wieder so ein Schwachsinniger, dabei hat er doch so vernünftig ausgesehen.

»Nein, nein, oh Gott, hab ich das jetzt wirklich laut gesagt? Bitte bleib.«

Er sah wirklich ernsthaft erschrocken aus. Erschrocken von sich selbst. Ich blieb.

Nicht nur ich, sondern auch er war keineswegs mehr nüchtern gewesen, deshalb verabredeten wir uns für den darauffolgenden Tag. Und den Tag darauf und den Tag darauf.

∞

Knapp drei Jahre lag nun diese Poolparty zurück, vor einem Jahr hielt er um meine Hand an. Im Vergleich zu meinen anderen Beziehungen fühlte sich die Zeit mit Sven wie ein Spaziergang an. Leicht und frei, die Zeit verging ohne, dass man es bemerkt und hinterher hat man nicht das Gefühl Zeit vergeudet zu haben. Und darum werde ich kämpfen. So wie damals, als ich die Party nicht verlassen wollte ohne mit ihm gesprochen zu haben. Genauso werde ich diese Beziehung, werde ich ihn, nicht kampflos aufgeben. Ich war mir seiner immer sicher, aber nichts ist selbstverständlich. Auch, wenn mir vorm Altwerden graute, wollte ich doch mit ihm älter werden.

Dieses Nein, das sich vom Ende des Trauungssaals bis zu mir vorkämpfte, ging mir ins Mark. Es klang so bedrohlich, als würde ein Leben davon abhängen. Einige Zeit brauchte ich um zu verstehen was vor sich ging. Was wollten diese zwei Frauen? Hatten sie sich an der Tür geirrt? Svens Blick verriet mir, dass er sie kannte. Lag da tatsächlich Freude in seinem Blick? Am liebsten hätte ich mir eingeredet, dass es sich bei den zwei bloß um seine Cousinen oder verrückte Studienkolleginnen handelte. Doch, nein. Wie verrückt war das Ganze? Es waren die zwei Bekannten von der Insel.

∞

Nach Svens Rückkehr von seiner Reise mit Jakob reservierte ich gleich einen Tisch in unserem Lieblingsrestaurant. Ich musste ihn aus dem Haus bringen. Träge saß er auf seinem Lieblingsstuhl und starrte vor sich hin.

»Erzähl mir von deiner Reise, Liebling«, säuselte ich ihm zu und versuchte dabei nicht unruhig zu werden.

Es war toll, sagte er mir, richtig erholsam und warm. Geistesabwesend erzählte er mir vom Schnorcheln und Tauchen.

Es war mühsam. Konnte er nicht einfach mit der Wahrheit herausrücken, wie schmerzlich sie auch immer sein sollte?

Auf dem Weg zum Restaurant begann er zu sprechen, wenn auch sehr stockend. »Sorry, dass ich bisher so schweigsam war. Es ist nur so, dass die Abreise von der Insel sehr schnell gehen musste. Wir haben da irgendwie die Flugzeiten durcheinandergebracht und die Zeitumstellung. Tja die Zeitumstellung. Und da sind noch ein paar Dinge in meinem Kopf, die ich noch ordnen muss.« Er sah sehr nachdenklich aus.

Wir saßen an unserem Lieblingstisch am Fenster. Unser Lieblingsplatz in unserem Lieblingsrestaurant. Was zum Teufel, wenn er hier damit rausrückt, dass er mich betrogen hat? Sven geriet immer mehr und mehr in Gesprächslaune, wobei er nichts Wesentliches sagte. Ganz klar drückte er sich vor etwas. Wenn er mit mir jetzt Schluss macht, dann packe ich das nicht, da war ich mir ganz sicher. Oder glaubte er gar, dass ich ihm eine Affäre durchgehen lassen würde? Natürlich hatte er eingewilligt mit mir Essen zu gehen. Schließlich konnte ich ihm hier ja wohl schlecht eine Szene machen. Wenn er sich da mal nicht getäuscht hatte. Mir wurde heiß und ich brauchte auf der Stelle ein Glas Wein.

Ich bekam gar nicht mehr wirklich mit, wovon Sven die ganze Zeit sprach und unterbrach ihn. »Ich muss mal auf die Toilette, bestell doch schon mal ein Achterl. Ach was, ein Viertel Sauvignon Blanc für mich. Ja? Machst du das?« Ohne eine Antwort abzuwarten, schnappte ich meine Handtasche und lief zur Toilette.

Am Waschbecken stützte ich mich ab und sah eine junge Frau mit einem ängstlich-verzweifeltem Gesicht, deren Haaransatz neu blondiert werden musste. Sie wollte dies kurz vor der Hochzeit machen lassen. Jetzt war sie sich nicht mehr sicher, ob diese überhaupt stattfinden würde. Ich wischte mir übers Gesicht und massierte meine Schläfen. Es war einfach zu schön gewesen. Die Beziehung zu Sven war zu perfekt gewesen. Schon wieder war sie auf einen Typen reingefallen. Sie wollte nicht mehr naiv sein. Zu spät hatte sie es bemerkt und nun spürte sie die abertausend Stiche in ihrem Herzen. Schmerzen, die sie so noch nie zuvor spürte, weil sie so geliebt hatte wie nie zuvor. Da gab es keinen großen Streit in der Vergangenheit, keine Unstimmigkeiten, die sie nicht rasch aus dem Weg räumen konnten. Ihre Liebe musste noch keine Feuerprobe bestehen. War das nun ihre Feuerprobe?

Eine ältere Dame steckte mit suchendem Blick ihren Kopf durch die Tür. Als sie mich ansah, trat ihr freundliches Lächeln zum Vorschein, sie nickte und verschwand so schnell wie sie aufgetaucht war. Ich erkannte sie als Stammgast des Restaurants. Hinter der Tür hörte ich Stimmen. Die Tür öffnete sich wieder einen Spalt.

»Schatz?« Svens Stimme klang sanft. »Das Essen habe ich einpacken lassen. Lass uns nach Hause gehen.«

Sven balancierte die Pizzaschachteln auf einer Hand, während er die Haustüre aufschloss. Ich hielt meinen Sauvignon-Blanc-to-go mit beiden Händen umklammert, um weniger das Gefühl zu haben den Halt zu verlieren.

Bei meinem Sauvignon-to-go handelte es sich übrigens um eine Flasche Wein, die mir zuvor noch Sven geordert hatte. Normalerweise konnte ich gut und gerne auf Alkohol verzichten, aber nicht an diesem Abend. Höflichkeitshalber bot ich auch Sven etwas an, er lehnte angewidert ab, obwohl er diesen Wein sehr gerne trank. Später an diesem Abend sollte ich den Grund dafür noch erfahren und warum er gut und gerne in der nächsten Zeit auf Alkohol verzichten konnte.

»Ihr habt was?« Ich wollte eigentlich gar nicht schreien, aber es ging nicht anders. »Sie hat was?« Zuerst hatte ich Sven in aller Ruhe zugehört und mir von ihm die Story erzählen lassen.

»Wir haben gar nichts. Es ist nichts passiert. Warum macht jeder so ein Theater?«

Auch Sven hatte begonnen zu schreien, was ich so überhaupt nicht verstand. Nachdem wir ein Stück Pizza hinunter gewürgt hatten, wurde uns klar, dass wir reden mussten. Sven wurde endlich bewusst, dass es Erklärungsbedarf gab. Gleich zu Beginn brachte er seine Schwester ins Spiel. Bisher hatte er immer nur sehr wenig mit mir über sie gesprochen. Was ich über sie wusste, hatten mir hauptsächlich seine Eltern erzählt. Aber auch nur dann, wenn er mal den Raum verließ oder mit dem Hund im Garten spielte. Ihre Gesichter und ihre Stimmen nahmen so eine unermessliche Traurigkeit an, dass ich es nie wagte zu viele Fragen zu stellen. Doch nun, so dachte ich mir, kann er endlich mit mir über sie sprechen. Das ist doch ein gutes Zeichen, so kurz vor der Hochzeit. Jedoch tauchten dann diese anderen Frauen auf und von da an ging es nur mehr um diese eine Frau. Diese Frau, die ihn an seine Schwester erinnert hatte. Sie ähnelte seiner Schwester ein bisschen vom Aussehen, aber noch mehr von ihrer Art, ihrer Attitüde. Na toll, wie das bloß aussah, als er sich auf einer Insel mit einer knapp Zwanzigjährigen amüsierte. Er korrigierte mich ganz schnell und tat so als ob ich etwas Essentielles nicht verstanden hätte.

»Nein, nein«, er schüttelte den Kopf und blickte konzentriert zu Boden, »Sie war im selben Alter wie meine Schwester - wie sie es heute wäre. Das war es ja. Als wäre sie gar nicht gestorben. Als hätte sie gelebt. Als hätte sie die ganze Zeit gelebt. Ich konnte ihr Sachen sagen, die ich ihr damals hätte sagen sollen.«

Nun hatte ich erst recht Mitleid mit dieser Frau. Eine Frau, die Anfang Dreißig war und meinen zukünftigen Mann an ein junges naives Mädchen erinnerte. In meinem Gedanken ging ich durch, wer mir wohl einen guten Therapeuten empfehlen konnte. Bei diesem Gedanken erschrak ich, aber ich machte mir nun mal große Sorgen um Sven. So hatte ich ihn bisher noch nicht erlebt.

»Ich weiß, es klingt alles so schräg und ich weiß schon, dass SIE nicht meine-vom-Tode-auferstandene-Schwester ist. Aber es tat so gut, es war als hätte ich Dinge nachholen können.«

Die Geschichte, so haarsträubend sie auch war, musste ich ihm glauben. Hätte er mir irgendeine Lüge auftischen wollen, dann wäre nie seine Schwester darin vorgekommen. Was hatte denn diese Frau dazu gesagt? Konnte er mit einer Fremden besser über seine Schwester sprechen als mit ihr?

»Wir haben nicht über meine Schwester gesprochen.«

Ich verstand ihn nicht richtig, deshalb fragte ich nach. »Was hat denn diese Frau gedacht, warum du Zeit mit ihr verbringst?«

»Sie heißt Lara.«

»Was?«

»Diese Frau, so wie wir sie die ganze Zeit nennen, ihr Name ist Lara.«

Am liebsten hätte ich sie einfach nur Bitch genannt, aber na gut.

»Also diese Frau hat doch sicherlich…«

»Lara!«, er unterbrach mich einfach mit diesem Namen.

»Nein! Das gibt es doch nicht. Hör auf diesen Namen zu sagen«, schrie ich. Sven sah mich erschrocken an. »Sven, verstehst du das nicht, dass diese Frau vielleicht den Eindruck hatte, dass du etwas von ihr willst? Ihr seid da auf einer romantischen Insel, verbringt viel Zeit miteinander. Kommt dir da nichts weiter in den Sinn?«

»Nein, warum glaubt jeder, dass es immer auf das Eine hinauslaufen muss. Ich habe das auch schon Jakob erklärt. Sie hatte auch wirklich selbst mit sich zu tun. Das war alles rein freundschaftlich.«

Jakob wusste also davon. Na klar, musste er es mitbekommen haben.

Ich war mir sicher, dass er keine Gefühle, die über eine gewisse Geschwisterliebe hinausging, für sie hegte. Aber bei ihr konnte ich mir da nicht so sicher sein. Was hätte ich denn an ihrer Stelle gedacht, noch dazu, wenn ein so gutaussehender Mann mit mir Zeit verbringen wollte.

»Naja Jakob hat ja schon die ganze Zeit auf mich eingeredet, dass ich ihr von meiner Schwester erzählen soll, aber ich konnte es einfach nicht.«

Er sah mich schuldbewusst an. Ich legte zum Trost meine Hand auf seine. Es handelte sich bloß um ein Missverständnis, ein kleines Tohuwabohu. Nichts was wir nicht bewältigen konnten. Und dann, dann hätte er einfach nur die Klappe halten sollen.

Es brauchte eine Zeit bis ich vollends verstanden hatte, was er mir da erzählte. Dieser Tumult bei seiner Abreise und dann war sie einfach nicht wach zu bekommen. Aber er hatte doch ohnehin keine Zeit mehr gehabt ihr alles zu erzählen. Im Brief bekam er es auch nicht richtig hin. Fragen schossen mir durch den Kopf. Wie? Sie war nicht wach zu bekommen? Warum nicht? War es denn nicht schon Mittag? Hatte er bei dieser ganzen Aufregung noch Zeit um zu ihrem Bungalow zu laufen? Und wo war Jakob die ganze Zeit? Nun dämmerte es auch Sven, dass seine Schilderung des Abreisetages, sehr ungeschickt verlief. Es sah nicht gut für ihn aus, daher holte er aus und erzählte mir von diesem Mangolikör, wie er diesen illegal erworben hatte und alles was er darüber wusste. Er versuchte abzulenken und Zeit zu gewinnen.

»Hör mal, dieser Mangolikör interessiert mich nicht.

Ich will wissen, was da los war.« Im Grunde wollte ich es nicht wissen und schon gar keine Details.

Sven kam auf das Mangolikör-Debakel zu sprechen. Wie dieses schließlich dazu geführt hatte, dass diese Lara die ganze Nacht über bei ihm geblieben war, brachte er nur sehr zögerlich hervor.

»Woher willst du denn wissen, dass da nichts passiert ist, wenn du so angetrunken warst.«

»Weil ich das eben weiß. Außerdem war ich in der Früh noch angezogen.«

»Und sie? War sie auch noch angezogen?«

»Ja.« Er machte eine Pause. »Ich vermute schon.«

»Du vermutest?«

»Ich weiß es nicht. Glaubst du ich sehe nach, wenn ich so einen Stress mit der Abreise habe?«

Es war nicht zu verstehen, warum er so laut wurde, so gekränkt reagierte. Diese Geschichte war ja mehr als absurd, aber immerhin erzählte er sie mir. Von Gedanken und Gefühlen wurde ich hin und her gerissen. Ich wollte ihm so gerne glauben. Durfte ich ihm den Glauben schenken oder war das einfach nur naiv. Und wie konnte er so dumm sein und sich auf so etwas einlassen. Was hatte er sich auf der Insel dabei nur gedacht? Zumindest hatte er nicht an mich gedacht und ich spürte wie sich mein Herz vor Schmerz zusammenzog.

»Scheiße.« Sven sackte auf der Couch zusammen und vergrub das Gesicht in seinen Händen. »Ich weiß, wie das alles auf dich wirken mag und ich habe keine Ahnung wie ich dich davon überzeugen kann, dass da nichts gelaufen ist. Wenn ich nur daran denke, dass du eine Nacht mit einem Anderen verbringen würdest. Weißt du was, daran kann ich gar nicht mal denken.«

∞

Diese Frau stellte unsere Beziehung ganz schön auf die Probe. Damit, dass sie dann auch noch bei unserer Hochzeit auftauchte, sogar zum zweiten Mal. Eines war mir klar, dieser Frau wollte ich nie wieder begegnen.

Teil zwei

Sie brauchen Zeit zu zweit

Ich: Sowas von am Sand

Von außen wurde ein Schlüssel in die Tür gesteckt und kurz danach sprang die Tür auf. Leises Flüstern war zu hören, Emma und Herbert verhielten sich so, als würden sie sich unbefugt Zutritt verschaffen, obwohl es ihre Wohnung war. Nach dem Hochzeitsdesaster ließ Emma mich bei ihr wohnen. Aus ein paar Tagen wurde eine Woche. Zuerst wollte ich ja ganz schnell wieder weg, weil ich Herbert in meiner Nähe nicht ertrug, aber er erwies sich als überaus nett. Nicht, dass wir viel miteinander sprachen, aber er brachte mir ungefragt eine Tasse Tee und es gab dann hie und da auch Kekse dazu. Außerdem war er ein richtig guter Koch. Alles sehr gesund, was er da auftischte und zudem schmeckte es noch hervorragend. Zur Kompensation stopfte ich mich dann am Abend vorm Fernseher noch heimlich mit Chips voll. Emma hielt sich im Hintergrund und war mir gegenüber etwas distanziert. Ich vermutete, Herberts Nähe schien sie zu stören und wahrscheinlich hätte sie sich gerne alleine um mich gekümmert. Sie trug seit dem

Vorfall auch immer einen besorgten Blick in ihrem wunderschönen Gesicht, der sie etwas älter erscheinen ließ. Ich sollte ihr sagen, dass sie damit aufhören sollte, für ein paar Tage kann man das ja machen, aber über kurz oder lang würde das Falten hinterlassen. Als mein Blick die Wanduhr streifte, fragte ich mich, was die zwei bereits zu Hause wollten. Nun gut, ich sollte eigentlich um diese Zeit auch nicht in ihrer Wohnung, sondern in der Arbeit sein, aber ich nahm mir einen Home-Office Tag. Es war bereits der dritte in Folge, aber ich hielt es in unserem Bürogebäude einfach nicht aus und das Konzept für unseren neuen Kunden konnte ich auch ganz gut hier schreiben. Wenn ich überhaupt zum Arbeiten kam, denn zeitgleich entdeckte ich in der Wohnung eine riesige DVD-Sammlung und darunter fand ich alle Staffeln der bekanntesten Serien. In Dauerschleife lief nun irgendeine Serie. Gerade war ich bei *Sex and the City* hängen geblieben. Als ich Emma auf diese Sammlung ansprach, stutzte sie nur kurz und ich war mir nicht sicher, ob sie sich einfach ertappt fühlte und diese Serien zu ihrem heimlichen Fetisch gehörte oder es eigentlich Herberts Sammlung war. Als mir dieser Gedanke kam, ließ ich es bleiben, weitere Fragen zu stellen.

Noch immer hatte ich keine Antwort auf meine Frage, was die zwei bereits zu Hause machten. Kurz dachte ich, Emma schleicht sich da mit einem anderen Mann in die Wohnung, aber Herberts Stimme war unverkennbar. Ich wägte ab, ob ich einfach aus dem Gästezimmer treten und somit auf mich aufmerksam machen sollte. Folglich müsste ich ihnen auch noch erklären, warum ich nicht in der Arbeit war. Da musste wohl wieder die Kopfschmerz-Ausrede her. Als sie anfingen sich zu unterhalten, entschied ich mich dazu, dass ich noch ein bisschen warten konnte. Nicht, dass ich lauschen wollte, ich wollte lediglich nicht ihre Konversation unterbrechen, würde ich sagen, wenn ich später danach gefragt werden würde.

Wie ein Ping-Pong-Spiel ging es zwischen den beiden hin und her.

»Es ist Zeit, dass sie wieder in ihre Wohnung geht.«

»Das wird sie, sie braucht eben noch ein bisschen Zeit.«

»Es ist zu viel. Ich brauche meinen Freiraum. Ich brauche dich. Einfach nur Zeit zu zweit.«

»Das verstehe ich. Sie bleibt ja auch nicht für immer. Aber derzeit braucht sie einfach Leute um sich herum.«

»Irgendwann ist der Punkt erreicht und dann muss man sich einfach zusammenreißen und weitermachen. Das ist es was mich wahnsinnig macht. Diese Lethargie!«

»Manchmal ist es eben ein bisschen schwierig, da wieder alleine herauszufinden. Manchmal braucht es Zeit.«

»Mir reicht's aber jetzt schon. Ich will wieder die Wohnung für uns haben. Mit dem Urlaub hat ja alles angefangen. Sie hätte gar nicht dabei sein sollen. Das war unser Urlaub. Wir zwei hätten auf der Insel sein sollen. Dann wäre uns - und vor allem auch ihr - alles erspart geblieben.«

Irgendwann begannen mir die Tränen aus den Augen und

über die Wange zu kullern. Lange brauchte ich nicht, um zu checken, dass es um mich ging, auch wenn mein Name unausgesprochen blieb. Ich wusste nicht, was mich mehr verwunderte, dass Emma so über mich dachte und es gar nicht erwarten konnte mich loszuwerden oder dass Herbert Partei für mich ergriff und Verständnis für mich zeigte. Mein Kopf fühlte sich nur noch taub an und ich packte meine Sachen zusammen. Es war ja deutlich, dass ich zu Gehen hatte. Die Stimmen im Gang verschwanden. Hatten sie aufgehört zu sprechen oder war ich so aufs Zusammenpacken konzentriert? All meine Sachen wollte ich mitnehmen, nichts wollte ich in dieser Wohnung zurücklassen. Zusätzlich zu meinem privaten Kram, musste ich nun auch noch meine ganzen Arbeitssachen irgendwo unterbekommen und hatte Mühe alles auf einmal zu tragen. Ich stolperte aus dem Zimmer.

»Jetzt beruhig dich doch erst mal, Emma.«
»Ich beruhige mich dann, wenn ich endlich wieder...«
Zwei erschrockene Gesichter blickten mir entgegen.
»Okay, ich gehe. Danke für alles.«

Eigentlich wollte ich toben und Emma ganz schreckliche Dinge an den Kopf werfen, aber es stand mir nicht zu und mir fehlte außerdem die Kraft dazu. Kurz hoffte ich, dass sie mich zurückhalten würde, dass sie mir sagen würde, dass sie einen furchtbaren Tag hatte. Dass Kunden, denen sie eine Reise in den arabischen Raum vermittelt hatte, entführt wurden. So etwas in der Art und ihren Ausbruch rechtfertigte, um letzten Endes zu versichern wie gern sie mich um sich hatte. Wir würden uns aufs gemütliche Sofa kuscheln und Herbert würde uns Tee bringen. Bis die beiden die Situation überhaupt richtig erfassen konnten, war ich jedoch längst schon aus der Wohnung draußen.

Als ich das Stiegenhaus hinunterging und darauf Acht geben musste, dass mir meine Laptop-Tasche nicht entglitt, hörte ich Schritte hinter mir. Keine zierlichen, leisen Schritte, sondern große, schwere. Herbert nahm mir meine Laptop-Tasche und den Polsterbezug ab, in welchen ich, aus Mangel einer Alternative, meine Arbeitsunterlagen gestopft hatte. Er sah mich fragend an und er gab sich mit einem entschuldigenden Blick meinerseits zufrieden, denn er fragte nicht weiter nach, warum ich seinen Polsterbezug entwendete.

Ohne ein Wort zu sprechen, führte er mich zu seinem Auto, um mich zu meiner Wohnung zu bringen. Ich war so dankbar. Dankbar dafür, dass ich nicht mit einem Polsterbezug durch die Gegend laufen musste. Dankbar dafür, dass ich hier schluchzen konnte, ohne der Öffentlichkeit ausgesetzt zu sein. Umso mehr ich schluchzte, umso mehr schien sich Herbert auf die Straße zu konzentrieren. Seine Gesichtsfarbe wechselte mehrmals zwischen rot und weiß. Um nicht noch einen Unfall zu provozieren, entschied ich mich dazu, Emmas Rat zu befolgen und mich einfach mal zusammenzureißen. Erstaunlicherweise funktionierte das echt gut und sehr schnell. Ich atmete tief durch und auch Herbert sah rasch entspannter aus und schien sein Lenkrad nicht mehr regelrecht erwürgen zu wollen.

»Lara, Emma hat das nicht so gemeint. Sie ist nur gerade ein bisschen...« Ich hatte ihn nicht unterbrochen und wäre sehr interessiert an seiner Erklärung gewesen. »Vielleicht muss da erst mal ein bisschen Ruhe einkehren und dann könnt ihr miteinander sprechen.«

»Emma wollte gar nicht mit mir auf die Insel fahren.« Entweder dachte er ziemlich lange darüber nach, was er antworten sollte oder er versuchte tatsächlich so zu tun, als hätte er mich nicht gehört. Dann schüttelte er kaum merklich den Kopf. »Sie wollte eigentlich mit dir hinfahren, hat dir dann aber gesagt, dass sie mich mitnehmen möchte. Wegen meiner schwierigen Trennung bla bla bla.«

»Eigentlich war es...«

»Ach verzeih, eigentlich war es eine schwierige Beziehung. Oder wie war das? Schmerzlich! Schmerzliche Beziehung.«

Herbert zögerte weiterhin und tat so, als müsste er sich auf den Verkehr konzentrieren. Nur war da nicht viel Verkehr, wir waren beinahe alleine auf der Straße. Er holte tief Luft. »Eigentlich hatte ich sie eingeladen.« Er atmete lange aus und die Luft entwich aus ihm wie aus einem Blasebalg. »Ich wollte mit ihr auf die Insel, dann hat sie sich aber so wahnsinnig viele Sorgen um dich gemacht und dann habe ich ihr vorgeschlagen, dass sie doch mit dir hinfahren soll. Vielleicht tut es dir gut. Du würdest mal aus der Stadt rauskommen. Dachte ich. Ich wollte auf der Insel um ihre Hand anhalten.«

Wir starten uns beide erschrocken an. Bevor ich etwas sagen konnte, noch bevor ich wusste, was ich überhaupt denken sollte, stammelte er vor sich hin.

»Sag bitte Emma davon nichts. Ich… ich… habe gar nicht mehr daran gedacht. Verdammt… ähm… ich hätte dir das gar nicht sagen sollen.«

Neben mir saß nun ein vor sich hin glucksender Herbert und ich betete inständig darum, dass er nicht noch in Tränen ausbrechen würde. Oh Jesus, es war ihm wohl wirklich ernst mit Emma und ich wusste auch, dass sie keine Sekunde zögern würde und diesen Affen heiraten würde. Denn, und nun musste ich es zugeben, er war wirklich liebenswürdig. Aber trotzdem, warum gab er die Reise - und die Möglichkeit ihr dort einen Heiratsantrag zu machen - auf? Als hätte er meine Gedanken erraten, plapperte er weiter vor sich hin. So viele Monate des Schweigens und dann das.

»Dass diese Aktion völlig selbstlos war, ist nicht ganz wahr. Ich hatte kalte Füße bekommen. Was, wenn sie nicht Ja sagen würde, dachte ich mir. Wenn es zu früh wäre und ich alles damit kaputt machen würde. Was, wenn Emma Ja sagen würde? Kommt danach vielleicht viel zu schnell der Alltag? Da kamst du ganz recht. Bitte verstehe mich nicht falsch. Ich liebe sie. Oh ja, ich liebe sie über alles.«

Wir waren bei meiner Wohnung angekommen. Ich versicherte ihm, dass ich Emma nichts verraten würde. Das war im Moment ja auch nicht allzu schwierig. Herbert bot mir noch an, meinen Kram in meine Wohnung zu bringen, aber er fand keinen Parkplatz und irgendwie hatte ich auch das Gefühl, dass er so schnell wie möglich zu Emma zurück wollte. Er würde in die Wohnung laufen und sie stürmisch umarmen, ihr sagen wie sehr er sie liebte. Diesen Gefühlsausbruch würde sie nicht verstehen, aber es wäre für sie ein Zeichen dafür, dass er doch nicht so vorhersehbar war, wie alle immer sagten. Sie hätten dann endlich die Wohnung wieder für sich alleine und würden das ganz bestimmt ausnutzen. Okay und hier merkte ich, dass ich meiner Phantasie einen Riegel vorzuschieben hatte. Angewidert schüttelte ich mich und kehrte in mein erbärmliches Leben zurück.

»Lara, das wird schon wieder.« Mit diesen Worten verabschiedete Herbert mich und ich stand wie ein begossener Pudel am Straßenrand.

Ich blickte hoch zu meinem Fenster, als wüsste ich nicht ganz genau, was mich in meiner Wohnung erwarten würde und somit atmete ich nochmals tief ein, bevor ich mich mit meinen Sachen belud und mich nach oben kämpfte. Tatsächlich erwartete mich eine unaufgeräumte und dreckige Wohnung. Das konnte doch gar nicht wahr sein. Hatte ich sie wirklich so verlassen? Es überkam mich ein Déjà-vu und ich fragte mich, ob Max in meine Wohnung gezogen war. Wie habe ich mich nach einer Wohnung ganz für mich alleine gesehnt? Wenn ich erst alleine wohnen würde, dann wäre sie aufgeräumt, geputzt und ganz nach meinem Geschmack eingerichtet. Dennoch erkannte ich diese Wohnung nicht als meine wieder. Panik kam in mir auf. Ich fühlte mich wie ein Mensch, der gerade sein Gedächtnis verloren hatte und erkennen musste, was für ein Versager er war. Ich kauerte schluchzend auf den Boden, hasste und bemitleidete mich zugleich. Wie tief würde ich noch sinken müssen, bevor ich es endlich wieder auf die Reihe bekam? Nun gut, es war Zeit die Fakten zu betrachten. Das hilft immer! Nur auf die Fakten und nicht auf die Emotionen fokussieren. Dann sieht alles halb so schlimm aus. Also Fakt Numero Eins: Meine beste Freundin hat mich gerade hinausgeworfen. Ha falsch! Ich habe die Wohnung meiner besten Freundin freiwillig verlassen. Nachdem sie gesagt hatte, dass es Zeit für mich zu gehen war. Das macht es gerade nicht besser. Dann weiter. Vor etlichen Monaten hatte mein Freund Schluss gemacht, nachdem ich immer gezögert hatte. Er hat es einfach durchgezogen. Danach habe ich mich in die Arbeit gestürzt, um endlich die Teamleitung zu bekommen. Die ich dann nicht bekommen habe, weil ich zu wenig Initiative zeigte. Ich floh mit Emma auf die Insel und verliebte mich dort Hals über Kopf in einen verlobten Mann und versuchte dann seine Hochzeit zu verhindern. Tränen rannen mir nicht mehr übers Gesicht, sondern kamen wie Fontänen aus meinen Augen geschossen.

»Oh mein Gott, oh mein Gott, was habe ich getan. Neeeiiin. Ich bin eine absolute Katastrophe!«

Durch das Klopfen an der Tür, bemerkte ich, dass ich angefangen hatte vor mich hin zu winseln. Mein Handy piepste und ich sah, dass die Nachricht von Julia kam, die wissen wollte, ob alles in Ordnung war. Ich hätte sie wahnsinnig gerne bei mir gehabt, aber es war jetzt wohl besser alleine zu sein und mich zu sammeln. Daher tippte ich nur eine kurze Nachricht, dass sie sich keine Sorgen machen sollte und ich mich bei ihr melden würde.

In einem Film hätte die Chaotin nun den Ernst der Lage erkannt, der absolute Tiefpunkt wäre erreicht gewesen. Bei mir war ich da jedoch nicht so sicher gewesen. Ich dachte an die Filme, in welchen die Protagonistinnen eine Wandlung durchlebten. Vivienne in *Pretty Woman* von der Hure, die sich zur Lady wandelt und dann studieren möchte. In *Natürlich Blond* tauscht Elle Woods die Vogue gegen ein Gesetzbuch und tut das Richtige aus den falschen Gründen. Wegen der Liebe und um ihren Schwarm zu beeindrucken, macht sie sich auf zum Jura-Studium und erkennt dann, dass so viel mehr in ihr steckt. Zu später Stunde in so mancher geselligen Runde wurde ich für mein Loblied auf Elle Woods belächelt oder vielleicht auch, weil ich den Film zu einem meiner Lieblingsfilme zählte.

Einmal rutschte mir das auch auf einer Firmenfeier heraus. Wir waren alle schon ziemlich angetrunken und Felix trällerte mir ins Ohr, dass er gar nicht gewusst hatte, wie verträumt ich doch war. Ich wurde schlagartig nüchtern. Verträumt? Nannte er mich tatsächlich verträumt? Ich verließ danach ganz schnell die Feier und am nächsten Tag redete zum Glück niemand mehr darüber. Ich hatte mich wenige Male meinen Träumen hingegeben - zuletzt auf der Insel und dabei kam, wie bereits bekannt, nichts Gutes heraus.

Abrechnung mit dem Ex

Irgendetwas lief also gründlich schief bei mir. War ich vorher schon neben der Spur gewesen oder fing alles mit der Trennung von Max an? Ich konnte nicht mehr tatenlos zusehen, bevor noch etwas Schlimmeres passierte. Wobei mir im Moment nichts einfiel, was schlimmer sein konnte als eine Hochzeit zu zerstören. Und ich fragte mich von Neuem: Was ist da nur in mich gefahren? Ich hoffte die Antwort bei Max zu finden. Kurz hatte ich mir überlegt zu seiner Wohnung zu fahren. Da ich jedoch vermutete, dass er dort mit seiner neuen Freundin lebte, wollte ich mich erstens nicht vor einem weiteren Menschen blamieren und zweitens nicht noch eine Beziehung zerstören. Zögernd betrachtete ich das Handy, welches von der einen zur anderen Hand wanderte, mit angezogenen Beinen saß ich auf meiner schönen neuen Couch. Ich überlegte mir noch, ob ich mir ein Glas Wein einschenken sollte, entschied mich aber dagegen. Ich brauchte einen klaren Kopf. Ein paar Mal tippte ich noch nachdenklich mit dem Handy gegen mein Kinn, bevor ich mich schließlich dazu aufraffen konnte, Max' Nummer aus der Kontaktliste auszuwählen.

Jahrelang war er unter Schatz eingespeichert gewesen und ich war überrascht, wie schnell ich mich daran gewöhnt hatte, ihn nicht mehr unter seinem alten Kontaktnamen zu suchen. Ich drückte auf das grüne Anrufsymbol und es läutete. Und es läutete. Mobilbox.

Hey, das darf jetzt ja wohl nicht wahr sein! Ich legte meine Stirn in Falten und konnte nicht glauben, dass er nicht ans Telefon ging. Er hatte sein Handy immer dabei und bei jedem Pips holte er es hervor. Für ihn kamen technische Geräte ganz klar vor menschlichen Lebewesen. In den unmöglichsten Situationen beantwortete er Anrufe oder Nachrichten. Wären wir jemals kurz vor einem romantischen Heiratsantrag gestanden, dann hätte ich mein Leben darauf gewettet, dass just in diesem Moment eine Frage am Handydisplay erschienen wäre: Wollen Sie das Systemupdate installieren?

Ich war wütend und tippte gleich eine Nachricht.

> Beinahe habe ich eine Hochzeit platzen lassen. Habe ich toll gemacht, nicht wahr? Wieso hebst du nicht ab? Ich muss mit dir reden!

Ha, er war also doch an seinem Handy und ich sah, wie im Messenger das grüne Licht über seinem Foto aufleuchtete.

> Hey Lara, was ist da los bei dir? Wolltest du heiraten? Kann gerade ganz schlecht. LG Max

> Nein, doch nicht meine Hochzeit. Die Hochzeit
> von jemand anderem. Ich bin am Arsch. Muss
> reden!

Nach einer kurzen Pause meldete sich Max wieder.

> Kommt das nicht ein bisschen zu spät? Das
> Reden. Es ist gerade ganz schlecht. Bin gerade
> beim Film schauen. Ich melde mich.

Echt jetzt? So schnell würde ich mich von ihm sicher
nicht abspeisen lassen.

> Drück auf Pause. Wie oft wurden unsere
> Gespräche oder Filmabende unterbrochen, nur
> weil irgendein Scheißgerät einen Scheißpieps
> abgegeben hat!

Während die eine Nachricht erst gesendet wurde, tippte
ich schon die nächste.

> Ich finde - nachdem du mich schon beschissen
> hast, hab ich ein Gespräch verdient. Glaubst du
> tatsächlich, dass ich dir schreibe, wenn es
> nicht tatsächlich sein muss?

> Du hättest mir ruhig mal sagen können, dass
> das unhöflich ist am Handy zu sein oder mich
> überhaupt mal drauf aufmerksam machen
> können, dass ich ständig am Handy BIN. Ich
> hatte ja keine Ahnung.

Spinnst du? Ich hab dich nicht betrogen.
oder beschissen, wie du es nennst.

Also, streitest du es ab?

Ich versteh gar nix mehr. Lass mich einfach in
Ruhe!

Leidest du unter Gedächtnisverlust oder was?
Ich wollte einfach nur ein vernünftiges
Gespräch mit dir führen.

Das lief alles in eine ganz andere Richtung, die ich mir
erwartet hatte. Aber ganz ehrlich! Eigentlich hatte ich
keine Ahnung, was ich eigentlich wollte.

Ich kenn mich selbst nicht mehr.

Ein eingehender Anruf erschien auf meinem Handy.
Max.

Mit verschwommenen Augen blickte ich auf das
Handydisplay und wischte mir mit dem Handrücken den
Rotz von der Nase. Mit kläglicher Stimme hob ich ab:
»Ja?«

Ich nahm wahr, wie Max atmete und wie sein Ärger
am anderen Ende rasch verschwand als er merkte, dass
ich ganz verweint war.

»Lara, was ist los? Hör damit auf zu sagen, dass ich
dich beschissen habe. Das hab ich nicht.«

»Das habe ich aber ganz anders in Erinnerung, Max.«

Das Aussprechen seines Namens verursachte mir auf einmal Schmerzen. »Was war an dem Abend, an dem du mir gesagt hast, dass du dich in eine andere verliebt hast!« Ich wusste, dass ihr Name Tanja war, aber ich wollte ihn nicht aussprechen.

»Verliebt, Lara, verliebt!«, versuchte er mir begreiflich zu machen. »Ich wollte einen klaren Schlussstrich ziehen. Ich wollte nicht, mit etwas Neuem beginnen«, genervt unterbrach er den Satz. »Lara, hast du die ganze Zeit geglaubt, dass ich dich betrogen habe?« Pause. »Lara, bitte sag etwas!«

Ich legte auf.

Lara, du wolltest reden. Also nun, reden wir!

Max rief an.
Anruf in Abwescnhcit.

Max rief ein weiteres Mal an.
2 Anrufe in Abwesenheit.

Ich will lieber schreiben.

Oh ich war so wütend, dass er damals Schluss gemacht hat und nicht ich. Warum habe ich so lange gezögert? Die Beziehung war doch längst tot. Der Alltag hat uns umgebracht. Eines der schlimmsten Dinge, die einer Beziehung passieren kann, ist der Alltag. Er schleicht sich in die Beziehung ein und zerstört sie von innen heraus. Nun war ich die Verlassene und wie ich scheinbar zu Unrecht geglaubt hatte auch die Betrogene. Nun, konnte ich wenigstens die Betrogene streichen.

Na gut, dann lass uns schreiben.

Die Beziehung: Der Versuch eines Resümees

Max dachte daran, wie er damals versucht hatte mit ihr zu reden, aber für sie sei alles gesagt gewesen. Vielleicht hatte er es aber auch blöd angesprochen. Nur, kann man das überhaupt irgendwie richtig ansprechen? Gibt es eine richtige Art des Schlussmachens oder eine richtige Art, wie man dem Anderen sagt, dass man sich verliebt hat? Also in eine andere Person verliebt hat. Das ist ja alles immer irgendwie blöd. Hätte er sie mehr darauf vorbereiten sollen? Er dachte, dass sie es sowieso schon geahnt hätte und wunderte sich, dass sie nicht schon viel früher den Schlussstrich gezogen hatte. Max wusste nicht, ob es auf sie beide zutraf, dass sie sich auseinander gelebt hatten. Aber zumindest hatten sie schon eine Zeitlang nur mehr nebeneinanderher gelebt.

Ich bekomme nichts mehr auf die Reihe. Ach Max, keine Ahnung was mit mir los ist.

Und wie kann ich dir da helfen?

Da ich nix mehr zu verlieren hab, probier ich nun alles aus. Vielleicht muss ich die Trennung erst richtig verarbeiten

...oder unsere verdammte Beziehung!

Du Arsch hast mit mir Schluss gemacht!!!

Und das soll dir jetzt helfen? Mich zu beschimpfen?

Ich will dich sehen. Komm zu mir.

Lara, das geht nicht.

Max zögerte und überlegte sich, ob er Tanja namentlich erwähnen soll. Er entschied sich dagegen.

Wegen Tanja. Du kannst es ruhig sagen.

Lara kam sich ganz jämmerlich vor und empfand sich selbst mehr als bedauernswert.

Es war die beste Idee, Schluss zu machen. Die beste Idee, die du in unserer Beziehung hattest. Du weißt, dass ich es nicht ausstehen kann, wenn andere gute Ideen haben.

Zum ersten Mal hatte Lara das Gefühl, dass ein Emoticon der Unterhaltung gut täte und sie fügte einen zwinkernden Smiley hinzu.

Emma sagte, dass wir eine schmerhafte Beziehung hatten.

Ich glaube, die hattest du mehr als ich. Ich war dir wohl kein allzu guter Freund.

Wir waren einfach viel zu viel zu Hause, uns fiel die Decke auf den Kopf. Mehr reisen, mehr ausgehen - damit wär's vielleicht besser gegangen.

Lara starrte auf den Satzanfang und das völlig deplatzierte Wir. Ein Wir, dass er und sie nicht mehr waren. Am liebsten hätte sie es gegen ein Du und Ich ausgetauscht, aber die Nachricht war schon abgeschickt. Nachricht löschen? Vermutlich hatte er sie ohnehin schon gelesen.

Ich war gerne zu Hause. Du hättest mich einfach viel mehr mitziehen müssen. Aber du hast immer gleich aufgegeben und dann warst du schlecht drauf.

Schon wieder etwas, was SIE machen hätte sollen. Sie hätte um die Beförderung fragen müssen. Sie hätte Max mehr motivieren sollen. Was war mit diesen Männern nur los, fragte sich Lara.

Aber ich will dir da auch gar keinen Vorwurf machen.

Du warst eben gerne unterwegs und ich war
eben gerne zu Hause. Das bin ich immer noch.
Du wolltest reisen, hast es dann aber doch
nicht getan. Ich dachte mir, so wichtig wird es
ihr dann doch nicht sein.

Am Ende wären wir dann vielleicht irgendwo
gewesen, wo keiner von uns sein hätte wollen.

Hier auch nochmal ein Wir und nun erkannte sie es. Das
Wir lag in der Vergangenheit und dort würde es auch
bleiben. Wie Schuppen fiel es Lara von den Augen. War
sie wirklich so naiv, so blind gewesen? Hatte sie
tatsächlich ihre Träume vom Reisen für ihn aufgegeben?
Abgesehen von einem faulen Kompromiss, der die
beiden ein einziges Mal nach Italien brachte.

Denn unterwegs an der Strecke lag irgendein
Elektronikgeschäft, das irgendwelche besonderen
Teilchen für Computer, Handy oder was auch immer
verkaufte. Da kam für Lara gleich die nächste
Erleuchtung. So wenig er Laras Interessen teilte, so
wenig interessierte sie sich für seine Hobbys. Sie war
darüber verwundert, dass ihr das erst in diesem Moment
auffiel.

Wusstest du, dass wir eigentlich
grundverschieden sind?

Lara fügte noch einen lachenden Smiley hinzu und hatte
vor der Verwendung des Wirs keine Angst mehr.

Das war es damals was mich an dir so anzog, dass du so ganz anders warst. So in der Art: Gegensätze ziehen sich an.

;-)

Lara musste plötzlich auflachen. Die Tränen waren inzwischen getrocknet.

Na, dann weiß ich ja was ich in Zukunft NICHT mehr haben will. Und dafür habe ich nun fast fünf Jahre gebraucht? Um da drauf zu kommen?

Leider gibt's hier kein kopfschüttelndes Emoticon...

Naja. Zumindest hat es jetzt nur fünf Minuten gebraucht bis du es kapiert hast.

Ach Max, wann bist du nur so klug geworden.

Es hilft, wenn frau mit mir spricht.

Beim Absenden zuckte Max zusammen. Shit. Das hätte er nicht schreiben sollen. Immerhin hatte er *und mich nicht ständig ankeift*, weggelassen.

Aua – das tat weh.

Das war's? Mehr kam nicht von ihrer Seite? Sie hatte

sich wieder einen Schwall voller negativer Gefühle erwartet. Das Lesen der letzten Nachricht von Max verpasste Lara einen Schlag direkt in die Magengrube. Doch er hatte recht. Viel gesprochen hatten sie in der Zeit vor der Trennung nicht mehr. Sie konnte sich daran erinnern, dass sie ihn die meiste Zeit angegiftet hatte. Und wenn sie von der Zeit vor der Trennung sprach, dann meinte sie damit im Grunde das ganze letzte Jahr der Beziehung.

∞

Jahr Nummer eins der Beziehung war die absolute Verliebtheitsphase. Lara und Max empfanden sich gegenseitig als so erfrischend anders. Im zweiten Jahr waren sie zusammengezogen. Schon zu dieser Zeit gab es viel zu viele Warnsignale und der erste Streit drehte sich darum, ob sie einen Fernseher benötigten oder nicht. Nun ratet mal, wer auf keinen Fall auf einen Fernseher verzichten wollte. Ohne einen Fernseher absolut nicht leben wollte!

In Liebesdingen hatte Lara schon immer lieber ihre Großmutter anstatt ihrer Mutter herangezogen. Nana, wie sie von allen liebevoll genannt wurde, war ein richtiges Goldengirl. Der Großvater starb so früh, dass Lara sich kaum an seine Person erinnern konnte. Generell wurde nur mehr wenig über ihn gesprochen, aber wenn, dann immer so als wäre er ein sagenumwobener Filmstar gewesen. Was er jedoch nicht war. Er war ein einfacher Arbeiter und sie lebten in einer ländlichen Gegend. Nach

Abschluss des Trauerjahres zog Nana dann in eine Stadtwohnung. Lara erinnerte sich an ihre Großmutter im ländlichen Haus und an ihre Großmutter in der Stadtwohnung. Für sie waren das zwei verschiedene Personen gewesen. Nana lebte nicht nur in der Stadt, sondern sie lebte die Stadt regelrecht. Wenn sie die Ferienzeit bei ihr verbrachte, dann war immer was los. Dann gingen die beiden frühstücken und shoppen, zum Nachmittagstänzchen und am Abend lud ihre Nana Gäste ein und tischte die herrlichsten Canapés auf, die sie sich als Zehnjährige nur vorstellen konnte. Bisher hatte Lara nur Schinkenröllchen und gefüllte Eier als Fingerfood gekannt. Unbeobachtet nippte sie auch aus der Sektschale. Sie schlief immer wahnsinnig gut, wenn sie bei ihrer Großmutter war.

Nana verliebte sich gleich in Max und trällerte nach kurzer Zeit: »Lara und Max, ihr seid so ein süßes Paar und diese Namen machen sich bestimmt gut auf einer Hochzeitseinladung.« Lara war das ganze Theater furchtbar peinlich.

»Nana bitte, hör auf!«, ermahnte sie ihre Großmutter und fügte flüsternd hinzu, dass sie sich schließlich erst seit einem Vierteljahr kennen.

Max stand unterdessen nur da und grinste vor sich hin. Er mochte Nana auf Anhieb. Sie hatte etwas Großmütterliches, aber war zugleich auch furchtbar cool und sie interessierte sich für die neuesten technischen Gadgets. Das war wohl das Ausschlaggebendste. Waren Lara und Max bei ihren Eltern eingeladen, quengelte er wie ein Baby herum, ob er denn tatsächlich mit müsse.

Waren sie hingegen zu Kaffee und Kuchen bei Nana eingeladen, besorgte er Blumen und Pralinen.

Nana wollte ihren Goldjungen nicht so schnell aufgeben und daher riet sie Lara, dass sie in einer Beziehung nun mal Kompromisse eingehen müsse. Heutzutage war es nicht mehr so, dass die Frau sich alleine um den Haushalt kümmert und folglich auch der Mann ein bisschen mitreden dürfe, wenn es um das Einrichten einer Wohnung gehe. Es war nicht ganz genau das, was Lara hören wollte. Beiläufig dachte sie sich, dass Nana nun schon wirklich eine geraume Zeit alleine lebte, das Singledasein in vollen Zügen durchaus genoss und daher vielleicht nicht die richtige Ansprechperson für Beziehungsfragen war.

Am Ende war sie so viele Kompromisse eingegangen, dass sie sich in einer Wohnung ohne Balkon dafür mit Fernseher wiederfand und bemerkte, dass sie nun mit einem Nerd zusammenlebte. Die darauffolgende Zeit war nur ein Kampf und sie hatte genug von den ganzen Kompromissen. Wie konnte ein einzelner Mensch nur so einen Dreck hinterlassen. Die Wohnung sah aus, als wohnten in ihr vier Kinder, und wenn Lara in die Dusche stieg, dann kam ihr vor, dass sie danach schmutziger herauskam.

Eines Tages als sie nach der Arbeit nach Hause kam und wieder nur Chaos vorfand, sank sie auf ihre Knie zusammen und schluchzte. Sie würde am liebsten sofort aus dieser Wohnung ausziehen, aber sie hatte ihr ganzes Geld in ein Heim gesteckt, das nicht ihres war. Lara konnte sich keine Kaution und Provision für eine neue

Wohnung leisten. Wie konnte sie einen Menschen so lieben und so wenig mit ihm zusammenleben wollen? Wenigstens hatte Max einen Job, dachte sie noch, als durch die Klospülung ihre Gedanken auf Anhieb unterbrochen wurden.

Sie hörte schlagartig zum Heulen auf, richtete sich auf und klopfte sich den Staub von ihren Knien und den Schienbeinen. Max kam aus der Toilette und sah verdutzt in ihr verheultes Gesicht. Er wurde kreidebleich, da er schon befürchtete, sie hätte ihren Job hingeschmissen. Aber so kurz vor dem Urlaub, würde sie das doch nicht tun.

»Was ist los?«, fragte er ganz vorsichtig.

»Hier sieht es aus wie auf einer Müllhalde!«, entfuhr es ihr. Er wirkte auf sie irgendwie erleichtert. »Wenn du schon nicht zum Putzen im Stande bist, dann mach wenigstens nicht so einen Dreck. Du bist ein erwachsener Mensch!« Alles was sich angestaut hatte, platzte nun aus Lara heraus.

Max stand da und ließ die Hasstirade über sich ergehen, wenn er wegging, würde es vermutlich nur noch schlimmer werden.

Als Lara eine Pause machte, versuchte er die Situation zu retten, deutete auf die Fenster und sagte: »Aber ich habe gestern die Fenster geputzt und du hast nichts gemerkt.«

»Du hast die Fenster geputzt? Diese Fenster hast du geputzt?«

Max wusste, dass dies nun keine Frage war, auf die er antworteten sollte, daher hielt er einfach den Mund.

Lara bewegte sich auf die Fenster zu. »Es liegen hier in der Wohnung überall Sachen herum.« Sie griff blindlings auf den Boden und hielt verdattert eine Unterhose in ihren Händen. »Wie zum Teufel landen Boxershorts neben dem Zeitungsständer und warum kommst du nicht auf die Idee erstmals die wegzuräumen, bevor du Fenster putzt, die ich erst letztes Wochenende geputzt habe, als du bei deiner Schwester warst. Ich habe die Fenster geputzt, nachdem ich die Wohnung aufgeräumt habe. Du Volltrottel!« Über den letzten Ausruf erschrak sie selbst und zuckte zusammen. Okay, sie wusste, das war nicht in Ordnung.

Max rannte aus dem Raum. Am liebsten wäre er aus der Wohnung gelaufen, aber er hatte keine Hose an. Mit Lara zusammenzuziehen, war der schlimmste Fehler. Sie war eine Furie und so unentspannt, aber er liebte sie nun mal.

Für ein paar Stunden blieb jeder für sich und sie brachten die Wohnung auf Vordermann. *Tss, Vordermann - eigentlich sollte es Vorderfrau heißen*, dachte sich Lara. Danach bestellten sie sich Essen beim Asiaten. Die Konversation beschränkte sich auf das Notwendigste und sie nahmen ihre Mahlzeiten stillschweigend am Esszimmertisch sitzend ohne Fernseher ein. Den Esszimmertisch hatte sie sich hart erkämpft. Wenn es nach Max gegangen wäre, dann hätte ein kleiner Couchtisch allemal gereicht. Sie hatte ihm erklärt, dass sie hier keine Studentenbude, sondern eine Paarwohnung einrichten.

Es war bereits kurz vor Mitternacht und sie haderten

damit, ob ein klärendes Gespräch den Tag noch retten konnte oder sie es auf den morgigen Tag verschieben sollten. Lara empfand die Ruhe, die eingekehrt war, als sehr angenehm und machte den Vorschlag, dass sie morgen nach der Arbeit reden. Sie sagte, dass sie gegen fünf zu Hause sein werde und vielleicht könnte er es einrichten, dass er auch früher aus der Arbeit geht.

»Ich werde da sein«, sagte Max. Er sah so traurig und gekränkt aus. Lara hätte ihn am liebsten umarmt, aber sie bekam es noch nicht hin. Ihm musste die Lage, in der er sich befand, bewusst sein, ansonsten hätte er nie so schnell eingewilligt, früher nach Hause zu kommen.

Moment mal, war er heute nicht auch schon früher zu Hause? Das kam nur vor, wenn er krank war und er war definitiv nicht krank. Lara wurde stutzig, richtete sich ruckartig im Bett auf und knipste das Licht wieder an.

Max zuckte zusammen: »Boah Lara, schalt das Licht aus.«

»Warum warst du heute so früh zu Hause? Du bist doch normalerweise nicht so früh...«

»Lass uns schlafen, Lara. Wir reden morgen.«

»Sag mir was los ist. Jetzt!«

»Du kannst aber auch keine Ruhe geben«, nun richtete sich auch Max im Bett auf und rieb sich die Augen wach.

Zögerlich erzählte Max ihr, dass er da von einem neuen Job gehört und er sich dort vorgestellt hatte. Sein Chef hat davon Wind bekommen und seine Loyalität angezweifelt. Kurzerhand wurde Max rausgeworfen. Zu Recht, dummerweise hatte sich Max bei der Konkurrenz beworben. Er wollte seine Fühler ausstrecken. Ob er sich der Bedeutung dieser Worte wirklich bewusst war, zweifelte Lara an.

»Du hast die ganze Zeit von Selbstverwirklichung gesprochen, da dachte ich mir, dass ich was ändern muss«, erklärte sich Max.

»Ja, Max, ich habe von MEINER Selbstverwirklichung gesprochen! Dass ich MIR von MEINEM Job mehr erwarte. Du warst doch glücklich in deinem Job oder?«

Max dachte, dass das Geschwafel von Selbstverwirklichung ihm galt und dass er seine Karriere etwas vorantreiben sollte. Das war jetzt echt blöd, weil er im Grunde seinen alten Job wirklich mochte.

»Aber du bekommst doch, diesen neuen Job oder? Das ist doch schon fix?«

Max kniff sein Gesicht zusammen und schaukelte seinen Kopf unsicher hin und her. »Tja, Zusage habe ich noch keine. Ich glaube, sie sind sich nicht ganz sicher, was sie von mir halten sollen. Sie dürfen nur nicht herausbekommen, dass ich bereits gekündigt wurde.«

Aber seine alte Firma konnte ihn doch nicht so ohne Einhaltung der Kündigungsfrist entlassen, warf Lara in den Raum.

Max gab zu, dass sie sich einvernehmlich geeinigt hatten und er sich auszahlen ließ.

»Also gibt es kein Zurück mehr?«, fragte Lara, nicht ohne einen letzten Hoffnungsschimmer.

Mit einem Kopfschütteln antwortete er. Warum kam er sich plötzlich so schuldig vor? Durfte er plötzlich nicht mehr seine eigenen Entscheidungen treffen. Es ging um ihn. Aber im Grunde wäre er ja selbst nie auf die Idee gekommen, seinen Job zu kündigen. Lara hatte ihn da hineingeritten. Oh, er hoffte so sehr, dass er den anderen Job bekam. Aber er wollte nicht mit einer Lüge bei seinem neuen Arbeitgeber starten. Gleich morgen werde er hingehen und die Karten auf den Tisch legen. Lara werde er davon aber nichts erzählen. Sie würde ihm sicher davon abraten.

»Max?«, sagte Lara und prüfte, ob er noch wach war.

»Ja?«, antwortete Max und hatte Angst davor, was nun noch kommen mochte.

»Du musst das klären. Ich meine mit deinem neuen Chef. Besser Karten auf den Tisch und das Risiko eingehen, dass sie dich nicht nehmen, bevor sie später dahinter kommen.«

Max drehte sich zu Lara, zog sie an sich heran und küsste sie. Er liebte diese Frau.

Die Sache mit dem neuen Arbeitgeber zog sich noch einige Zeit, aber letzten Endes bekam er die Stelle. So stand er zwar mit Job, aber ohne Freunde da. Mit einem Schlag verlor Max all seine wenigen sozialen Kontakte, da seine früheren Arbeitskollegen auch seine Freunde waren. Lara fand jedoch, dass die Sache nochmals ganz gut ausgegangen war und keine richtigen Freunde einen einfach so im Stich lassen. Zudem konzentrierte sie sich auf den ersten großen gemeinsamen Urlaub und dieses Mal ohne Abstecher. Ohne, dass Max irgendwo irgendwas abholen musste. Der Urlaub sollte ihre Beziehung retten. Kitten was noch zu kitten war.

Sardinien sollte es werden. Emma hatte sie gut beraten und sie reisten mit dem Flugzeug. Lara ließ sich auf keine Diskussion bezüglich anderer Fortbewegungsmittel ein. Ein Wohnwagen kam schon deshalb nicht in Frage, da sie es mit Max auf so engem Raum nicht aushalten würde und es würde noch immer die Möglichkeit bestehen, doch noch von der geplanten Verkehrsroute abzuweichen. Die Reisekoffer waren gepackt, die Figur auf das Tragen des nagelneuen Bikinis vorbereitet und die Haut war vorgebräunt. Auf Sardinien würden sie ihr dreijähriges Jubiläum feiern können. Sie erwähnte öfters, dass das Hotel auch ein Candle-Light-Dinner am Strand anbot, aber sie wusste, dass sie die Sache selbst in die Hand nehmen musste und reservierte daher einen Tisch. Lara war sehr enttäuscht, dass sie kein Dinner mehr am fünfzehnten Mai buchen konnte, denn das war ihr offizieller Jahrestag und der Tag, an welchem sie sich zum ersten Mal geküsst haben. Na dann halt einen Tag später.

Als Max nach Hause kam, hatte sie einen leichten Salat als Abendessen vorbereitet. Sie werden noch genug schlemmen, wenn sie erstmals auf Sardinien wären. Pizza, Pasta und guter Wein. Bei den Gedanken lief ihr schon das Wasser im Mund zusammen. Der Salat, der vor ihr stand, brachte da gar nichts zum Laufen. Max saß über seinen Salat gebeugt und ließ die Schultern hängen.

»Lass den Kopf nicht hängen, morgen Abend gibt es schon göttliche Frutti di mare!«, versuchte sie ihn aufzumuntern und stopfte sich eine Gabel mit Salat in den Mund.

»Ich kann nicht, Lara«, sagte er ganz kleinlaut.

»Ach komm, ist doch nur ein bisschen Salat. Ich hatte keine Lust mehr aufs Einkaufen.«

Max sah Lara nun endlich an: »Ich meinte, ich kann nicht mitkommen - nach Sardinien. Es tut mir leid.«

Was war los, war er krank? Er sah etwas mitgenommen aus, aber er wirkte nicht krank auf Lara. Dann klärte er sie auf.

In seiner neuen Firma gab es gerade ein Problem in einem Projekt. Nein, nicht seinem Projekt. Doch ja, er hatte sich ganz freiwillig angeboten. Nein, er hätte seinen Job nicht verloren, wenn er sich den unbezahlten Urlaub genommen hätte, so wie er es extra noch ausverhandelt hatte. Max' Handy blinkte. Eingehende Nachricht. Lara schnappte sich das Handy und auch Max' Hechtsprung über den Tisch konnte sie nicht davon abhalten, die Nachricht zu lesen. Oh Mann, warum hatte er ihr bloß den Entschlüsselungscode verraten. Lara las die Nachricht, die direkt vom Projektleiter kam.

Hey, wow! Vielen Dank für deine Hilfe. Und echt, Hut ab vor deiner Freundin, dass sie so verständnisvoll ist. Da haste echt Glück. Hab ich schon danke gesagt. Feierabend-Bier geht auf mich und...

Lara las nicht weiter und warf ihm das Handy hin. Dann tat sie das, was sie schon gefühlte hundertmal tun wollte. Sie schnappte sich ihren gepackten Koffer. Der Dramatik wegen stopfte sie noch ein paar Toiletteartikel hinein, die sie gar nicht benötigte und verschloss den Koffer. Ein paar Minuten später war sie schon aus der Wohnung. Max hatte sie angefleht irgendetwas zu sagen. Er versuchte sie damit zu beschwichtigen, dass sie den Urlaub nachholen werden. Max wollte sie aufhalten, er hatte sich doch keine Gedanken darüber gemacht, wie sie reagieren würde. Eigentlich hatte er gar nicht an sie gedacht, als er einwilligte beim Projekt mitzuarbeiten. Es war einfach nur eine verdammt gute Chance, sich in dem Unternehmen zu beweisen. Doch als sie ihm den Mittelfinger vors Gesicht hielt, ihr der Hass und die Tränen in den Augen standen, ihn somit beschwor endlich den Mund zu halten, gab er klein bei.

Auf dem Weg zur Bushaltestelle hatte Lara bereits Emma angerufen und sie über das ganze Schlamassel informiert. Als sie bei der Bushaltestelle ankam, war Emma bereits mit dem Auto vor Ort und nahm Lara mit zu sich nach Hause.

»Was mach ich jetzt denn bloß? Ich will unbedingt nach Sardinien. Ich habe doch nicht umsonst fünf Tage lang nur Salat gefressen.«

Sie versuchte Emma zu überreden mit ihr nach Sardinien zu fliegen. Jedoch musste sie da Lara leider enttäuschen. Die Umbuchung würde sie auf jeden Fall noch hinkriegen, aber so kurzfristig konnte sie sich unmöglich frei nehmen.

»Aber weißt du was!« Auf einmal schoss es Emma ein. »Weißt du, wer ganz bestimmt Zeit hat und super spontan ist?«

Na klar, warum war Lara nicht selbst auf die Idee gekommen. Ganz aufgeregt griff sie nach ihrem Handy. »Ich muss sofort Nana anrufen!«

Tags darauf wartete Nana schon am Abflugterminal. Mit trendigem Nike-Anzug, großer Sonnenbrille und Visor-Cap auf der Birne. Sie bestand darauf bequem zu fliegen und ihre schicken Kostümchen behielt sie sich lieber für längere Zugfahrten, die sie in mondäne Städte brachten, auf.

Als hätte sie Laras Gedanken erraten, begrüßte sie sie mit: »Was? Was siehst du mich so an! Verreisen die jungen Leute heutzutage nicht auch in so einem Aufzug?«

Zur Begrüßung gab Lara ihr ein Küsschen auf die Wange. »Hallo Nana, alles ist gut, du siehst fantastisch aus.«

Beim Warten auf das Boarding wollte Nana nun wissen, was tatsächlich passiert war. Lara hatte jedoch keine Lust über Max zu reden, außerdem würde Nana ihn sowieso wieder in Schutz nehmen.

»Nana, Max arbeitet da an einem wichtigen Projekt mit. Und jetzt fliegen wir beide eben nach Sardinien. Ist doch prima. Hätte doch nie geklappt, wenn wir das so geplant hätten. Ich bin so froh, dass du hier bist. Lass uns die Zeit genießen.«

Nana schloss daraufhin Lara in ihre Arme, tätschelte ihre Wange und versicherte ihr auch, dass sie sich auf den gemeinsamen Urlaub freute. Natürlich nicht ohne misstrauisch geworden zu sein, ob zwischen Max und

Lara wirklich alles in Ordnung war.

Bei regnerischem Wetter hob das Flugzeug ab, und nach nicht einmal zwei Stunden in der Luft landeten die beiden Frauen auf der sonnenverwöhnten Insel. Vorm Flughafengebäude warteten sie bibbernd, noch ganz unterkühlt von der Klimaanlage im Flugzeug, auf ihren Transferbus und saugten die feine Wärme, die die Sonnenstrahlen auf ihrer Haut hinterließen, mit aller Kraft auf. Nachdem der bisherige Mai zu Hause bewölkt und verregnet war, freute sich Lara auf die bis zu neun Sonnenstunden pro Tag. Sonne wird sie nun wirklich brauchen können. Lara schaltete ihr Handy ein, um die obligatorischen Wir-sind-gut-gelandet-Nachrichten an ihre Eltern und Emma zu schreiben. In einem unüberlegten Moment hätte sie beinahe auch eine Nachricht an Max geschrieben. Gestern noch hatte er sie versucht anzurufen. Sie hatte aber keine Lust mit ihm zu sprechen. Am Ende hatte er ihr eine einfache SMS geschrieben, um sie wissen zu lassen, dass er ihr einen schönen Urlaub wünscht und die Zeit genießen soll. Eigentlich hätte sie sich nach der Landung eine Flut an Nachrichten von ihm erwartet, hatte sogar ein paar Mal auf *Aktualisieren* gedrückt, aber es kam nichts.

Lara war am Abend des Vortags aus der Wohnung gegangen, aus Max' Blick verschwunden und hatte so für ihn auch aufgehört zu existieren. Sie stellte sich ihn vor, wie er vor der Glotze abhing, nur mit einer seiner ausgeleiherten Boxershorts bekleidet, eine Hand in der Chipstüte und die andere Hand die Fernbedienung

140

haltend. Es läutet an der Tür, er kann sich jedoch nur schwer vom Fernseher abwenden, weil er so konzentriert auf seine Schrottserie ist, reißt sich dann aber doch los, weil das Läuten der Klingel immer dringlicher erscheint. Polizisten stehen vor der Tür. Es sind drei. Nein. Zwei. Ein Polizist und eine Polizistin.

»Max Freundschlag?«

»Ja, das bin ich.«

»Herr Freundschlag, wir müssen ihnen leider eine traurige Nachricht überbringen.« Die Polizistin spricht, denn kurz zuvor hat sie noch ein Seminar besucht, in welchem sie gelernt hat, wie sie traurige und dramatische Nachrichten zu überbringen hat. In der letzten Zeit gab es immer wieder Beschwerden darüber, wie unsensibel die Polizei vorging und vor allem der Krisendienst beschwerte sich, dass die Art der Nachrichtenüberbringung erst recht traumatisierend auf die Angehörigen wirkte. »Herr Freundschlag, es tut mir sehr leid. Ihre Freundin ist heute Morgen mit der Maschine, in der sie saß, abgestürzt. Es gibt keine Überlebenden.«

»Wer?«, fragt Max und kneift dabei seine Augen zusammen.

Die Polizistin räuspert sich: »Es tut mir leid. Lara, ihre Freundin, ist heute Morgen mit dem Flugzeug abgestürzt und hat es nicht überlebt.« Sie atmet kurz durch und blickt nach Unterstützung suchend zu ihrem Kollegen. Dieser zuckt nur kurz mit den Schultern.

»Lara, hm, sagt mir gerade nichts der Name, hm.« Und eines darf man Max nicht verübeln. Er probiert es wirklich, er versucht sich zu erinnern, was ihn mit dieser Lara verbindet. Max bemüht sich so sehr, dass er sogar seine Stirn in Falten legt. Ja gar Furchen sind erkennbar, beinahe bekommt er schon Kopfschmerzen davon. Die Polizistin und der Polizist zeigen sich ratlos. Max noch immer nachdenkend, bittet die beiden in die Wohnung zu treten. Sie gehen durch den Flur in den Wohnraum. Plötzlich bleibt die Polizistin stehen und deutet auf einen Bilderrahmen.

»Da! Da steht unter dem Foto *Max und Lara*. Das ist ihre Freundin!«

Der Polizist und Max blicken über die Schultern der Polizistin, Max steht zu ihrer rechten Schulter, der Kollege zu ihrer linken Schulter und zeitgleich entfährt ihnen ein »Aaahh!«

Der hupende Transferbus riss Lara aus ihren Gedanken. Fest davon überzeugt, dass Max keinen Gedanken an sie verschwendete, schaltete sie schnell ihr Handy aus. Ihre Nana sollte sich schon mal einen Platz im Bus suchen und sie kümmerte sich noch um die Verstauung des Gepäcks. Sie sprang dann in den Bus hinein und hielt Ausschau nach ihrer Nana und als sie sie erblickte, machte sich ein warmes wohliges Gefühl in ihr breit. Sie war glücklich am Ende ihre Nana zu haben.

Nach dem Check-in ins Hotel, ging Lara auf den Balkon ihres Hotelzimmers hinaus und blickte auf die Costa Smeralda hinab, sah hinaus aufs Meer. Von der Sonne und ihrer Wärme konnte sie einfach nicht genug bekommen. Schon seltsam ohne Max hier zu sein, dachte sie sich.

Vor ihrem Urlaub mussten sie sich Geschichten ihrer Freunde anhören, die ihnen von ihren schlimmsten Urlaubserlebnissen mit überbuchten Hotels, schimmligen und vergammelten Hotelzimmern, lauten Zimmernachbarn und verdreckten Stränden erzählten. Lara und Max saßen ihnen nur mit großen Augen gegenüber und fragten sich, welche Überraschungen da wohl auf sie warten würden. Außerdem war ihr nie ganz klar, warum Leute nur über die schrecklichen Erlebnisse im Urlaub sprachen und nicht mit den schönen Dingen anfingen. Von Emma wurde sie ganz schnell beruhigt. Sie hatte das Hotel schon öfters für ihre Kunden gebucht und die seien alle immer ganz waaahnsinnig happy damit gewesen. Und tatsächlich - es war wunderschön, auch wenn Lara nicht vorhatte viel Zeit im Hotel zu verbringen. Sie hatte Ausflüge geplant, die sie trotz der Abwesenheit von Max durchziehen wollte. Nana war weniger begeistert und schlussendlich einigten sie sich darauf, dass Lara vormittags ihre Ausflüge machte und sie den Nachmittag oder den Abend gemeinsam verbrachten. Ihr größtes Vorhaben war, nicht an Max zu denken, weil an ihn zu denken bedeutete, sich über ihn zu ärgern. Sie blockierte ihn auf allen Kanälen, sodass er sie nicht erreichen, weder schreiben noch anrufen, konnte. Wobei ihr natürlich klar war, dass die größte Enttäuschung sein würde, zu entdecken, dass er es ohnehin nicht versuchte. Ganz kurz schrieb sie ihm noch, dass sie gut angekommen war, es ihr gut gehe und das war durchaus keine Lüge. Danach machte sich Lara auf dem Weg zur Rezeption, um das Candle-Light-Dinner zu canceln. Der irritierte Blick der Rezeptionistin ärgerte sie ungemein, vor allem, weil sie sich mehrmals vergewisserte, ob sie tatsächlich das Dinner am 16. Mai stornieren wollte.

»Ja, ja, nochmals ja und es wird sich daran auch nichts ändern, wenn sie ein weiteres Mal danach fragen«, platzte es aus Lara heraus und sie war in dem Moment sehr froh, dass in diesem Hotel alle deutsch sprachen. Denn ihr Italienisch reichte gerade mal aus, um einen insalata mista e un bicchiere di vino zu bestellen. Der italienischen Sprache nicht mächtig, wäre ansonsten ihr ein »Si, si e altro si. Non dice mi. Voglio stornare la cena a dieci-sette majo« herausgerutscht.

»Okay, alles in Ordnung Signora, ich habe es gecancelt«, antwortete die junge Rezeptionistin mit ihrer professionellen Freundlichkeit, die sich ganz schnell wieder ihre Maske der Gelassenheit übergestülpt hatte.

Lara indes fühlte sich noch immer gestresst und aus der Ruhe gebracht, schnaubte kurz, drehte sich dann um und trat den Rückweg an. Gleichzeitig wünschte sie sich ein bisschen mehr wie diese Signorina italiana zu sein. Generell schien es, als seien die Italienerinnen, die ihr bis jetzt begegnet waren, temperamentvoll und kontrolliert gleichermaßen zu sein.

Lara trappte hinaus aus der Hotellobby in Richtung Pool und ließ sich dort auf einer Sonnenliege nieder. Sie musste blinzeln, da sie von der Sonne geblendet wurde. Langsam müsste sie sich ja doch mal an die Sonne gewöhnt haben, doch in diesem Moment empfand sie die Sonnenstrahlen eher als aggressiv und als würde sie regelrecht davon aufgefressen werden. Woher kam nur der Stress, wunderte sich Lara. Ihr war es ja bisher ganz gut gelungen, sich auf den Urlaub einzulassen, auch wenn sie ihn sich anders vorgestellt hatte. Der Urlaub sollte die Rettung ihrer Beziehung sein, dieser Urlaub hätte wieder frischen Wind in die Beziehung bringen sollen, der Urlaub hätte auf ihre Beziehung eine Wirkung wie Regen auf ein ausgetrocknetes Pflänzchen haben sollen. »Pfffff«, stieß es aus Lara heraus und ein älterer Herr, dessen Glatze und Bauch wie eine frischpolierte Bowlingkugel wirkten, drehte sich zu ihr um und sah sie über seine Lesebrille hinweg fragend an. Sie warf ihm einen entschuldigend Blick zu und schüttelte kaum merklich den Kopf, um dem Mann zu signalisieren, dass mit ihr alles in Ordnung war. Dann dachte sie auch schon wieder daran, welche Erwartungen sie an diesen Urlaub gehabt hatte. Ganz schön große Erwartungen an eine Urlaubswoche. Eine Woche hätte alle Probleme, die sich so in den letzten Jahren angesammelt haben, ausmerzen sollen? Nur, wenn man noch an das Christkind glaubte. Der Urlaub war so weit gut, bis sie anfing an Max zu denken und im Grunde dachte sie gar nicht dabei an Max als Person, sondern an die Beziehung. Warum hatte sie nicht schon längst mit ihm Schluss gemacht, ist es denn nicht nur mehr eine Quälerei? Da fiel ihr der Grund ein, der ihr immer einfiel, wenn sie genau an dieser Stelle angelangt war. Lara begann die Beziehung zu hinterfragen, sinnierte über eine Trennung und dann kam der Moment, in welchem sie sich fragte, warum sie denn überhaupt noch mit ihm zusammen war. Und genau da fiel es ihr wieder ein.

Max und Lara waren noch nicht lange ein Paar gewesen, aber immerhin so lange, dass Max bereits ihre Nana kennenlernen durfte. Nana verliebte sich auf Anhieb in ihn. Es war ein wunderbarer Sonntagnachmittag gewesen und auch, wenn sie sich schnell als fünftes Rad am Wagen fühlte, war Lara glücklich darüber, dass sich die beiden verstanden. Nun gut, wer ihre Nana nicht liebte, der musste ohnehin was an der Waffel haben. Richtig ausschlaggebend war eigentlich Nanas Eindruck. Es war ein Tag, der sich so leicht und so unbeschwert angefühlt hatte. Sie lachten viel, gerieten regelrecht in Lachkrämpfe, bei denen einem die Tränen in die Augen stiegen.

Dann brach das Wochenende an, an welchem Lara auf Max' Eltern treffen sollte. Sie dachte nicht viel über das Kennenlernen nach, sondern freute sich viel mehr darauf, ein paar Tage am Land zu verbringen. Max erzählte von dem großen Haus, das von Hügeln mit Obst- und Weingärten umgeben war. Jedoch verschwieg er ihr, dass die ganzen Obst- und Weingärten ZUM Haus gehörten und es sich nicht um ein großes Haus, sondern um ein RIESINGES Anwesen handelte. Bei der Anfahrt zum Haus bekam Lara schon große Augen in Anbetracht der schönen Landschaft und dann eröffnete er ihr, dass das alles seinen Eltern gehörte, die auch noch ein Weingut hatten. Auf einmal wurde Lara ganz aufgeregt und nun

konnte sie es wirklich gar nicht mehr erwarten Max'
Familie kennenzulernen. Sie hatte ja so viele Fragen zum
Weinanbau, und wie war das nochmal mit der Ernte und
dem Eiswein. Max ließ sich von ihrer Euphorie nicht
anstecken, er wirkte auf sie eher desinteressiert. Sie
schrieb das dem Umstand zu, dass er mit all dem hier,
was für sie so neu und unbekannt war, aufgewachsen
war. Sie bogen in die Einfahrt ein und der Wagen kam
auf knirschendem Kies vorm Haus zum Stehen. Sie
stiegen aus dem Auto aus und Lara erwartete, dass Max'
Eltern jedem Moment auf sie zukommen würden. Da
drückte Max ihr schon ihren Koffer in die Hand, was sie
als vollkommen unpassend empfand, denn wenn sie auf
seine Eltern trifft, dann möchte sie nicht ungelenk mit
einem Koffer hantieren. Außerdem, wo zum Teufel blieb
der Butler, dachte sie sich so im Spaß. Endlich kam
jemand aus dem Haus. Eine ältere, etwas rundlichere
Person mit einer buntgemusterten Kittelschürze begrüßte
Max herzlich und schloss ihn in ihre Arme. Beschämt
blickte Lara zu Boden, da sie auf einmal merkte, dass sie
keine Ahnung hatte, wer diese Person war. Max hatte nie
großartig über seine Familie gesprochen und auch über
seine Kindheit hatte er ihr nie etwas erzählt. Ehrlich
gesagt, hatte sie auch nie danach gefragt. Jetzt stand sie
da und wusste nicht aus wessen Umarmung sich Max
nicht mehr lösen wollte. Den Gedanken, dass es sich
dabei um seine Mutter handeln konnte, verwarf sie recht
schnell. Sie hatte sich schon ein Bild über das Aussehen
seiner Eltern gemacht, alleine aufgrund der Gestaltung
des Hauses und des Hofes. Alles sehr akkurat, kein

Blättchen oder Nädelchen von einem der Bäume oder Sträucher lag herum, keine verblühten Blumen, keine Tulpe, die es wagte das Köpfchen hängen zu lassen. Nicht mal der Kies staubte. Sichtlich überrascht musste Lara feststellen, dass ihre schwarzen Schuhe sauberer als je zuvor wirkten. Sie vermisste die feine weiße Schicht, die Kies typischerweise hinterließ, wenn man auch nur einen Fuß darauf setzte. Später mal, als sie bereits einige Zeit zusammen wohnten, würde sie erkennen, dass Max, ob bewusst oder unbewusst, hinsichtlich Sauberkeit und Ordnung den glatten Gegenpol zu seinen Eltern darstellte.

Lara stellte sich seine Eltern als Einheit vor, die gemeinsam auftraten und über die Jahre hinweg, die gleiche Sprache und die gleichen Gesten aneigneten. Gekleidet im Landhausstil in gediegenen Farben, wo ein azurfarbener Blazer schon als sehr gewagt galt. Kurz wagte Lara noch zu hoffen, dass Max' Mutter mit einem wilden Pferd um die Ecke geritten kam, sich aus dem Sattel hievte und mit einem warmen Lächeln auf sie zukommen würde. Im ärgsten ländlichen Dialekt würde sie von ihr begrüßt werden. Herzlich und - trotz all des Besitzes - bodenständig. Doch weit gefehlt. Wie aus dem Nichts standen die Eltern plötzlich in der Tür, mit starrer Miene und biedersten Landschick an ihren Körpern. Als Lara die Eltern begrüßte, verabschiedete sie sich von dem wunderschönen und ruhigen Wochenende, das sie sich so gewünscht hatte. Sie fror, als sich die Wolken vor die Sonne schoben. Alle Fragen, die ihr auf der Hinfahrt noch durch den Kopf gingen, waren auf einen Schlag weg und sie kam sich leer und dumm vor.

Diese angespannte Atmosphäre beim gemeinsamen Abendessen war nur sehr schwer zu ertragen. Ihre anfängliche Schockstarre überwunden, versuchte sie ihre Fragen zu stellen und Small-Talk zu betreiben. Max' Mutter versuchte sogar geduldig alle Fragen zu beantworten und stellte auch ihr Fragen zu Beruflichem und Privatem. Doch Lara wurde das Gefühl nicht los, dass es kein richtiges Interesse war, sondern alles aus Höflichkeit und Etikette geschah. Max und sein Vater schwiegen die meiste Zeit. Lara fragte sich, warum er mit ihr überhaupt hierher gefahren war und er ihr nicht schon viel früher von dem Zwist innerhalb der Familie erzählte und nicht erst als sie die Koffer aufs Zimmer brachten. Auf dem Zimmer angekommen, wunderte sie sich, dass sie nicht in seinem Kinderzimmer übernachteten, in welchem sie Star Wars-Poster und Lego-Städte erwartet hätte. Max klärte sie auf, dass das sein Zimmer sei, seine Mutter hätte all seine Sachen hinausgeworfen, als er in die Stadt zog und es dann gleich renoviert. Seine Kindheit und Jugend einfach so weggeworfen, aber die sei seiner Meinung nach sowieso für den Müll gewesen. Lara empfand so viel Mitleid in diesem Moment für Max und gleichzeitig so viel Dankbarkeit für ihre eigene Kindheit. Auch wenn sie sich mit ihrer Mutter häufig zerkrachte und ihr Vater sehr viel durch Abwesenheit glänzte, hatte sie sich dennoch immer geliebt gefühlt. Zum Mitleid gesellte sich eine Art Last. Musste sie die ganze Liebe, die Max in der Kindheit vorenthalten wurde, nun mit ihrer Liebe aufwiegen? Als hätte er ihre Gedanken erraten, beruhigte er sie ganz schnell. Es sei ihm als Kind gut gegangen. Die Frau in der Kittelschürze habe Max das gegeben, was seine Eltern ihm nicht zu geben vermochten. Früher war sie als Haushälterin tätig, putzte und kochte für die Familie. Heute hilft sie hie und da ein bisschen aus, um ihre Pension ein wenig aufzubessern. Auch heute noch war sie eine Meisterin in der Küche. Das Abendessen schmeckte nach so viel Liebe und in jedem Bissen steckte so viel Detail. Lara war beim Abendessen ganz überrascht gewesen. In ihrer Naivität glaubte sie, dass Frau Freundschlag es zubereitet hatte und stoß eine Lobeshymne auf das Essen aus. Max' Mutter hatte sich mit der weißen Stoffserviette die Mundwinkel abgetupft und stoppte Lara damit, dass sie ihr versicherte das Kompliment an Ana, die für die Küche ihre bunte Kittelschürze gegen eine weiße tauschte, weitergeben werde. Zum ersten Mal an diesem Tag entkam Max ein Schmunzeln und am liebsten wäre Lara über den Tisch gesprungen und hätte ihn dafür geküsst.

Nach dem Abendessen zog sich Lara aufs Zimmer zurück. Sie hatte sich kurz auf das große Bett mit den weichen Steppdecken gelegt. Mit großem Widerwillen richtete sie sich auf. Wissend, dass ihr nichts anderes übrig blieb, als wieder nach unten zu gehen, streckte sie sich nochmals ordentlich durch. Dass sich das Kennenlernen von Max' Eltern zu so einen Desaster entwickelt, hatte sie sich nicht gedacht. Vielleicht bräuchten sie alle nur ein bisschen Zeit und beim nächsten Mal würde sich alles schon lockerer anfühlen. Kann ja auch für die Eltern eine große Sache sein, wenn der Sohn gewissermaßen eine fremde Frau mit nach Hause bringt. Denn mittlerweile ging Lara davon aus, dass auch er seinen Eltern rein gar nichts über sie erzählt hat. Beim Hinabsteigen der Treppe hörte Lara, dass seine Eltern mit Max sprachen. Sie fragte sich worüber sie sich wohl unterhalten würden, wertete es aber als ein gutes Zeichen. Als sie näher kam, hörte sie auch ihren Namen fallen. Seine Eltern zogen also tatsächlich über sie her. Hauptsächlich ging es in ihren Augen um Nichtigkeiten. Lara wartete darauf, dass sich ein Gefühl der Traurigkeit in ihr breit machte und sich selbst fragte, was sie bloß falsch gemacht hatte. Aber da kam nichts. Gar nichts. Sie fühlte sich einfach nicht angesprochen. Doch sie hörte vor allem was Max sagte. Er sprach davon, dass Lara das Beste war, was ihm passieren konnte. Als sie bei diesem Thema keine Angriffsfläche mehr hatten, ging der Vater auf ihn los. Er sei zum Arbeiten immer zu faul gewesen und er werde nie was zu Stande bringen. Das war noch das Netteste, was aus seinen Mund kam. Da reichte es Lara und platzte ins Kaminzimmer. Oh ja, sie hatten tatsächlich ein Kaminzimmer. Es wäre tatsächlich das Paradies gewesen, hätte dort der Teufel nicht seine Leibeigenen in Form von Max' Eltern hingepflanzt.

»Max, mein Schatz, ich würde es bevorzugen, dass wir uns auf dem Heimweg machen, es ist nun doch schon sehr spät«, sagte Lara in einer bewusst hochgestochenen Art.

Der irritierte Blick der Eltern war unbezahlbar und sie

fingen an herumzustottern. Sie erinnerten Lara daran, dass sie doch über Nacht bleiben wollten, schließlich hatten sie für diesen Zweck auch Max' Zimmer herrichten lassen. Weniger vornehm und sehr direkt, gab Lara ihnen dann zu verstehen, dass sie absolut keinen Bock hatte in einem Haus zu bleiben, in welchem schlecht über sie oder ihren Freund gesprochen wurde. Max war so beeindruckt von Lara, und wie sie seinen Eltern Paroli bot. Auch wenn ihm bewusst war, dass sie sich nie im Leben getraut hätte so mit seinen Eltern zu verfahren, wenn sie sie richtig gekannt hätte. Seine Eltern verhielten sich beim Abendessen vorhin nur so ruhig, weil er ihnen jegliche Gemeinheiten im Vorfeld verboten hatte. Er war jedoch nicht davon ausgegangen, dass sie gar nicht mehr zu normalem Small Talk in der Lage waren und so bevorzugten sie es scheinbar zu schweigen. Normalerweise brachten sie mit ihren perfiden Aussagen, die Begleiter und Begleiterinnen ihrer Kinder ganz schön zum Schwitzen. Max erinnerte sich noch an einen Freund seiner Schwester, der knallhart aussah und Muskeln hatte, von denen er selbst nur träumen konnte. Der Typ hatte sein bestes, und vermutlich auch einziges, Hemd nass geschwitzt, weil seine Eltern ihn dermaßen einem Kreuzverhör unterzogen. Bei der Verabschiedung glaubte Max ein Tränchen in einem seiner Augenwinkel entdeckt zu haben. Die Eltern hingegen zogen sich an diesem Abend mit einem Cognac zufrieden zurück, wohlwissend wieder eine Seele gebrochen zu haben. Und dieser Abend mit Lara war nun sehr unbefriedigend für sie verlaufen. So viele Gelegenheiten sahen sie vorbeiziehen, um die

Kleine von Max fertig zu machen, aber der Sohn hatte es ihnen verboten. Warum zum Teufel und seit wann hörten sie überhaupt auf ihren Sohn.

So oder so ähnlich musste es in den Köpfen der Eltern zugegangen sein, dachte sich Lara auf der Rückfahrt in die Stadt. In dem Moment, in welchem sie den Eltern die Meinung sagte, empfand sie Freude, nun aber zitterten ihr die Knie und sie hatte ein schlechtes Gewissen, weil sie da echt ein paar arge Sachen gesagt hatte. Max hingegen war voll in Fahrt und er quatschte in einer Tour. Seinen Eltern habe noch nie jemand die Meinung gesagt und er habe auch schon etliche Streitgespräche mit ihnen geführt, aber heute kam es ihm zum ersten Mal vor, als wäre er nicht als Verlierer hervorgegangen und das verdankte er alles Lara.

Am meisten brachte es ihn noch zum Schmunzeln als Lara seinen Eltern sagte: »Und übrigens, das kleine Zeigen einer menschlichen Gefühlsregung gehört auch zu einem guten Ton. Gute Nacht, Frau und Herr Freundschlag.«

Am nächsten Morgen rief Max' Mutter an, um ihm zu sagen, dass sie sich eine Entschuldigung von der vorlauten Dame erwarte, er kenne ja ihren Lieblingsfloristen. Erwünscht sei sie am Anwesen der Freundschlags dennoch nicht mehr.

»Es wird weder Blumen noch eine Entschuldigung geben, noch werden wir uns in nächster Zeit sehen. Ich habe genug von euren Eskapaden. Ich habe es satt, dass es euch nur gut geht, wenn ihr andere zerfleischen könnt und ich habe dich nicht gebeten, mein Kinderzimmer zu renovieren. Ich mochte mein Zimmer. Ich glaube sogar, dass ich von meinem Zimmer mehr Liebe bekommen habe als von euch.« Ganz außer Atem schrie Max noch den letzten Satz in den Hörer.

Später wird Max sich fragen, ob er tatsächlich eine weinerliche Stimme am Ende der anderen Leitung vernommen hat oder ob er es sich nur einbildete. »Nun gut, wenn du das so siehst, mein Junge, dann sollten wir uns wohl nicht mehr sehen.«

Sie hat mich *mein Junge* genannt, dachte Max und fragte sich, ob sie ihn nicht doch ein kleinwenig liebte. Er verwarf den Gedanken ganz schnell und kroch zu seiner Lara ins Bett, die es ihm erst ermöglichte den Kontakt zu seinen Eltern ein für alle Mal abzubrechen.

»Signorina, möchten Sie etwas trinken?«

Der Kellner durfte aufgrund ihrer dunklen Sonnenbrille nicht gesehen haben, dass Lara auf der Sonnenliege am Pool eingeschlafen war. Wer schläft denn auch im Sitzen ein, rügte sie sich selbst. Ihr Mund war ganz ausgetrocknet und bevor sie ihm antworten konnte, musste sie erstmals den Speichelfluss wieder in Gang bekommen. Sie versuchte die Zunge zu bewegen, die sich ganz schwer anfühlte und ein wenig, wie ein eingeschlafenes Bein, kribbelte. Ein Schmatzen entfuhr ihrem Mund und der Kellner machte schon Anstalten zum nächsten Gast zu gehen. Sie konnte ihn noch schnell genug zurückhalten, um sich ein Wasser zu bestellen. Da er schon mal unterwegs war, konnte er ihr doch auch noch einen Aperol-Spritz bringen.

Nachdem der Kellner mit ihrer Bestellung verschwand, musste sie gleich wieder an die Familie von Max denken. Ihr fiel ein, was für eine Angst sie davor hatte, auf Max' Schwester Anja zu treffen. Doch die Befürchtung, Anja könnte nach den Eltern kommen, war ganz unbegründet.

Sie war ein absolut herzlicher Mensch, auch wenn sie dennoch ihre Herkunft nicht ganz ablegen konnte. Ja, ihre Eltern wären eigenwillig und ja, ihre Eltern haben Freude daran, andere Menschen am Boden zu sehen. ABER. Lara konnte es damals nicht fassen, dass es da noch ein Aber geben konnte. Aus ihrer Sicht brauchte es eben eine gewisse Zeit, bis sie jemanden in ihren engeren Kreis aufnahmen.

Tja und auf der anderen Seite brauchte es ganz schön viel an masochistischer Veranlagung, um diese nicht näher definierte Zeit durchzustehen, gab Lara zu bedenken. Dennoch wurde sie das Gefühl nicht los, einen Keil zwischen Max und seine Eltern getrieben zu haben. Als sie dieses Gefühl gegenüber Anja aussprach und erwartete, von ihr beruhigt zu werden, sprach seine Schwester gedankenverloren vor sich hin. »Nein, ohne dich hätte er es tatsächlich nicht geschafft.« Sie merkte, dass es nicht das war, was Lara hören wollte und fügte noch schnell hinzu, dass sie sich schon wieder einkriegen würden. Außerdem wäre das Ganze für ihre Eltern eine gute Erfahrung.

Lara schlürfte an ihrem Aperol und nahm die süßliche

und zugleich bittere Note in sich auf. Sie dachte an Max' Eltern und wie sie versuchten den Kontakt nach einiger Zeit wieder zu beleben. Doch in dieser Hinsicht blieb er hart. Sie selbst versuchte ihn zum Einlenken zu bringen, auch wenn ihr klar war, dass seine Eltern nichts mehr mit ihr zu tun haben wollten. Und bei jedem Gedanken an eine Trennung, wenn sie schon den Entschluss getroffen hatte, konnte Lara ihn doch nicht umsetzen. Es wäre ihr wie ein Verrat vorgekommen. Wegen ihr hatte er die Stricke zu seiner Heimat abgebrochen. Max hatte sich für sie und gegen seine Eltern entschieden. Da konnte sie ihn doch nicht einfach so verlassen. Natürlich hatte sie schon öfters das Thema ansprechen wollen, aber er blockte ständig ab. Seine Eltern, die gäbe es für ihn nicht mehr. Auch Gespräche mit Anja halfen da nicht mehr weiter. In letzter Zeit hatte Lara das Gefühl, dass auch seine Schwester nichts mehr davon hören wollte. Anja würgte die Sache damit ab, dass sich Lara ein für alle Mal damit abfinden sollte. Lara fragte sich, was denn so schwierig an einer Versöhnung sein konnte. Da sagt man doch einfach: »Hey, es tut mir leid, dass ich das und jenes gesagt habe, aber es hat mich so verletzt, dass ihr das und jenes gesagt habt.« Nachdem jeder gesagt hat, was er auf dem Herzen hat, setzt man sich gemeinsam hin und isst Kuchen und trinkt einen Tee.

Arhhh, es könnt doch so einfach sein und Lara würde endlich mit Max Schluss machen. Schon wieder musste sie sich ärgern, dass sie auf dieser wunderschönen Insel saß, und an Max und seine beschissenen Eltern denken musste. Lara presste die Zähne aufeinander und ärgerte sich schlussendlich darüber, dass sie sich ärgerte. Zum Glück tauchte in diesem Moment Nana auf.

Nana wirkte ganz aufgeregt und war ganz außer Atem. Geheimnisvoll gab sie Lara die Anweisung, dass sie sich für das heutige Abendessen ganz besonders hübsch machen sollte.

»Ich führe dich aus«, sagte Nana, nicht ohne ihre Augenbrauen zu heben. Lara wurde neugierig, ihre gute Stimmung war jedoch sofort wieder dahin, als sie gefragt wurde, ob sie schon mit Max telefoniert hatte.

Sie versuchte ihr geknurrtes Nein so unverfänglich wie möglich klingen zu lassen.

»Macht nix«, meinte Nana und steuerte den Weg Richtung Zimmer an. Noch bevor Lara ihr anbieten konnte sie zu begleiten, gab Nana ihr zu verstehen, dass sie ruhig noch hier bleiben und sich noch einen Drink gönnen sollte.

Sie sah ihrer Nana beim Weggehen zu und bemerkte ihren schwerfälligen Gang. Seit sie auf der Insel waren, haben sie Fußwege häufig getrennt zurückgelegt. Ob es Zufälle waren oder ob Nana da etwas zu verheimlichen versuchte? Es fiel auf, dass Nana sich früher auf den Weg machte und sie dennoch gleichzeitig ankamen.

An diesem Morgen verließen sie gemeinsam das Zimmer, um sich zum Frühstücksbuffet aufzumachen. Sie waren bereits aus der Zimmertür getreten, da fuchtelte Nana plötzlich im Gesicht ihrer Enkelin herum und deutete auf den verschmierten Kajal unter ihrem Auge hin. Nana bestand darauf, dass Lara das in Ordnung brachte und wurde prompt zurück ins Zimmer geschoben.

Ganz irritiert von der Aktion und mit der zugeschlagenen Tür vor der Nase, wurde ihr schleichend bewusst, dass sie sich doch gar nicht geschminkt hatte. Dennoch stand sie im schlecht beleuchteten Bad vor dem Spiegel und versuchte sich etwas aus dem Gesicht zu wischen, das gar nicht da war. Als sie dann am Eingang vorm Speiseraum aufeinander trafen, gab Nana von sich, dass der Lift so lange gebraucht hatte. Lara war verwundert, aber dachte sich in dem Moment nichts weiter. Vor nicht mal allzu langer Zeit wäre ihr sofort in den Sinn gekommen, dass ihre Großmutter einen heimlichen Lover im Hotel haben musste.

Nun aber musste sie sich eingestehen, dass ihre Nana einfach nur älter wurde - mit jeglichen Begleiterscheinungen - und es versuchte zu vertuschen. Wollte sie es vor sich selbst verheimlichen oder vor ihrer Enkelin? Vermutlich wusste sie das selbst nicht so genau. Lara nahm sich vor, ihrer Nana jedmögliche Anstrengung zu ersparen und ihr einen schönen restlichen Urlaub zu bescheren.

Nana machte ein großes Geheimnis daraus, wohin sie Lara ausführen wollte. Um Nana eine Freude zu machen, zog sie sich ein langes wallendes Sommerkleid an. Es leuchtete in den verschiedensten Rottönen und der Stoff des Kleides war mit übergroßen Blumen, die ineinander übergingen, bedruckt. Als sie ihre schwarzen Sandalen mit den Pfennigabsätzen anziehen wollte, schüttelte Nana nur den Kopf und hielt ihr stattdessen einfache Flip-Flops vor die Nase. Anstatt zu protestieren, nahm sie die

Empfehlung ungefragt hin.

Sie wurden zum Strand geführt und da erblickten die beiden Frauen einen weißen Stoff-Pavillon mit einem geschmückten Tisch und Kerzen. Rund um den Pavillon waren Fackeln aufgestellt und erst da fiel Lara ein, welcher Tag es war. Es war der fünfzehnte Mai und ihr dritter Jahrestag. Sie sah Nana an, die nur mit den Schultern unschuldig zuckte und ihr deutete weiterzugehen.

Lara hatte ihre Flip-Flops von den Füßen gestreift, bevor sie den Strand betrat und fühlte, wie ihr Herz zu hüpfen begann. Jeden Moment könnte Max um die Ecke biegen, sie in ihre Arme schließen. Dann würde er sie ein bisschen nach hinten neigen und sie küssen. Noch tief in ihren Gedanken versunken, nahm Lara auf ihrem Stuhl Platz und als sie den Kopf hob um ihr Gegenüber zu betrachten, wurde sie schier aus den Gedanken gerissen, als sie in das faltige und freudestrahlende Gesicht ihrer Nana blickte. Lara kämpfte damit ihre Tränen zurückzuhalten und ihre Enttäuschung zu verbergen. Denn Max würde nicht kommen.

Vorsichtig fragte ihre Großmutter nach: »Ach Liebes, du hattest Max erwartet?«

Lara nickte nur und schloss die Augen. Nicht weinen, jetzt nur nicht weinen, ermahnte sie sich. Sie schluckte ihren Kummer hinunter, atmete kurz durch und öffnete die Augen. Sie war gerade selbst wahnsinnig beeindruckt, wie fest sie sich im Griff hatte. Sie lächelte Nana an.

»Weißt du, Lara«, es schien als würde sie nach den passenden Worten suchen, »Max hat das hier erst alles möglich gemacht. Er wollte, dass du einen schönen Abend hast.«

Lara fiel es schwer, ihrer Großmutter Glauben zu schenken.

»Echt jetzt? Max? Der Max? Unser Max hat sich wirklich die Mühe gemacht?« Da fiel es ihr plötzlich wie Schuppen von den Augen. »Ja genau, deshalb war auch dieser Tag schon ausgebucht! Ich hätte ja nie im Leben daran gedacht, dass Max das auf die Reihe bekommt. Dass er sich überhaupt darüber Gedanken macht.«

Ganz freudig nickte Nana nun.

»Ich muss ihn sofort anrufen.«

Plötzlich schüttelte Nana vehement ihren Kopf. »Nein, nein, du musst das hier erstmals genießen. Es kommt ja gleich die Vorspeise. Guck, der Kellner kommt mit dem Champagner«, und mit diesem Satz brachte sie ihre Enkelin zum Schweigen.

Im Stillen jedoch biss sich Nana selbst auf die Lippen. Mit diesem Candle-Light-Dinner hatte sie ja einfach nur die eingerostete Liebe der zwei zueinander wieder in Fahrt bringen wollen. In ihrer Vorstellung hatte sich ihre Enkelin darüber auslassen können, was sie an Max alles so nervend fand und am Ende hätte sie dann doch noch erkannt, dass es so vielmehr Dinge gab, die sie an ihm liebte. Doch damit, dass die Beziehung schon dermaßen in den Brüchen lag, hatte sie nicht gerechnet. Früher einmal hatte Lara mit ihr über alles geredet. Über Max sprach sie mit ihr jedoch kaum, ganz im Gegenteil sie blockte regelrecht ab. Hatte sie zu oft Partei für ihn ergriffen? Sie konnte das nicht nachvollziehen, denn für sie stand Lara klarerweise an erster Stelle. Nun ging es nicht mehr nur um das Kitten der Beziehung zwischen Lara und Max, sondern Nana erkannte, dass sie ihr Vertrauen zurückgewinnen musste. Mit dieser Aktion würde ihr das hingegen nicht gelingen. Sobald Lara zurückkehrte, würde sie ihr die Wahrheit über das Candle-Light-Dinner erzählen. Kurz nach dem Hauptgang hatte sich Lara entschuldigt, um die Toilette aufzusuchen. Eine gute Gelegenheit, weil das Dessert etwas auf sich warten ließ.

Inzwischen wartete sie schon eine kleine Ewigkeit auf Lara. Die Nachspeise war bereits serviert worden, das Zimt-Parfait war zu einer unansehnlichen bräunlichen Suppe zerronnen, doch sie blieb verschwunden. Zu schade, denn sie hatte extra das Zimt-Parfait bestellt, da Lara es so liebte, aber immer zu faul war, es selbst zu machen. Eier über dem Wasserbad schaumig schlagen, dann Schlagobers hinzufügen. Sie unterbrach sich selbst in ihren Gedanken, sie war nervös geworden und machte sich Sorgen um Lara. Bereits mehrmals blickte der Kellner sie fragend an und umgekehrt blickte sie den Keller fragend an. Jedes Mal hatten sie nur ein leichtes Schulterzucken für den jeweils anderen übrig.

Auch wenn Nana versuchte, sie davon abzuhalten, Max anzurufen, erwartete er doch schon sicher ihren Anruf, grübelte Lara vor sich hin. Daher stahl sie sich vom Dinner davon und als sie außer Sichtweite war, wählte sie ihn aus ihren Kontakten. Sie war überrascht, wie sehr sie sich freute, seine Stimme zu hören. Beim Essen war sie nicht recht in Stimmung gekommen, um über ihn zu reden. Eventuell hatte sie sich sogar etwas ablehnend ihrer Nana gegenüber verhalten. Nach dem Telefonat würde sie mit ihr darüber sprechen, aber was sollte sie ihr schon großartig erzählen? Lara war der Auffassung, dass Nana ihn ohnehin ständig in Schutz nahm. Gerade so als müsste man Max vor ihr beschützen. Bevor Max abhob, war der Zorn in ihr schon wieder aufgestiegen. Doch sie versuchte sich zusammenzureißen.

Lara säuselte ihm daher ins Telefon, wie sehr es ihm gelungen war, sie zu überraschen und sie sich wünschte, er wäre hier bei ihr auf der Insel.

Max klang abgelenkt und müde. Er hatte absolut keine Ahnung, wovon sie sprach. »Hat Nana gesagt, dass ich das Dinner organisiert habe?«

Lara musste zugeben, dass sie das zwar nicht behauptet hatte, aber zumindest wurde sie in dem Glauben gelassen. Was wollte Nana nur damit wieder bezwecken? Sie schien nicht älter, sondern wirklich alt zu werden. Sie erschrak sich vor ihrer eigenen Bissigkeit. Dennoch konnte sie nicht nachvollziehen, was ihre Nana vorhatte. Sie hatte ganz offensichtlich den Plan nicht zu Ende gedacht, wenn sie davon ausging, dass es nicht ans Licht käme, dass das Dinner auf ihrem Mist gewachsen war. Lara war so dermaßen enttäuscht und verwirrt. Sie lief aufs Zimmer und knallte sich schluchzend aufs Bett.

Nana fand ihre Enkelin verweint auf dem Bett im Hotelzimmer vor. Mit besorgtem Blick sah sie Lara dabei zu, wie sie in die Leere starrte. Zuletzt hatte sie Lara so gesehen als sie ihren einzigen und letzten Streit mit Emma hatte. Zumindest nahm sie an, dass es sich um den einzigen Streit zwischen den beiden handelte. Aber danach hatte sie Lara nie wieder so aufgelöst erlebt. Die Mädchen waren vierzehn oder doch erst dreizehn und es ging um einen Jungen, der sie gegeneinander ausspielte. Am Ende tranken sie in Nanas Küche ihren ersten Eierlikör und versöhnten sich wieder. Ob es sich damals tatsächlich um ihren ersten Eierlikör handelte, bezweifelte sie nun im Nachhinein. Doch zur damaligen Zeit war ihr noch nicht aufgefallen, dass sich der Inhalt der Flasche stetig verringerte.

Nana versuchte Lara zu trösten, aber sie fand einfach nicht die richtigen Worte. Sie entschuldigte sich bei ihr und sagte ihr, dass sie nicht vorhatte, sie anzulügen. »Manche Dinge passieren einfach. Lara, es tut mir leid. Ich habe gedacht«, sie unterbrach den Satz, denn sie musste zugeben, dass sie gar nicht wirklich nachgedacht hatte, sondern einfach nur gehandelt. Lara war in ein Alter gekommen, da reichte ein Stück Bensdorp-Schokolade nicht mehr aus, um die Welt wieder in Ordnung zu bringen. Das war keine Erkenntnis dieses Abends, Nana hatte schon zuvor bemerkt, wie ihre Enkelin unter permanenter Anspannung litt. Sie musste anerkennen, dass Lara tatsächlich versuchte, glücklich zu sein, selbst hier auf der Insel hatte Nana immer wieder erlebt, wie sehr sich anstrengte. Hielt Lara so stark an der Beziehung zu Max fest, weil ihre Eltern die Ehe gleich für Gescheitert erklärten, als Schwierigkeiten auftauchten? Das war natürlich nur eine Mutmaßung, die sie anstellte und sie musste sogleich auflachen. Lara wurde dadurch aus ihren Gedanken gerissen und warf ihr einen bösen Blick zu. Bei Nana tauchte die Erinnerung an ein romantisches Dinner auf, welches Lara für ihre Eltern inszeniert hatte. Sie war damals zehn Jahre alt gewesen und hatte behauptet, ein Festmahl für ihre Eltern zuzubereiten. Nana tat so, als könne sie sich nicht mehr an die Details erinnern. Es stimmte schon, gerade noch vorhin, hatte sie sich vorgenommen ihrer Enkelin gegenüber ehrlicher zu sein. Aber im Grunde wollte sie ihr nur eine kleine Fährte legen und Lara sprang zum Glück darauf an. Die Menüabfolge konnte Lara noch bestens widergeben. Zur Vorspeise bekamen die Eltern eine Suppe aus dem Packerl serviert. Penne mit Ei und Käse gab es als Hauptspeise und als Dessert setzte sie ihnen einen Obstgarten vor.

Konnte sich ihre Nana tatsächlich nicht mehr daran erinnern, fragte sich Lara. Dafür lebte die Erinnerung an diesem Abend regelrecht in ihr auf.

Während sie selbst in der Küche das Kommando übernahm, musste Emma den viel zu großen Firmungs-Anzug des Cousins tragen und die Butlerin spielen.

Lara lächelte milde ihre Großmutter an und umfasste ihre Hand. »Im Grunde hast du heute nichts anderes gemacht als ich damals. Versucht zu retten, was nicht mehr zu retten ist.«

∞

Lara warst du in unserer Beziehung überhaupt

jemals glücklich?

Die eingehende Nachricht riss sie aus ihren Gedanken und sie fühlte sich ertappt. Ob er auch gerade an den dritten Jahrestag dachte, fragte sie sich.

> Ja. Nein. Ich weiß es nicht. Ich habe gerade an Nana gedacht.

Ich vermisse sie :-(

> Ich sie auch, Max. Ich sie auch.

∞

So wunderbar der Urlaub auf der Insel begonnen hatte, so schnell war er dann auch wieder vorbei. Die letzten Tage konnte Lara nicht mehr so richtig genießen. Sie war traurig und musste damit kämpfen, ihre schlechte Laune hinunterzuschlucken. Zusätzlich kränkelte ihre Nana auch noch. Wo war nur die Leichtigkeit hin, die sie früher verband. So viel hatte sich Lara für den Urlaub vorgenommen. Über das Leben und über ihre Zukunft wollte sie nachdenken und Pläne schmieden. Abschalten, sich in ihrer Achtsamkeit üben und zu entspannen, wären angesagt gewesen. Beim Yoga und beim Laufen wollte sie sich fit halten. Mit ihrer Nana wollte sie übers Älterwerden reden, und Weisheiten hätte sie von ihr mitbekommen sollen. Ganz klar, sie hatte sich einfach zu viel vorgenommen und stattdessen gar nichts in die Tat umgesetzt. Beim nächsten Urlaub, so schwor sich Lara, werde sie sich rein gar nichts vornehmen und einfach in den Tag hinein leben. Sie stutzte kurz und fragte sich, ob sie bereits mit diesem Vorhaben gegen ihren Entschluss verstieß. Der Gedanke verwirrte sie und sie schob ihn auf die Seite. Zumindest hatte sie einiges von Sardinien gesehen und sie war sich sicher, dass das am meisten zählte.

Lara saß mit ihrer Großmutter auf der Terrasse des Hotels und sie blickten auf das Meer. Es blieb ihnen noch eine Stunde, bevor sie der Bus zum Flughafen brachte. Ihre Nana, noch immer etwas blass um die Nase, trank einen Pfefferminz-Tee, vor Lara standen ein Espresso und ein Glas Wasser. Eine leichte Brise wehte und Lara begann ganz ruhig zu werden. In ihrem Kopf tauchten jedoch ungläubige Stimmen auf: Jetzt! Auf einmal? Warum verdammt noch mal, hatte ich mich nicht schon viel früher auf diese Terrasse gesetzt, wenn sie eine so entspannende Wirkung auf mich hat? Sie holte sich wieder runter und dachte sich: »Besser spät als nie.«

»Was sagst du, Lara?«

Oh sie musste wohl laut gesprochen haben. Auch so eine blöde Angewohnheit von ihr. »Nana, ich bin sehr glücklich, dass du hier bist, dass ich just diesen Moment mit dir teilen kann. Schau dir das Meer an.«

»Ach Liebes, und ich dachte schon, du meinst, dass es besser ist, später als nie von hier wegzukommen und dich schon freust, mich endlich loszuwerden.« Nana lachte dabei kurz auf, aber Lara wusste, dass sie nicht scherzte, sondern beruhigt werden wollte.

»Nana!«, wurde sie von Lara streng zurechtgewiesen, »so etwas darfst du überhaupt nicht denken! Na klar gehen wir uns manchmal auf die Nerven. Aber ohne dich, wer wäre ich denn, was wäre ich denn?«

Nana sah Lara milde an und kniff dann ihre Augen zusammen: »So, so ich geh dir also manchmal auf die Nerven.«

»Ach komm, Nana, sag mir bloß nicht, dass du nie von mir die Nase voll gehabt hast!«

»Nenn mir Beispiele! Ich kann mich nicht erinnern.«

»Ich kann dir Hunderte nennen«, stieß Lara prahlerisch aus und zog dabei die Augenbrauen hoch. »Zum Beispiel, als ich dich bei Männerbesuch gestört habe. Ich hatte Streit mit Mama und bin bei dir unangemeldet aufgetaucht. Ich hab sehr wohl mitbekommen, dass du einen Mann aus der Wohnung geschleust hast, nachdem du mich mit einem heißen Kakao versorgt hast.

»Lara, du und deine Sorgen waren mir tausendmal wichtiger als irgendein dahergelaufener Hallodri. Ganz im Gegenteil. Jetzt erinnere ich mich wieder. Ich war dir sehr dankbar. Später stellte sich heraus, dass er an diesem Abend direkt zu Erna weiterlief.«

»Nein, doch nicht zu Erna! So ein Mistkerl.« Mit diesem Hinweis war Lara aufrichtig schockiert, denn Erna war lange Zeit eine gute Freundin von Nana gewesen. »Hm, dann lass mich weiterüberlegen. Als ich mich auf deinem neuen Teppich im Wohnzimmer übergeben habe?«

»Der war hässlich. Du hast mir einen Gefallen getan.

War ein absoluter Fehlkauf.«

»Der war doch sehr teuer. Außerdem hast du damals mit mir sehr geschimpft.«

»Den Teppich habe ich gereinigt und wieder zurück gebracht. Du hast die ganzen guten Shrimps aufgegessen. Ich habe dich noch ermahnt. Du hast mir keine übrig gelassen und sie mir dann vor die Füße gekotzt. Deshalb habe ich geschimpft.«

»Buh, das wird echt schwierig, wenn du alles so positiv siehst. Ha. Warte mal. Der Eierlikör. Über Jahre hinweg habe ich dir Eierlikör geklaut.«

Nana machte große Augen und schrie ganz laut, als hätte sie gerade den Jackpot geknackt. »Ich wusste es! Ich habe es schon immer gewusst. Ich dachte mir immer: *Aber was, wenn ich mich irre, dann bringe ich sie bloß noch auf den Gedanken, es zu tun.* Du warst das! Und ich bin ein paar Mal vor der Flasche gestanden und hab mich gefragt, ob ich ein Alkoholproblem habe, weil ich mich nicht erinnern konnte, so viel getrunken zu haben.«

Lara konnte nicht mehr aufhören zu lachen. »Ja, das waren die schwersten Zeiten, weil Emma und ich uns nichts nehmen konnten, weil du den Flascheninhalt ständig im Auge behalten hast. Ein Glück, dass wir uns so gesund entwickelt haben, bei dem was wir da in uns hinein geschüttet haben.« Lara schüttelte ihren Kopf.

»Na, sei dir da mal nicht so sicher«, entgegnete Nana mit gespielter Strenge und erhobenem Zeigefinger.

Ach wie herrlich, früher konnten sie sich ständig so necken und in Gelächter ausbrechen. Es machte das Leben irgendwie leichter. Lara vermisste das.

Als ob Nana ihre Gedanken erriet, strich sie über Laras Schulter: »Wir müssen wieder mehr im Hier und Jetzt leben. Uns Glücksmomente schaffen. Wir lachen so viel, wenn wir an die Vergangenheit denken. Du musst hier in der Gegenwart dafür sorgen, dass du in der Zukunft darüber lachen kannst.«

Lara wusste, dass da ihre Großmutter was Wahres sagte. Dennoch wollte sie dagegen protestieren, sich weigern in der Gegenwart zu leben. Ihre Kindheit sei ja so schön und unbeschwert gewesen. Zumindest kam ihr das aus der Retrospektive betrachtet so vor.

∞

Am liebsten wäre Lara in diesem Moment in Nanas Wohnung. Sie sehnte sich nach ihrer Nähe. Dort würde sie sich mit einer Flasche Eierlikör und einem Gugelhupf unter die Decke verkriechen.

> Kannst du dich noch erinnern, als ich von Sardinien zurückgekommen bin?

Mit Grauen, ja!

> Nicht nett!

War nicht so gemeint. Zwinker-Smiley vergessen. Du hast mit mir kein Wort geredet. Das war immer das Schlimmste für mich. Solange du noch geschrien hast, war alles in

Ordnung. Aber Schweigen! Tödlich!

> Ich bin dann zu Nana. Die wollte endlich ihre Ruhe haben. Für zwei Tage bin ich dann doch bei ihr untergekommen. Und hey, Geschichte wiederholt sich. Shrimps und Eierlikör vertragen sich nicht.

Würg! Das hast du mir gar nicht erzählt.

> Ich durfte mich noch ausnüchtern und dann setzte sie mich mehr oder weniger vor die Tür. Sie war so verzweifelt, dass sie die Hände über den Kopf zusammenschlug und schimpfte: Drei Jahre? Drei Jahre! Das ist doch nicht lange für eine Beziehung. Das ist kein Grund mir die Toilette vollzukotzen. Ihr habt noch viele Gelegenheiten, um gemeinsam Urlaub zu machen und Jahrestage zu feiern. Warum denn das ganze Pulver in den ersten Jahren verschießen!

Die Erinnerung war für Lara auf einmal so präsent, ihr wurde ganz flau im Kopf und sie fühlte sich schwindelig. Sie war gerade so in Fahrt und tippte wild auf ihr Handy ein.

> Und ich dachte mir, warum sich für mich diese drei Jahre trotzdem so lange und schwer anfühlten. Danach bin ich zu dir zurück und hab mich in die Arbeit gestürzt.

Warum haben wir uns bloß so gequält?

Ich hatte mir ganz oft vorgenommen, mit dir Schluss zu machen. Aber es nie geschafft. Hast du was geahnt?

Max' Neubeginn

Diese Frage ließ Max innehalten und er musste sich eingestehen, dass er keine Antwort darauf kannte. Laras Spinnereien nahm er immer so hin, er wollte ihr eben ihren Freiraum lassen. Als sie auf Sardinien war, hatte er keine Sekunde daran gedacht, dass sie ihn vermissen könnte. Sie kam doch immer so gut ohne ihn zurecht. Zum Zeitpunkt ihrer Beziehung hatte er erdenklich wenig über die Beziehung selbst nachgedacht. Sie waren zusammen. Punkt und Aus. Was gab es da schon lange zu überlegen.

Erst als er und Tanja ein Paar wurden, war ihm einiges bewusst geworden. Besser gesagt, Tanja sorgte dafür und öffnete ihm seine Augen. Ob es die neue Verliebtheit war oder Tanjas Ausgeglichenheit, die es ihm leichter machten, neue oder vielmehr andere Gesichtspunkte zu sehen, wusste er da auch nicht so genau. Sie machte ihm von Anfang an ganz klar, was ging und was nicht.

Mit der Unterhose auf der Couch sitzen und in die Glotze schauen?

Nein, das ging schon mal gar nicht.

Am Morgen mit der Unterhose und ohne T-Shirt auf dem Yogakissen händchenhaltend in den Tag starten?

Ja, das war möglich.

Vor allem schien es Tanja aber auch immens wichtig zu sein, dass Max selbst wusste wer er war und was er wollte. Und daher musste er ein ganzes Stück über sich selbst und sein Leben nachdenken. Da gehörte Lara und die Beziehung mit Lara nun mal dazu. Er witzelte, es waren vier Jahre und sie ließen sich mit vier Worten beschreiben: Es war die Hölle.

Tanja fand das weniger lustig.

Da auch sie bereits gescheiterte Beziehungen hinter sich hatte, wusste Tanja, dass sich manche Dinge nie ändern. Ihre Devise lautete: Lass dir so ganz nebenbei die früheren Beziehungen schildern, hör genau hin, wie er über die Ex spricht, dann erfährst du ganz schnell in welche Richtung sich die neue Beziehung bewegen kann. Füge noch deine persönlichen Erfahrungen hinzu und voilà schon bekommst du einen kleinen Vorgeschmack. Bei ihren ersten Liebeleien fand sie es noch ganz toll, wenn die Jungs über ihre Ex-Freundinnen herzogen und ihr sagten, dass sie ja so viel anders sei und ihr den Himmel auf Erden versprachen. Es dauerte jedoch nicht lange, bis sie gut nachvollziehen konnte, warum sie wie Arschlöcher behandelt wurden. Weil sie sich nach einiger Zeit wie solche aufführten. Zu viel Schwärmen über die Ex-Freundin, deutete in den meisten Fällen jedoch darauf hin, dass sie die Trennung noch nicht verwunden hatten.

Bei Max hatte sie zum ersten Mal das Gefühl richtig

vertrauen zu können. Daher war es an der Zeit, ihn nach seinen früheren Beziehungen zu fragen. Endlich, dachte sie sich, einer ohne Altlasten, denn es hörte sich so an, als läge die letzte Beziehung schon ziemlich lange zurück. Max schilderte ihr eine 08/15 Beziehung. Am Anfang waren sie sehr verliebt ineinander gewesen, am Ende lebten sie wie Geschwister zusammen und stritten sich viel. Dann erfuhr sie, dass sie sich erst vor Kurzem getrennt hatten und fühlte sich durch diese Tatsache wie vor den Kopf gestoßen. Er sprach so distanziert und ohne Zusammenhang darüber. Noch überraschter war sie, als sie davon hörte, dass er zum Zeitpunkt ihres Kennenlernens noch in dieser Beziehung war. Das erste Aufeinandertreffen war ganz unverfänglich gewesen. Max hatte ihre Gedanken erraten und beruhigte sie sofort, dass er bei ihrem ersten Kuss bereits Single war.

Hatte er denn wegen ihr Schluss gemacht?

Die Beziehung hatte das Mindesthaltbarkeitsdatum schon lange Zeit überschritten und ihr Ablaufdatum damit schon längst erreicht.

Tanja fand es gedankenlos und unsensibel, wie Max über das Ende seiner Beziehung sprach, als handelte es sich bloß um einen Becher Joghurt. Ihn selbst überraschten seine Worte ebenso und er musste sich eingestehen, dass er wie ein Arschloch klang. Sie sollte einfach gehen, dachte sie sich noch, doch da nahm er seine Aussage auch schon wieder zurück. Max gestand ihr, dass er über seine Beziehung nie wirklich viel geredet habe, selbst mit Lara nicht. Nicht nur Max betrat Neuland, auch Tanja betrat unbekanntes Terrain, indem sie gegen ihren eigenen Vorsatz handelte. Doch dieses Mal wollte sie sich nicht so schnell verscheuchen lassen. Daher nahm sie sich vor, Max dabei zu helfen, damit er lernte über sich selbst und seine Beziehungen zu sprechen. Erst dann konnte er auch mit seiner Ex abschließen und ihrer frischen Liebe stand nichts mehr im Wege.

Tanja fand jedoch, dass Max seine Sache nicht besonders gut machte. In seiner Reflexionsfähigkeit war er mehr als eingerostet. Sie wusste schon jetzt, dass sie ihn mehr als nur mochte, aber in so eine Beziehung wie er sie vor ihr führte, wollte sie unter keinen Umständen geraten. Sie kaufte sogar Yogakissen und las sich in Methoden der Achtsamkeit ein. Max beteiligte sich zumindest an all diesen Sachen und das deutete sie als ein gutes Zeichen. Einmal stieß sie bei ihrer Recherche nach neuen Ideen aufs Waldbaden. Aber das ging dann sogar ihr zu weit. Warum mussten für so einfache Dinge wie *mit offenen Augen und Ohren durch den Wald gehen, wie ein normaler-Mensch es eben tut*, neuartige, abgehobene Begriffe erfunden werden.

Seiner vorherigen Beziehung hatte sich Max irgendwie einfach so hingegeben und es schien, dass seine Ex da auch nicht besser war. Dem Schicksal ausgeliefert, wie zwei Käfer, die auf ihrem Panzer lagen und nicht mehr auf die Beine kamen. Tanja konnte es nicht glauben, wie man sich seinem eigenen Leben nur so ausliefern konnte. Das stimmt nicht ganz. Sie lieferten sich nicht allgemein ihrem Leben aus, nur einer unglücklichen Liebe. Die beiden lieferten sich ihrer Liebe aus und verloren sie dann am Ende. Wie traurig. Tanja hielt es ganz schwer aus, wenn Menschen sich einfach so hängen ließen. Sie selbst fragte sich mindesten ein Mal im Monat: Passt es so, wie ich lebe? Will ich so leben oder muss ich etwas ändern? Daher probierte sie immer ganz viele verschiedene Sachen aus. Sie tat es einfach und im besten Fall erkannte sie, dass es nichts für sie war, wie zum Beispiel das Singen von Mantras.

Wie Max seiner Ex wirklich gegenüber eingestellt war, konnte sie auch nach mehreren Monaten ihres Zusammenlebens noch immer nicht richtig deuten. Wirklichen Groll schien er seiner Ex gegenüber nicht zu verspüren. Tanja bemerkte, dass sie sich mehr Gedanken über Lara zu machen schien als es Max tat. Sie war sich nicht sicher, ob ihr das gefiel. Natürlich gefällt mir das nicht, ermahnte sie selbst, aber schaffte es nicht ihre Gedanken zum Schweigen zu bringen. Unter anderen Umständen wäre sie sicher gerne mit ihr befreundet gewesen und nach Max Erzählungen empfand sie Sympathie für Lara. Tanja fand es gut, dass die beiden miteinander texteten. Aus Rücksicht auf sie lehnte Max ein Gespräch mit Lara ab. Sie fand das doof. Denn genau das sollten sie tun, sie sollten sich aussprechen und die Sache abschließen. Sie wusste, dass es da noch etwas gab, was Max mit Lara verband. Vermutlich wird es sie immer miteinander verbinden. Jedoch war sich Tanja auch sicher, dass die zwei nicht mehr zusammenfinden werden.

Tanja sah Max dabei zu, wie er auf der Couch sitzend,

gedankenverloren vor sich hinstarrte. Gut, er denkt endlich nach. Sie wollte ihm Raum geben, blieb jedoch angelehnt am Türrahmen stehen und inspizierte ihn. Die Kontaktaufnahme seiner Ex kam überraschend. Zeitpunkt und Uhrzeit hätten besser sein können. Verdammt nochmal. Sie hätte noch mehr Zeit gebraucht, um Max darauf besser vorbereiten zu können. Sie fühlte, dass er ihre Unterstützung benötigte und setzte sich neben ihn hin. Er sah sie dankbar an und legte den Kopf auf ihre Schulter.

Ein weiteres Mal las er die letzte Nachricht von Lara. In den letzten Monaten hatte er sich viel mit sich selbst beschäftigt und dennoch konnte er die Frage nicht auf Anhieb beantworten. Hatte er es gemerkt, dass sie mit ihm Schluss machen wollte? Er sinnierte über diese Frage. Auf einmal schoss es wie aus einer Maschinenpistole auf ihn ein: Nein, natürlich nicht. Natürlich hatte er es nicht bemerkt. Erst im Nachhinein wurde ihm das ein oder andere Anzeichen bewusst. Wut stieg in ihm auf. Was bildete sich Lara bloß ein? Sie wollte mit ihm Schluss machen! Wieso hat sie denn nicht einfach mit mir geredet, fragte er sich selbst. Zugleich wurde ihm klar, dass das kein einfaches Unterfangen war. Er hielt inne. Es war noch nie sein Ding gewesen über sich zu reden, über die Gefühle von anderen zu reden. Alleine, dass er diese Erkenntnis hervorbrachte, war Tanjas Werk. Reden war nicht sein Ding, über Dinge nachdenken war nicht sein Ding, aber Spontanität à la *Wir machen einen Wochenend-Trip ans Meer* war auch nicht so sein Ding. Am Ende blieb ein träger und einfältiger Typ übrig, hatte er den Eindruck. Aber so wollte Max auf keinen Fall sein. Deshalb versuchte er gerade herauszufinden, was für ein Mensch er überhaupt sein wollte. Nie hatte er besonders über Vergangenes nachgedacht, Pläne für die Zukunft machte er sich auch keine. Das war ihm bisher einfach nicht in den Sinn gekommen.

Tanja hat da einiges auf den Kopf gestellt und er fing an sich zu fragen, was sie an ihm fand und warum sie sich überhaupt in ihn verliebt hatte. Warum hatte er sich in sie verliebt?

Als Max diese Fragen aussprach, begannen Tanjas Augen zu schimmern. Er fing endlich an, die richtigen Fragen zu stellen. Nur beantworten musste er sich diese selbst.

»Weißt du«, sagte Tanja ganz vorsichtig, »ich könnte dir sagen, ich liebe dich, ähm... wegen deines Humors oder du eine ganz passable Figur hast, obwohl du keinen Sport machst. Da könnte ich ganz viele komische Sachen sagen. Tatsächlich kann ich diese Frage gar nicht so rational beantworten. Ich spüre es einfach. Ich spüre es einfach hier.« Beim letzten Satz zeigte sie auf ihr Herz.

Max sah sie etwas nachdenklich und misstrauisch zu gleich an. »Tatsächlich? Tatsache ist, du weißt gar nicht, warum du mich eigentlich liebst - Du spürst es?« Er sah dabei zwischen ihr und seinem Handy hin und her.

»Nein, das schreibst du ihr jetzt nicht auf die letzte Frage. Du klaust jetzt nicht meine Antwort und wandelst sie für deine Zwecke ab! Max, sieh mich an.«

Max ließ das Handy auf die Couch fallen und stand auf. »Echt jetzt, da verlangst du von mir, nachzudenken, zu reflektieren und dann weißt du so einfache Sachen nicht. Ich höre dich noch sagen: Aber Max, dies und das musst du über dich wissen. Das musst du herausfinden.«

Es entstand eine unangenehme Pause. Tanja wartete darauf, dass Max die Situation mit einem seiner Scherze auflockerte. Doch es kam keiner und es war ihre Schuld, denn sie hatte ihm gelehrt, ernst zu bleiben, wenn er über Gefühle sprach.

»Weißt du, das alles ist ganz schön anstrengend. Ich habe aufgehört, über mich etwas zu erzählen, weil sich ja eh keiner dafür interessiert hat. Weißt du was, ich will kein Urteil über einen Menschen fällen und gebe einen Scheiß darauf was andere über mich denken. Es ist mir scheißegal.« Max hatte sich in Rage geredet.

Tanja hatte ihm zugehört. Sie war überrascht, dass sie angesichts des Ausbruchs so ruhig blieb. Ganz vorsichtig und mit leiser Stimme fragte sie: »Wer hat sich nicht für dich interessiert?«

Offensichtlich musste sich Max erst richtig sammeln, als sich Tanja nicht sicher war, ob er sie überhaupt gehört hatte und die Frage wiederholen wollte, stammelte er vor sich hin. »Ach was, ich weiß es nicht. Das war nur so daher gesagt.«

»Max, das glaube ich nicht. Bitte erzähle es mir. Ich höre dir zu. Max, sieh mich an. Komm, sieh her. Schau mir in die Augen.«

Peinlich berührt, erwägte er einen Fluchtversuch nach hinten, doch er wollte nach vorne streben und begann zögerlich zu sprechen. »Ich weiß nicht. Es ist ja so ein Klischee. Ob es wirklich damit was zu tun? Ich weiß es nicht.« Tanja sah ihn weiterhin unvermittelt an. »Meine Eltern, okay! Meine Eltern interessierten und interessieren sich einen Dreck für mich. Ich kam aus der Schule, hatte was zu erzählen und wurde dann immer gleich weggeschickt. Sie machten sich ja nicht mal die Mühe so zu tun als würden sie sich für mich, und was ich zu sagen hatte, interessieren.«

Und dann erzählte er ihr von seiner Kindheit, seiner Jugendzeit und wie frei er sich fühlte, als er endlich von zu Hause auszog. Max erwähnte auch das erste und einzige Aufeinandertreffen seiner Eltern und Lara, die lange Funkstille, die danach folgte und wie er wieder den Kontakt mit ihnen aufnahm ohne das Wissen von Lara. Er hatte ihr nie davon erzählt.

Nana, ich kann dich riechen

Ich lag im Bett und bekam kein Auge zu. Das vom Wein beduselte Gefühl, wodurch die Welt ein wenig freundlicher wirkte, hatte sich mittlerweile gänzlich aufgelöst. Stocknüchtern und kein bisschen müde, starrte ich die Decke an. Max blieb mir die Antwort auf die Frage schuldig, ob er denn nie einen Verdacht geschöpft hatte, dass ich mich trennen wollte. War das eine doofe Frage gewesen? Hatte ich ihn gekränkt? Oder hatte seine Freundin genug davon, dass er seiner Ex textete? Warum dachte ich denn überhaupt noch darüber nach. Er konnte mich schon immer leicht zum Ärgern bringen. Jetzt bin ich ihn endlich los. Endgültig. Und doch, wenn ich an ihn denke, dann ist da was. Ist es eine Leere? Oder ganz im Gegenteil, ist es ein wohliges Gefühl? Vermisste ich ihn? Oh Gott, das darf jetzt nicht wahr sein! Ich vermisste ihn dermaßen, dass es mir die Tränen in die Augen drückte. Als hätte ich gar nicht noch wacher werden können, da richtete sich mein Körper plötzlich kerzengerade im Bett auf und ich schnappte nach Luft.

Auf einmal machte es klick und ich verstand. Das war der Grund, warum ich nicht mit im Schluss machen konnte! Nicht wegen seinen Eltern und weil er wegen mir den Kontakt zu ihnen abgebrochen hatte. Ich wollte ihn einfach nicht verlieren. Als Partner war er grauenhaft, aber er war mir immer ein Freund gewesen. Eine Art Bruder. Ich vermisste und liebte ihn, wie man eben einen Bruder vermisste und liebte. Von einem Tag auf den anderen musste ich ohne ihn klar kommen. Die ganze Zeit über konnte ich es gar nicht erwarten, mich von ihm zu trennen. Aber ich wollte nur einen Teil von ihm los werden. Den Partner. Den Freund wollte ich behalten. Wir hätten nie zusammenkommen sollen. Wir hätten einfach von Anfang an Freunde bleiben sollen.

Als mir dies bewusst wurde, machte sich ein schmerzliches Gefühl in mir breit, das mir fast meine Brust auseinanderriss. Irgendwann hatte ich regelrecht zu schluchzen angefangen, dabei quoll meine Nase auf und ich bekam kaum mehr Luft. Pure Einsamkeit breitete sich in mir aus und ich sehnte mich nach Max' Armen. Wie lächerlich. Da hatte ich ihn von mir weggestoßen, war viele Male ohne ein Wort gegangen und nun wollte ich einfach nur bei ihm sein. Am liebsten wäre ich einfach zu seiner Wohnung gefahren und hätte dort angeläutet. Da ich aber in letzter Zeit einige dumme Entscheidungen traf, verwarf ich den Gedanken schnell wieder. Nein, damit musste ich nun alleine fertig werden. Max gibt es für mich einfach nicht mehr. Auch nicht als Freund. Die Art der Trennung, wie ich mich aufführte und die Tatsache, dass er nun wieder in festen Händen war, ließen dies einfach nicht zu.

Irgendwann musste ich dann doch eingeschlafen sein. Am Morgen war mein Polster noch nass. Ich hatte mich in den Schlaf geweint, aber ich fühlte mich sagenhaft erholt. Mein Handy blinkte. Ich hatte mehrere ungelesene Nachrichten. Anscheinend musste auch Max gestern Nacht noch zu erstaunlicher Erkenntnis gekommen sein.

Liebe Lara – ja so förmlich – verzeih mir, wenn ich deine letzte Frage nicht beantworten kann. Es tut mir leid, wenn du wegen mir Kummer hattest. Bleibt denn gar nichts Schönes übrig – von den vier Jahren?

Die Zeit ist vergangen. Bewusst leben, war nicht mein Ding. Gestern habe ich viel über mich und meine Vergangenheit nachgedacht.

Nun gut, ich will dich damit jetzt nicht unbedingt behelligen. Möglicherweise war ich dir kein guter Freund, weil ich mir darüber auch gar keine Gedanken gemacht habe.

Irgendwann habe ich mich dazu entschieden, nicht mehr darüber nachzudenken, was andere über mich denken könnten. Vielleicht ahnst du es, wo dieses Verhalten seinen Ursprung hat.

Ich weiß gar nicht, worauf ich hinaus will. Ich will mich entschuldigen und weiß eigentlich auch nicht wofür. Mich entschuldigen dafür, dass du nicht glücklich warst? Aber ist denn nicht jeder selbst für sein Glück verantwortlich? Was hätte dich glücklich gemacht?

Ich für mich – ich war weder glücklich noch besonders unglücklich. Erst jetzt fange ich an, ein Gespür für Glück zu bekommen. Ich fragte mich, für was unsere Beziehung gut war. Plötzlich ärgerte ich mich über die Frage. Ja, ich sollte zwar über mich nachdenken, aber ich will nicht anfangen zu hinterfragen.

Es liegt nun an uns, was wir aus unserer gemeinsamen Vergangenheit machen. Sehen wir unsere Beziehung als gescheitert an oder lernen wir etwas daraus?

Beim Lesen vergewisserte ich mich mehrmals, ob diese Nachricht tatsächlich von Max kam. Auf welchem Trip war der denn die Nacht über unterwegs gewesen, schoss es mir durch den Kopf. Einige seiner Ansätze fand ich sehr provokant, doch ich erkannte auch den wahren Gehalt in ihnen. Ehrlich war er immer gewesen. Ehrlich, aber ohne zu urteilen. Vielleicht gab es doch noch eine Chance für einen anständigen Abschied.

Was schlägst du also vor?

Echt jetzt??? Da schreibe ich mir die Finger wund, da offenbare ich mich quasi und du kommst mit einer saloppen Frage daher?

Ich finde es ehrlich toll, dass du das Wort „salopp" verwendest. ;-)

Haha. Aber gut, dass du fragst, denn mir schwebt da tatsächlich schon was vor. Bring Eierlikör mit. Und drei Stamperl!

Wieso Eierlikör?

Wohin überhaupt?

Ich wartete auf eine Antwort, aber es kam keine. Es sah nach einem typischen Rückzieher aus. Auf solche Kindereien hatte ich echt keinen Bock. Dann halt eben nicht. Jetzt brauchte ich erstmals meinen Kaffee und warf die Bettdecke zurück. In diesem Moment kam eine Nachricht herein. Max wieder. Ich starrte die Nachricht einfach nur an. Sie erhielt nicht mehr als eine Uhrzeit. 14:30 Uhr. Was wollte er bloß von mir? Und soweit ich mich erinnern konnte, trank doch Max gar keinen Eierlikör. Also was sollte das alles? Doch mit einem Mal wurde mir klar, was er vorhatte und ein kleiner Schauer lief mir über den Rücken und ich spürte, wie mir ein Kloß im Hals steckte.

Mit einer frischgekauften Flasche Eierlikör aus dem Delikatessladen, wartete ich auf Max vorm schmiedeeisernen Tor. Ich war nervös und trotz einer angenehmen Wärme, fröstelte ich. Von Weitem sah ich ihn kommen. Er hatte mich noch nicht bemerkt, daher konnte ich ihn für eine kurze Zeit in Ruhe beobachten. Beide Hände in die Jeanstaschen gesteckt, mit leicht nach innen und unten gezogene Schultern und offener Jacke lief er über die Straße. Es war sehr still und wenig los, was mir ganz recht war. Seltsam war es, als er dann vor mir stand und wir versuchten mit dieser neuen Schüchternheit, die uns überkam, umzugehen. Was stellten wir uns nur so an? Früher lagen diese beiden Körper, die nun unbeholfen voreinander standen, nackt aufeinander. Zu schreiben war irgendwie leichter gewesen. Unschlüssig darüber was ich sagen sollte, konzentrierte ich mich einfach auf den Weg. Wir gingen durch die Allee und der Kies knirschte unter unseren Füßen. Dieses Geräusch erinnerte mich plötzlich an den ersten Besuch bei Max' Eltern, der auch der einzige geblieben war.

Es platze aus mir heraus. »Ich weiß, dass du mit deinen Eltern wieder Kontakt hast.«

Max blieb ganz abrupt stehen und bekam lange nichts heraus.

»Es ist okay. Zuerst habe ich mich darüber geärgert, aber es war zu einer Zeit, da war mir schon alles egal.«

»Wer hat?«

»Deine Schwester hat sich verplappert.« Ich machte eine wegwerfende Handbewegung und ärgerte mich darüber, dass ich es überhaupt angesprochen hatte. Max wirkte verwirrt und es war ihm anzusehen, dass er ein Zwiegespräch mit sich selbst führte.

Langsam fing er sich wieder. »Das ist es.« Er schüttelte den Kopf. »Das war der Moment, als ich mir dachte, wenn Lara herausfindet, dass du wieder Kontakt zu deinen Eltern hast, dann macht sie mit dir Schluss.« Er machte eine lange Pause und schien über sich selbst erstaunt zu sein. »Aber sonst. Nein, habe ich mir keine

Gedanken darüber gemacht, dass du Schluss machen könntest.« Max sah mich zerknirscht an. »Es tut mir leid. Falls es dich beruhigt, meine Eltern sind nach wie vor riesengroße Arschlöscher und der Kontakt beschränkt sich nur aufs Allernötigste.«

»Ich habe mich immer schuldig gefühlt, dass du wegen mir deine Eltern gemieden hast. Das war auch der Grund, warum ich nicht mir dir Schluss machen konnte.« Dabei blickte ich ihm direkt ins Gesicht, weil ich seine Reaktion sehen wollte. »Zumindest ein Grund.«

Er schien ganz ehrlich darüber nachzudenken und zu überlegen, was er davon halten sollte. Wir hätten uns noch über die anderen Gründe unterhalten können, aber da waren wir schon an unserem Ziel angekommen. Möglicherweise würden wir ein anderes Mal darüber sprechen. Vielleicht waren diese ganzen Gründe, auch gar nicht mehr so wichtig.

Nun ging es uns um etwas anderes, besser gesagt um jemanden anderen. Jemanden ganz Besonderen. Mit einem zustimmenden Blick signalisierte mir Max, dass ich an der Reihe war, anzuklopfen.

Ich erinnerte mich an den Abend, von einem harten Arbeitstag war ich nach Hause gekommen. Es war das letzte Jahr unserer Beziehung. Die Wohnung hätte ich gerne für mich alleine gehabt, denn ich war furchtbar müde, aber Max war schon vor mir da und er hatte einen sehr unruhigen Eindruck gemacht. Oh Gott, er wird doch nicht wieder seinen Job gekündigt haben, musste ich unweigerlich denken. Nein, das konnte es nicht sein, beruhigte ich mich schnell. Denn er liebte seine neue Arbeitsstelle und hatte endlich wieder solide soziale Kontakte knüpfen können. Oh nein, er wurde gekündigt, schoss es mir durch den Kopf. Er wartete offensichtlich darauf, bis ich mich umgezogen und die Einkäufe in den Kühlschrank verstaut hatte. Es musste etwas dringendes sein, denn er war so aufmerksam, um mir beim Einräumen zu helfen.

»Max, ich halt das heute nicht aus. Ich will dann einfach meine Serie schauen. Also raus damit. Was ist los?« Max nahm mich kurz in den Arm und küsste mich auf die Wange. Es war kaum auszuhalten, wie nervös und fahrig er war.

»Bitte Lara, setz dich hin, ich kann dich dabei nicht anschauen. Ich weiß nicht, wie ich anfangen soll.«

Ich war schon genervt genug. »Na gut, ich setze mich hin und du erzählst mir was los ist.« Wird schon nicht so schlimm sein, fügte ich in Gedanken schnell hinzu. Zwar hatte ich heute eingekauft, aber ich wollte danach was beim Asiaten bestellen und dann wollte ich für diesen Tag einfach meine Ruhe haben.

»Lara, es ist etwas Schreckliches passiert. Nana…«

»Was ist mit Nana?«, wollte ich auf der Stelle wissen. Max lief nervös in der Wohnung herum und ich stellte mich ihm in den Weg. Max nahm mich zum wiederholten Mal in den Arm und vergrub seinen Kopf in meinen Nacken.

»Du weißt ja. Nana ist mit ihren Freundinnen nach

Südtirol gefahren.«

Hör auf zu stammeln und sag schon was los ist, dachte ich mir.

»Sie hat noch mit ihren Freundinnen gescherzt, war gerade dabei aus dem Bus auszustiegen. Sie hat gelacht. Ihre Freundinnen waren noch hinter ihr, da ist sie über die Stufen gestolpert. Sie ist gestolpert.«

Moment. Halt. Stopp. Ich konnte ihm nicht folgen. »Sie ist gestürzt? Was? Wo? Hat sie sich verletzt?« Ich drückte Max von mir weg, da ich ihm in die Augen schauen wollte. Er hingegen zog mich wieder schnell an sich heran und ich ließ es über mich ergehen, weil ich endlich Antworten bekommen wollte.

»Aus dem Bus. In Südtirol. Sie ist aus dem Bus gestürzt und sie ist dabei so aufgekommen, dass sie sich am Kopf verletzt hat. Lara. Oh mein Gott. Nana ist gestorben.«

Was ist sie? Ich konnte gerade keinen klaren Gedanken fassen und das Herumgestammel von Max nicht erfassen. Ein Geräusch, das gerade von Max zu kommen schien, riss mich aus meinen Gedanken. Was war das, welche Laute machte er da? War das ein Lachen? Versuchte er gerade ein Lachen zu unterdrücken?

»Oh nein, das ist makaber. Ihr macht euch lustig über mich! Wo ist sie?« Ich machte mich von Max' Umarmung frei und begann in der Wohnung herumzulaufen. Hatte sich Nana doch glatt in der Abstellkammer versteckt? »Nana hatte mir immer damit gedroht, dass sie sich eines Tages für alle Schocks, die ich ihr verpasst habe, rächen wird. Aber ich sage dir, Max, ich sage euch, Nana: Das hier ist in keinerlei Hinsicht lustig. Ihr seid abartig.«

Ich schrie, brüllte und Tränen liefen mir aus den Augen, weil ich einfach so sehr hoffte, dass es sich nur um einen Scherz handeln würde. Max war inzwischen auf der Couch zusammengesackt und machte sich keine Mühe mich vom Gegenteil zu überzeugen. Mir wurde gerade bewusst, dass ich Max noch nie weinen gesehen hatte. Ich hingegen bekam hin und wieder einen Weinkrampf, weinte sogar mehrmals im Jahr, weinte aus Verzweiflung, weinte am Ende von Filmen. Ich beobachtete Max, wie er auf der Couch lag und wollte ihm einfach nicht glauben. Vorhin hatte er jedoch keinen Lachkrampf zu unterdrücken versucht, sondern er wollte seine Tränen, seine Trauer in Zaum halten. Ich sank auf den Boden nieder und musste Nanas Namen immer wieder aussprechen. Für mich war sie noch immer da. Mein Kopf schüttelte sich, auch er wollte es nicht wahrhaben.

Ohne zu essen, ohne die Zähne zu putzen, legten wir uns ins Bett und weinten uns in den Schlaf. Meine Mutter hatte mich mehrmals angerufen, vermutlich ging es auch ihr miserabel, aber ich hatte nicht die Kraft mit ihr zu sprechen. Außerdem, was hätte ich denn schon sagen sollen. Irgendwie schaffte ich es dann doch noch Emma zu informieren, die genauso schockiert und sprachlos war. Am nächsten Tag schafften wir es nicht aus dem Bett und schliefen fast unentwegt. Seit langem fühlte ich mich Max nicht mehr so nah wie an diesen Tagen. Wir trauerten beide um unsere Nana.

∞

Ich atmete tief ein und spürte ein Kribbeln in mir, welches mich zögern ließ, Max nickte mir aufmunternd zu. Die Hand zu einer Faust geformt und den geknickten Zeigefinger etwas abgespreizt, klopfte ich auf den Grabstein.

»Hey Nana, Max und Lara sind hier.«
Es war schwer und tröstlich zu gleich, so mit ihr zu sprechen als wäre sie tatsächlich da. Ich beobachtete Max dabei, wie er gerade drei Schnapsgläser mit Eierlikör füllte. Ein Glas gab er mir und sah mir dabei tief in die Augen, das zweite Glas stellte er auf den Grabstein und das dritte behielt er für sich. Er roch an dem Zeug, verzog angewidert sein Gesicht und richtete dann das Wort an Nana.

»Wir vermissen dich. In der letzten Zeit waren wir dich nicht so oft besuchen. Zumindest nicht gemeinsam. Ich weiß nicht, ob dich das jetzt wundern wird oder nicht. Lara und ich haben uns getrennt.«

»Max hat sich von mir getrennt«, stellte ich die Sache richtig, während ich bereits an meinem zweiten Glas Eierlikör nippte.

Max warf mir einen vorwurfsvollen Blick zu, vermutlich nicht, weil ich mir nachgeschenkt hatte, sondern wegen dem, was ich gesagt hatte.

»Na, wir müssen schon bei der Wahrheit bleiben«, bevor mich Max unterbrechen konnte, fügte ich noch schnell hinzu, »okay ich will nicht streiten. In gewissermaßen hat Max recht, wenn er davon spricht, dass wir uns getrennt haben. Es war nur mehr eine Frage der Zeit. Aber egal, es tut trotzdem weh.« Max sah mich verwundert an und ich war mir sicher, dass ich in diesem Moment sehr verletzlich aussah. »Normalerweise sollte ja Mama meine stärkste Verbindung zu dir sein, aber so ist es nicht. Wenn ich Max ansehe, dann erinnere ich mich sofort an dich und wenn Max jetzt auch weg ist, was bleibt dann noch?«

Max legte einen Arm um mich und wäre ich meinem ersten Impuls gefolgt, dann hätte ich den Arm weggeschlagen. Aber dann fragte ich mich, wie oft sich so eine Gelegenheit noch ergeben würde. Ich ließ es einfach zu und legte für einen kurzen Moment meinen Kopf an seine Schulter.

»So viel Liebe«, begann Max ganz ungewohnt bedächtig, »wie ich von euch bekommen habe, das war ganz neu für mich. Mich angenommen zu fühlen, willkommen und nicht einfach nur lästig zu sein. Ich verdanke euch so viel. Es tut mir leid, dass ich das nicht so einfach zeigen konnte.« Nun war es an mir, ihm über den Rücken zu streichen und ihm zu signalisieren, dass alles in Ordnung ist.

»Max, ich weiß, dass wir uns gegenseitig in den Wahnsinn getrieben haben. Ich weiß, dass wir nie ein Paar hätten werden dürfen, und dass wir die schlimmsten Eigenschaften des jeweils anderen zum Vorschein gebracht haben. Dennoch, heute möchte ich nichts mehr ungeschehen machen. Gestern, da habe ich dich vermisst

- wie man einen guten Freund oder einen Bruder eben vermisst.«

Max zog mich an sich und nahm mich in die Arme. Zuerst brabbelte er noch etwas herum, ob wir das nicht schon viel früher erkennen hätten können.

Mit einem Mal wurde er schlagartig still.

»Max, was ist los? Alles okay mit dir?«
Er sah mich nur mit großen Augen an und ich wusste nicht, was ich davon halten sollte.

»Lara, ich kann Nana riechen. Ist das normal?«
Normalerweise hätte ich ihm gesagt, dass er ein verdammter Idiot sei, denn das, was er roch, war Nanas Lieblingsparfum, von welchem ich ein paar Spritzer aufgetragen hatte.

»Ich habe ihr Parfum verwendet«, sagte ich zu ihm und schlang mich aus seinen Armen. Doch kurz danach zog er mich nochmals fest zu sich heran und atmete Nanas Duft ein, bevor er mich endgültig wieder losließ.

Max prostete Nana zu und stieß mit seinem Eierlikör an das Glas, welches am Grabstein stand. Ich tat es ihm gleich. Daraufhin leerte ich mein bereits drittes Glas. Max tat sich bei seinem ersten bereits schwer, meine Vorliebe dafür konnte er nie verstehen. Nanas Eierlikör leerte er über die Stiefmütterchen, die wohl meine Mutter ins Grab eingesetzt hatte. Wusste sie denn nicht, dass Nana keine Stiefmütterchen mochte. Ich nahm mir vor, mich nun wieder mehr um ihr Grab zu kümmern und beim nächsten Mal rosafarbene Gerbera mitzubringen.

Wir schlenderten davon und ich dachte daran, dass ich gar keine Lust hatte, in meine leere Wohnung zurückzukehren, da schlug Max vor noch einen Kaffee zu trinken. Ich nahm die Einladung an und ein paar Minuten später, saßen wir an einem sonnigen Plätzchen und genossen die letzten Sonnenstrahlen des Tages. Nach einer gewissen Zeit forderte er mich auf, über den Schlamassel zu erzählen, welchen ich angerichtet hatte. Nach anfänglichem Zögern und nachdem ich merkte, dass er mir tatsächlich zuhörte, sprudelte es nur so aus mir heraus. Irgendwann drehte ich mich bei meinen Erzählungen nur mehr im Kreis, und daher wollte ich etwas über seine Verwandlung und Tanja erfahren. Wobei ich zuerst nicht ganz sicher war, ob ich es wirklich hören wollte und ich war dankbar, dass er auf eine zu detailreiche Beschreibung seines derzeitigen glücklichen und neuen Lebens verzichtete. Ich wartete, bis Neid in mir aufstieg, aber er blieb aus. Zumindest für Max hatte sich alles zum Guten gewendet. Gerade als ich mich fragte, ob Tanja damit einverstanden war, dass er mit mir hier saß und einen Kaffee trank, läutete sein Handy und ihr Name erschien am Display. Er hob sofort ab und sagte ihr ganz wahrheitsgemäß, dass er mit mir noch hier war.

»Sie ist doch hoffentlich nicht sauer?« Ich deutete dabei auf das Handy.

»Nein, das war ja auch irgendwie ihr Vorschlag. Aber mein Gott, man muss es ja nicht strapazieren. Ich werde dann langsam aufbrechen.«

Nun stieg in mir doch ein Funke Wut auf. Das ist doch zum Kotzen. »Das kann es doch nicht gewesen sein.«

Max schien es mit der Angst zu tun zu bekommen und befürchtete wahrscheinlich, dass ich eine Szene machen wollte.

»Ich meine, so ganz lieb und nett läuft dieser Tag ab? Keine Vorwürfe! Kein Geschrei! Sogar deine neue Freundin ist mit allem einverstanden. Wir haben uns sogar zu einem weiteren Treffen bei Nana verabredet. Das ist doch widerlich, wie zivilisiert wir uns benehmen. Da muss doch noch irgendwas kommen?« Ich wollte ihm diese schräge Situation vor Augen führen.

Max war schon zum Gehen bereit, setzte sich jedoch wieder hin und wandte sich direkt an mich. Er sprach ganz ruhig mit mir. »Lara, ich glaube, wir haben uns in der Vergangenheit schon genug an den Kopf geworfen - und das nicht nur im übertragenen Sinn. Wir haben gestritten und geweint. Wir waren heute gemeinsam bei Nanas Grab. Das heißt schon was. Wir können abschließen und weitermachen. Es besser machen. Einmal kein Drama. Ich glaub, das ist genau das, was du jetzt brauchst. No drama, Queen.« Damit und mit einem Kuss auf die Stirn verabschiedete er sich von mir.

Ich sank indessen in meinen Stuhl zurück und dachte über seine Worte nach. Glücklich sein, einfach nur so. Aber will ich das überhaupt? Ist das nicht ungemein fad? Zumindest nicht, wenn ich endlich mal wieder ohne verquollene Augen vor die Wohnung treten wollte. Sofort musste ich an Max' Frage denken, die darauf abzielte, was wir aus unserer gescheiterten Beziehung lernen konnten. Und was wir schlussendlich aus unserer gemeinsamen Geschichte machten. Ich, für meinen Teil, werde mit keinem Typen mehr zusammen sein, mit dem ich nicht mehr zusammen sein will. Aber in erster Linie musste ich mich mal um mich kümmern, damit ich es wieder besser mit mir aushalten konnte. Von mir selbst konnte ich mich nicht so ohne Weiteres trennen. Ob es tatsächlich möglich war, etwas besser zu machen, daran zweifelte ich noch. Aber fürs Erste musste ich etwas wiedergutmachen.

Das Treffen

Im Vorfeld hatte ich mir ausgemalt, wie ich bereits vor ihm im Café sitzen würde. Zu meiner eigenen Beruhigung hätte ich mir einen Cappuccino mit Zimt bestellt und den ganzen Milchschaum weggelöffelt. Es wäre mir dann noch genug Zeit geblieben, um mir eine Strategie zu überlegen. Wollte ich die Unnahbare spielen, auf gute Freundin machen oder mir noch eine Geschichte überlegen, wie es dazu kam, dass ich seine Hochzeit verhindern wollte. So was wie: Hach, ich war gerade beim Arzt und ein Tumor drückt da direkt in meinem Gehirn auf das Zentrum, dass für die Zerstörung des Glücks von anderen Menschen verantwortlich ist. Ups, tut mir echt leid, dass es dich getroffen hat - bin aber noch in einem ganz frühen Stadium. Also, Glück gehabt und nun muss ich aber schon wieder weg.

Etwas in dieser Art hatte ich mir überlegt. Er machte mir aber einen Strich durch die Rechnung. Nicht nur, dass er bereits vor mir da war, sondern wie er da war. Ich war so mit mir selbst beschäftigt, dass ich mir keine Gedanken darüber machte, wie er überhaupt mit der ganzen Sache klar kam. Dass es ihm hundsmiserabel ging, war nicht unschwer zu erkennen.

Er hatte den perfekten Platz im Café ausgesucht. Ich steuerte den Tisch in einer Ecke an, welcher weit genug von den anderen Gästen, die zu Mithörenden hätten werden können, entfernt stand, doch nah genug an der Tür, um den Ort so schnell wie möglich verlassen zu können. Über den Bistrotisch gebeugt, ein Unterarm lag auf der Tischfläche, die andere Hand stütze seinen Kopf, saß er da. Vor ihm stand eine Tasse Tee und der Teebeutel lag so traurig daneben, dass ich nicht zu sagen vermochte, wer von den beiden ausgequetschter aussah.

Der Anruf ereilte mich im Büro, nichtsahnend hob ich ab und sagte brav meinen Begrüßungstext auf. Endlich klang ich wieder etwas positiver und es war nicht nur gespielt. Der Besuch an Nanas Grab hatte mir wieder Kraft gegeben. Ich hatte danach noch etliche Zwiegespräche mit ihr geführt, habe nachgedacht, was sie mir wohl geraten hätte. Sie hätte mir gesagt, dass ich mein Leben nicht mit Trübsal blasen vergeuden sollte. Geraten hätte sie mir auch mit anderen Menschen zu reden und nicht alleine in meiner Wohnung zu hocken. Emma wollte ich weiterhin eine Auszeit von mir und meinen Problemen gönnen, auch wenn wir uns schon wieder langsam annäherten. Mehr Zeit verbrachte ich also mit Julia, die mich dazu zwang nach vorne zu blicken.

»Wofür bist du heute dankbar?«, fragte sie mich ganz

unscheinbar und sah mich herausfordernd an.

»Für dieses wunderbare Glas Wein.« Wir lachten und ich wusste, dass sie das nicht hören wollte. »Für was bin ich dankbar?« Ich musste trotzdem immer eine Zeitlang überlegen.

»Lass dir Zeit.«

Ich zögerte und dann fiel mir doch noch etwas ein. »Ich bin dankbar, dass ich mich mit Max ausgesprochen habe und keinen Groll mehr gegen ihn hege.«

Julia sah mich beeindruckt an und ließ ihren Kopf dabei auf und ab wippen. »Nicht schlecht, meine Süße. Du machst echt Fortschritte.«

Es half tatsächlich. Ich ließ die negativen Gedanken, die Wut auf mich und auf andere nicht mehr so groß werden.

Als ich Svens Stimme am Telefon hörte, begann mein Herz so laut und stark zu klopfen, dass ich fürchtete es könnte meine Brust sprengen und würde geradewegs durch den Raum fliegen, die Mauer durchbrechen und am Gehsteig direkt vor jemands Füßen zum Erliegen kommen. Am Telefon sagte mir Sven, dass er mit mir sprechen möchte, er sei in den nächsten Tagen in der Stadt. Wir vereinbarten Zeit und Ort. Den restlichen Tag war ich wie gelähmt und nicht mehr im Stande konzentriert meine Arbeit zu erledigen.

∞

Auf der Insel waren wir so unbeschwert miteinander umgegangen, nun war eine deutliche Distanz zu spüren. Nicht nur draußen war es mittlerweile kälter geworden und obwohl es erst Herbst war, fühlte sich die Luft regelrecht frostig an. Es hatte sich einiges geändert. Sven musste sicherlich daran denken, dass ich mich auf der Insel in ihn verliebt hatte und er fragte sich bestimmt, ob ich das noch immer sei. Unsere Gespräche betrachtete ich nun von einer ganz anderen Warte. Er war nicht von mir als Person fasziniert gewesen, sondern lediglich, dass ich scheinbar seiner Schwester ähnelte. Ich war doch zu jeder Sekunde ehrlich zu ihm gewesen. Doch seine Wärme und Herzlichkeit galt gar nie wirklich mir. Diesen Mann, der hier vor mir saß, kannte ich gar nicht und doch hatte ich mich dazu entschlossen auf seiner Hochzeit aufzutauchen. Er musste doch glauben, dass ich eine Irre bin. Warum also saßen wir nun hier? Als ich keinen Ehering erspähen konnte, bekam ich es mit der Panik zu tun. Hatte ich tatsächlich für den Abbruch der Hochzeit gesorgt? Vielleicht wollte ihn aber auch seine Braut unter diesen Umständen gar nicht mehr heiraten. Oh du meine Güte, was habe ich nur getan. Schweigend saßen wir da, bis ich meinen bestellten Cappuccino bekam. Das Schweigen empfand ich keineswegs als unangenehm. Denn solange wir uns anschwiegen, mussten wir nicht miteinander reden.

»Also«, begann Sven zögerlich.

»Also?«, konterte ich und bereute es sofort. Ich war doch gar nicht gekommen, um ihm Vorwürfe zu machen. Nein, in dieser Position war ich doch wirklich nicht. »Tut mir leid. Ich wollte nicht unfreundlich sein. Vielleicht bin ich gerade etwas überfordert mit der Situation.«

»Tja, mir geht es da gar nicht viel anders. Vielleicht

starten wir nochmal.« Er räusperte sich, setzte sich gerade hin und versuchte fröhlicher zu wirken. »Hallo, Lara.« Ich musste grinsen.

»Hallo, Sven! Ich würde mal sagen, dass mit der Begrüßung haben wir mal hinbekommen.« Meine Kaffeetasse erhebend prostete ich ihm zu und nahm einen großen Schluck. Wieder eine Möglichkeit eine Sprechpause künstlich herbeizuführen. Doch dann wurde mir klar, umso schneller wir das Thema auf den Tisch brachten, umso schneller konnten wir diese peinliche Situation wieder verlassen. Es platze aus mir heraus. »Es tut mir so unendlich leid, dass ich deine Hochzeit zerstört habe, dass ich da einfach so rein geplatzt bin. Ich habe keine Ahnung, was ich mir gedacht habe. In welche Situation ich dich da gebracht habe, vor deiner Familie und vor allem vor deiner Braut. Sie war übrigens wunderschön, zumindest das habe ich mitbekommen.« Ich redete mich um Kopf und Kragen, bis Sven meine wild gestikulierende Hand nahm und sie auf den Tisch legte.

Er legte seine Hand auf meine und zischte ein »Hey, ich bin nicht da, damit du mir eine Erklärung gibst.«

War ich also nicht? Ganz genau, denn er hatte sich ja bei mir gemeldet. Somit richtete ich mich kerzengerade auf und zog meinen Arm zurück.

Natürlich war mir nicht entgangen, dass mich tausend Blitze durchzuckten, als er meine Hand ergriff. Die Vorstellung, dass ich so viel mehr für ihn fühlte, tat mir weh. Doch es musste endlich in meinen Kopf, dass ich mich gar nicht in diesen Menschen vor mir verliebt hatte, sondern lediglich in das, was ich glaubte, was er in mir sah. Wie schon auch viele Male zuvor, wandelte sich etwas in mir. Ich drehte den Spieß um. Sah ich mich zuvor als Täterin und tat mir mein Handeln noch leid, so konnte ich mich blitzschnell zum Opfer degradieren. Wenn er mir auf der Insel gleich gesagt hätte, dass ich ihn an seine Schwester erinnerte, dann wäre ich ja auch gar nie auf die Idee gekommen, dass etwas zwischen uns entstehen könnte. Was glaubte er denn? Sven hatte mich zu nächtlichen Spaziergängen begleitet, wir sahen uns gemeinsam die Sterne an. Wie um alles auf der Welt hätte ich ahnen können, dass er sich dadurch seiner toten Schwester näher fühlte. So schön er auch aussah, so hatte er doch nicht minder eine Macke. Bevor ich mir noch überlegen konnte, was ich mit der aufkommenden Wut machen sollte, ob ich sie ihm direkt ins Gesicht speien sollte, kam er mir zuvor.

»Nicht du bist mir eine Erklärung schuldig, sondern ich dir. Die gleichen Fragen, die du dir gestellt hast, die stelle ich mir auch. Die Frage nach dem Warum. Warum habe ich dir nichts von meiner Schwester erzählt?« Er machte eine kurze, nachdenkliche Pause und da ging sie hin meine Wut.

Meine Wut löste sich auf und an ihre Stelle trat eine Art Sanftmut, denn ich wusste, was es bedeutete einen geliebten Menschen zu verlieren, wenn man noch nicht so weit war. Ich musste an Nana denken und musste über meine eigenen dummen Gedanken lachen. War man denn überhaupt irgendwann bereit einen geliebten Menschen gehen zu lassen? Nun umfasste ich seine Hand, um ihn ein kleines Stück zu trösten und atmete erleichtert auf, als die kleinen tausend Blitze ausblieben. »Vermutlich gibt es einige Antworten auf das Warum, aber inwiefern bringen uns diese weiter?« Wow, ich war beinahe überwältigt von meiner Tiefsinnigkeit. »Erzähl mir doch von deiner Schwester. Vielleicht kann ich es dann besser nachvollziehen. Dich besser verstehen.« Ich wusste nicht, ob ich zu weit ging und er sich den Verlauf unseres Gesprächs eigentlich anders vorgestellt hatte. War denn das Café überhaupt der richtige Ort für dieses Thema?

»Wo soll ich da bloß anfangen? Wie soll ich anfangen?

Sven standen die Tränen in den Augen und ich wollte ihm einen Rückzieher erleichtern. »Sorry, ich habe nicht nachgedacht. Du musst mir gar nichts erzählen. Ich weiß, wie schlimm es ist, jemanden zu verlieren.«

Weil er mehr wissen wollte, erzählte ich von Nana und ihrem blöden Unfall, der sie aus dem Leben riss. Immer wieder musste ich mich damit trösten, dass sie ihre letzten Stunden glücklich und mit ihren Freundinnen verbracht hatte. Da fiel mir das Foto ein, welches ich immer im Portemonnaie von ihr dabei hatte. Als ich es ihm zeigte, mussten wir beide lachen. Das Bild zeigte Nana vor unserem Abflug nach Sardinen und sie sah aus wie ein Gangsta-Rapper, gekleidet in neonfarbenem Trainingsanzug. Sie machte auch die entsprechende Pose. Wie gern würde ich diesen Urlaub nochmals mit ihr machen und anstatt mich wie ein unzufriedenes Arschloch zu benehmen, könnte ich ihn mit ihr richtig genießen. Auch davon erzählte ich Sven. Wenn wir schon die Hosen runter ließen, dann doch gleich ganz. Mit ihm zu sprechen, fühlte sich nun doch wieder ein Stück vertrauter an. Dennoch haderte er noch mit sich und wusste nicht so recht, wie er mit seiner Geschichte beginnen sollte. So dachte ich zumindest, aber in Wahrheit kostete es ihn sehr viel Überwindung über seine Schwester zu reden. Da schien ihm eingefallen zu sein, dass auch er ein Foto von seiner Schwester dabei hatte. Er fischte es aus seinem Portemonnaie heraus und sah mich dabei verschwörerisch an. Sven hatte sich dazu entschieden mit etwas Humor an die Sache zu gehen, die Gefühle etwas abzukoppeln, bevor er es sich anders überlegen konnte. Er sah sich das Foto an und sein Blick wurde melancholisch.

»Das ist meine Schwester. Meine wunderbare Schwester.« Das Foto sah er sich noch für einen weiteren Moment ganz intensiv an, als wäre er kurz davor, sie ein weiteres Mal zu verlieren, bevor er es endgültig vor mir hinlegte. »Das ist meine Schwester. Das ist…«

Ich nahm das Bild vom Tisch, sah es unverwandt an und musste unwillkürlich ihren Namen aussprechen, nicht für Sven, sondern vielmehr für mich. »Jasmina.«

»Genau, das ist Jasmina. Moment. Was?« Er sah mich eindringlich an. »Woher kennst du ihren Namen?« Schnell nahm er mir das Foto aus der Hand und drehte es um, um sich zu vergewissern, ob auf der Rückseite ihr Name stand. Die Rückseite war leer. Verwirrt blickte mir Sven entgegen. »Woher kennst du ihren Namen? Ich kann mich nicht erinnern, ihn erwähnt zu haben.«

Nach wie vor starrte ich wie versteinert auf meine

Finger, zwischen denen zuvor noch das Foto gesteckt hatte.

»Gib es mir nochmals.« Ohne eine Antwort abzuwarten, riss ich ihm das Foto aus der Hand. Es gab keinen Zweifel. Jasmina lächelte mir da süffisant entgegen. Nur einen Moment hatte ich gebraucht, um mir ganz sicher zu sein. Beim zweiten Blick vergewisserte ich mich nur, ob es nicht eventuell zwei Jasminas geben könnte, die absolut identisch aussahen.

»Lara, sag schon, woher kennst du ihren Namen?« Ich versuchte mich zu fassen, denn ganz augenblicklich fühlte ich mich um Jahre zurückversetzt. Ein kleiner Film lief vor meinem inneren Auge ab.

»Also, das ist deine Schwester, Jasmina?«

Sven wurde ungeduldig, nickte aber.

»Jasmina Berger?«

Wieder sah er mich erstaunt an. »Plöschelsberger.«

Jetzt war ich verwirrt.

»Eigentlich, Plöschelsberger. Aber sie hatte einen Spaß daran, sich als Berger vorzustellen. Das war so ein Ding, um sich von unseren Eltern abzugrenzen.

Zögerlich begann ich weiter zu sprechen. »Ich kenne nicht nur ihren Namen. Ich kannte Jasmina gut. Zumindest glaubte ich das. Wir haben uns beim Studium kennengelernt.«

∞

Es war mein erster Tag an der Uni und ich versuchte mich irgendwie zurechtzufinden. Mir fehlte Emma und ich konnte nicht glauben, dass wir ab sofort ganz unterschiedliche Wege gehen würden. Als ich in der Volksschule wegen meiner Zahnlücke von einem Jungen verspottet wurde, war Emma da und drohte ihm an, seine Zähne auszuschlagen, wenn er nicht sofort damit aufhören würde. An das gemeinsame Zittern, als wir in die Unterstufe kamen und es noch nicht ganz klar war, ob wir in die gleiche Klasse kamen, konnte ich mich ebenso gut erinnern. Das Aufatmen danach, als uns gesagt wurde, dass doch keine zweite Klasse zu Stande kam, da sich noch einige Schüler im letzten Moment für eine andere Schule entschieden hatten.

Mit unseren zwölf Jahren hatten wir uns in denselben Jungen verliebt. Wir schwärmten gemeinsam von ihm, aber keine stellte Besitzansprüche. Heute wussten wir, dass er sowieso nie auf Mädchen stand.

Beim Wechsel in die Oberstufe wurde es schon etwas brenzliger. Emmas Eltern wollten unbedingt, dass ihre Tochter etwas Technisches macht, denn das wäre die Zukunft, sagten sie ihr. Sie konnten ihre Träume nicht verwirklichen, also musste die Tochter ran. Doch Emma wehrte sich so vehement dagegen und so saßen wir im September wieder nebeneinander in der letzten Reihe. Emma war das Sprachengenie, ich liebte alle Wirtschaftsfächer und so gaben wir uns gegenseitig Nachhilfe. Am Wochenende begannen wir auszugehen, fanden heraus, dass es keine gute Idee war, etliche Barcardi-Cola zu trinken, Polizisten anzupöbeln, um dann zu spät zu bemerken, dass ich Nanas Salbei noch in meiner Tasche hatte. Sie hatte es mir extra für Spaghetti mit Feta mitgegeben, meinem typischen Kateressen. Aus meinem Pastagericht wurde schlussendlich nichts, dafür verbrachte ich mehrere Stunden auf dem Polizeirevier. Später kam heraus, dass die Polizisten gleich bemerkt hatten, dass das kein Gras war, aber weil ich mich so überheblich und frech aufführte, machten sie sich einen Spaß daraus. Ganz verwelkt bekam ich dann meinen Salbei zurück. Emma lud mich zu einem Burger-Frühstück ein. Aber den Respekt vor Polizisten behielt ich mir. Noch heute bin ich froh, wenn ich bei Polizeikontrollen nur durchgewunken werde. Unwissentlich hatte ich eines Tages ein Date mit einem Polizisten. Als ich es herausfand, trat ich schnell die Flucht an.

Mit Emma flog ich zum ersten Mal nach London und sie gab die perfekte Reiseführerin. Irgendwann kam dann doch die Zeit, in der wir uns Gedanken machten, wie es wohl nach der Matura weitergehen würde. Auch wenn wir über unsere unterschiedlichen Pläne sprachen, so war uns doch nicht ganz bewusst, oder wir wollten es einfach nicht wahrhaben, dass sich unsere Wege zwangsläufig trennen würden. Nach der Matura feierten wir, als gäbe es kein Morgen. Emma organisierte uns eine ganz individuelle Maturareise mit einer Villa in Spanien, in der Nähe eines Strandes, ohne Kotze im Pool und ohne grölende Halbstarke am Pool. Und das Beste war, abgesehen davon, dass es eine der besten Zeiten in unserem Leben war, dass es nur einen Bruchteil von einer herkömmlichen Maturareise kostete.

Nun war ich auf dem Weg zur Uni und Emma zum

Reisebüro, in welchem sie nun das tat, was sie am besten konnte und zwar Reisen zu planen. Emma hatte sich für eine Ausbildung zur Reisebüroassistentin entschieden, wobei schon damals ihre Chefin mehr von ihr lernen konnte als umgekehrt. Auf dem Weg zur Auftaktveranstaltung für mein Wirtschaftsstudium dachte ich daran, dass Emma doch nicht aus der Welt war und wir uns nach wie vor sehen würden. Aber es würde um einiges schwieriger werden. Der Blick auf den Stundenplan verriet mir, dass die meisten meiner Seminare und Vorlesungen am Nachmittag oder Abend stattfanden. Emma arbeitete den ganzen Tag über, wir würden uns daher definitiv weniger oft sehen. Vielleicht hätte ich mir auch einen Job suchen sollen? Würde sich unsere Freundschaft verändern und nach gewisser Zeit würden wir dahinter kommen, dass uns gemeinsame Themen fehlen?

Mit diesen Gedanken stolperte ich in den Vorlesungssaal und setzte mich auf den ersten freien Platz, den ich sah. Es war ein sonniger Herbsttag, aber im Saal war es ungemütlich und kalt. Ich hätte mich mit ein paar Leuten, von denen ich wusste, dass sie den gleichen Studiengang besuchten, verabreden sollen. So hockte ich inmitten von unbekannten Gesichtern. Auch als ich mich umsah, konnte ich niemanden ausfindig machen, der mir bekannt vorkam.

»Hey, ist hier noch frei?« Sie brachte meinen suchenden Blick zum Ruhen.

»Ja klar, bitte setz dich.«

»Haben sie noch gar nicht angefangen?« Außer Atem

und mit leichtgeröteten Wangen streifte sie eine schicke beige Jacke ab und setze sich.

»Cum tempore.« Diese Wortmeldung kam in einem allwissenden Tonfall von einem Typen vor uns, der sich kaum merklich zu uns umdrehte.

»Was?«

Indem ich versuchte den Typen zu imitieren, antwortete ich: »Cum tempore bedeutet, dass sie erst eine Viertelstunde nach der angegebenen Zeit beginnen.«

»Oh, ach so. Na toll. Da hätte ich mich ja nicht so beeilen müssen.«

Ich zuckte mit meiner Schulter und schenkte ihr ein Lächeln, bevor es dann doch endlich los ging und einige Professoren und Professorinnen, Tutoren und Tutorinnen sich vorstellten.

Was mich die nächsten Jahre erwarten würde und was das Studentenleben wohl für mich bereit hielt, fragte ich mich. Auf jeden Fall lag nun freudige Spannung in der Luft und ich war mir sicher, dass der Gesprächsstoff zwischen Emma und mir nie ausgehen würde. Wie auch zum Beginn jedes Schuljahrs freute ich mich über jene Zeit, in der man es noch ruhig angehen konnte. Zum Lernen blieb ja dann noch immer Zeit, oftmals dann auch nur ein oder zwei Tage, da man es zu sehr ausreizte. Ach, vielleicht versuche ich das Studium etwas ernsthafter anzugehen und sehe mir gleich mal den Campus und die Bibliothek an. Schließlich lagen von ein paar Kursen schon elendslange Literaturlisten vor und dabei handelte es sich um ein paar Bücher, die mehr als 500 Seiten hatten.

»Hast du Lust was trinken zu gehen?«

Zum Beifall wurde auf den Tisch geklopft. Vom letzten Redner hatte ich gar nichts mehr mitbekommen. Das fängt ja schon gut an. Die Studentin, die zu spät kam und sich neben mich gesetzt hatte, wartete auf eine Antwort.

Ich sah mich um, noch immer konnte ich kein bekanntes Gesicht erkennen. Café oder Bibliothek? Ich überlegte kurz. »Okay, wo möchtest du hin? Ach ich weiß was, die Straße runter ist ein nettes kleines Lokal.« Na gut, die Entscheidung schien mir nicht sonderlich schwergefallen zu sein.

Ich packte meine Sachen und wir verließen kurz darauf das Universitätsgebäude. Es tat gut an der Sonne zu sein und sich von ihr wärmen zu lassen, daher hatten wir gar keinen Stress und schlenderten ganz ruhig zum Café. Zwei Studentinnen. Es war ein neuer Lebensabschnitt und es fühlte sich aufregend an. Wir hatten schon eine Weile geplaudert, als sie sich vorstellte.

»Ach ja, ich bin übrigens Jasmina.«

Abrupt blieben wir stehen, sahen uns an und lachten. Wir hatten uns tatsächlich so angeregt unterhalten, ohne den Namen der anderen zu kennen. Von außen betrachtet, hätte man meinen können, dass wir alte Freundinnen wären.

»Mein Name ist«, ich legte dabei meine rechte Hand aufs Herz und deutete eine Vorbeuge an, »Lara.«

Jasmina beugte sich ebenfalls zu mir vor und lächelte verschmitzt. »Lara, es ist mir eine Ehre.«

»Typisch Jasmina. Sie wäre nie auf die Idee gekommen, zuerst nach deinem Namen zu fragen. Nein.« Das Lächeln verschwand mit einem Kopfschütteln aus Svens Gesicht und wich einem betrübten Blick. »Wahnsinn, du bist Jasmina tatsächlich übern Weg gelaufen. Was für eine kleine verrückte Welt.«

Ich war Jasmina nicht nur übern Weg gelaufen. Für eine kurze Zeit war sie meine Freundin. Das letzte Wort fühlte sich jedoch irgendwie falsch und ungewohnt an.

Wir trafen uns auch oft außerhalb der Uni. Zwar dachte ich gerne an die Zeit zurück, doch wie der Kontakt endete, warf jedes Mal einen dunklen Schatten über unsere Freundschaft und ließ mich an ihr zweifeln.

∞

Jasmina besuchte mich oft in meiner Studentenbude, eine kleine gemütliche 1-Zimmer-Wohnung, dessen Miete mir vorläufig mein Vater bezahlte. Im ersten Jahr konnte ich mich voll und ganz auf das Studium konzentrieren, danach sollte ich mir einen Job suchen und etwas zur Wohnung beisteuern. Zuerst meinte er, dass ich sie im zweiten Jahr voll und ganz selbst bezahlen sollte, doch ich konnte gut verhandeln. Am Schluss lief es darauf hinaus, dass ich etwas dazuzahlte und ein Mal im Monat für meine sechsjährige Halbschwester die Babysitterin spielte. Dass dieser Deal nicht wegen meines hervorragenden Verhandlungsgeschicks zu Stande kam, sondern eher aufgrund der Gewissensbisse, welche an meinem Vater nagten, trübte die ganze Sache etwas und ich fühlte mich sogar ein wenig schlecht deswegen. Nichtsdestotrotz wurde diese Bude zu meinem Nest. Zwischen den Vorlesungen hingen Jasmina und ich, gerade als es draußen kälter wurde, in meiner Wohnung ab und kochten gemeinsam. Sie brachte immer irgendwelche total verrückten Gewürze und Lebensmittel mit, von deren Existenz ich überrascht war. Bei meiner Mutter bestand das Gewürzregal aus Salz, Pfeffer und Paprikapulver. Mehr gab es da nicht und auf einmal stieg mir der Duft der drei K's in die Nase. Der himmlische Geruch von Kardamon, Koriander und Kreuzkümmel. Sie war auch die erste Vegetarierin, die ich kannte. Eigentlich ernährte sie sich vegan, aber damals schien es noch keinen Namen dafür gegeben zu haben. Daher schleppte sie auch exotisches Gemüse an. Ich erzählte ihr, dass meine Mutter früher meinem Vater über fleischlose Gerichte einfach gebratene Speckwürfel darüber streute. Jasmina rümpfte nur die Nase. Seit sie zehn Jahre alt war, weigerte sie sich ein Lebewesen zu essen.

∞

»Ich kann mich noch ganz genau erinnern, als sie ganz verheult nach Hause kam«, meldete sich Sven zu Wort. »Jasmina fragte mich, ob ich wusste, dass Tiere zusammengepfercht in einem Stall gehalten werden, nur um dann für uns getötet zu werden. Sie hatte Zeit bei meiner Tante verbracht, die aufs Land gezogen war und in ihrer Nähe war ein Schweinezuchtbetrieb. Sie hörte die Schweine widerlich quietschen und ging dem Geräusch nach. Ein Mitarbeiter hatte nichts Besseres zu tun, als ihr zu erzählen, wie so ein Leben eines Tieres im Mastbetrieb abläuft. Sie war so aufgebracht, es war tragisch und urkomisch zu gleich, wie sie sich aufführte. Zuerst heulte sie in meinen Polster und dann drehte sie sich mit einem ernsten Blick zu mir und sagte: *Jetzt verstehe ich erst den Ausdruck - das ist ein armes Schwein. Ich werde nie wieder ein Schwein essen.«*

Verblüfft sah ich Sven an. »Diese Geschichte hat sie mir auch erzählt und davon, wie sie in das Zimmer ihres älteren Bruders gerannt ist.« Ich musste das Ganze erst sacken lassen. »Dieser Bruder, der du warst.« Wir saßen still da und sahen uns für einen Moment einfach nur an, bis mir noch ein Detail einfiel. »Sie erzählte mir, dass ihr Bruder, also du, bloß an seinem Schreibtisch sitzen blieb, zuerst nichts sagte und sie ansah, als wäre sie vom Wahnsinn befallen. Aber sie sah in deinen Augen, dass du wusstest wie Tiere gehalten werden. Du wusstest es und hast ohne zu zögern, genüsslich deine Schnitzel und Steaks gegessen.«

Wir mussten schmunzeln.

»Oh ich weiß, das hat sie mir immer wieder vorgehalten. Ich habe sie ja versucht zu beruhigen, ihr zu sagen, dass nicht alle Tiere so miserabel gehalten werden, aber das wollte sie alles nicht hören. In weiterer Folge hat das dann noch für einige Konflikte in der Familie gesorgt. Aber Jasmina konnte sich schon immer gut durchsetzen.«

∞

Es war das erste Mal, dass Jasmina mit mir über ihre Familie gesprochen hatte, als sie mir diese Geschichte erzählte. Zum Zeitpunkt des traumatischen Schweinezucht-Erlebnisses waren sie gerade umgezogen und sie vermisste ihre Freundinnen. Ihr Bruder war schon immer wahnsinnig erwachsen gewesen, gewissermaßen erhaben. Zwischen ihr und ihren Eltern entstand eine immer größer werdende Distanz. Sie konnte einfach nicht glauben, dass sie tatsächlich in diese Stadt zogen, die ihr eher wie ein Kaff vorkam und dafür ihre Freundinnen zurücklassen musste. Nochmal bei null beginnen und das mit gerade mal zehn Jahren. Das war einfach nicht zumutbar. Jasmina lachte über sich selbst, wenn sie mir davon erzählte und was sie doch für eine verwöhnte Göre gewesen war.

»Ich würde sagen, du wusstest einfach was du wolltest.«

»Lara, ich sag's dir, damals war ich sicher um einiges schlagfertiger und cooler als heute.«

»Bis auf die Schweinsache.«

»Genau - bis auf die Schweinesache. Also da hat alles angefangen zu bröckeln.«

∞

»Ja, ich war schon ein abgebrühter Hund«, Sven sah mich

verschwörerisch an. »Ihr habt euch also richtig gut verstanden. Von ihrem Erlebnis bei der Schweinezucht, hat sie nicht jedem erzählt. Sie ließ zwar keine Gelegenheit aus, um andere zu belehren und sie hinsichtlich ihrer Ernährungsweise zu bekehren, aber diese Geschichte behielt sie dann meistens doch für sich.«

»Wir haben uns wirklich richtig gut verstanden.« Umso trauriger die Tatsache, dass unsere Freundschaft so abrupt endete, und gleichzeitig war ich darüber verärgert, weil Jasmina einfach ohne ein Wort zu sagen verschwand.

Es war auf einmal still geworden im Kaffee, ich hatte gar nicht gemerkt, wie sich allmählich die Tische um uns herum leerten. Wir saßen noch immer vor denselben Getränken, mein Cappuccino, den ich kaum angerührt hatte, war inzwischen vollkommen ausgekühlt. Der Kellner dürfte sich nicht an unseren Tisch gewagt haben, vielleicht haben wir ihn auch gar nicht bemerkt, weil wir so vertieft in das Gespräch, in die Erinnerungen an Jasmina, waren. Das Café hatte aufgehört zu existieren, es hatte sich aufgelöst, nun kam es Stück für Stück wieder zurück. Wir hatten uns in Erinnerungen begeben. Erinnerungen. Hin und wieder, wenn ich an meine anfängliche Studienzeit und dann auch an Jasmina dachte, malte ich mir aus, wie sie ihr Leben zwischen Veganismus, Luxus und Karriere in einer Metropole meisterte. Alles konnte ich mir vorstellen. Wie sie nachts in Zuchtbetriebe einbrach und die Tiere befreite, wie sie tagsüber an ihrer Karriere feilte und in ihrer Mittagspause in Boutiquen einkaufte. Die Erkenntnis brach über mich herein. Niemals wäre es mir in den Sinn gekommen, dass sie nicht mehr am Leben sein könnte. Diesen Gedanken konnte ich nicht ertragen, ich musste ihn sofort los werden, noch war ich nicht soweit, noch wollte ich es nicht akzeptieren.

»Wir haben uns wirklich gut verstanden. Aber ich hatte nicht das Gefühl, dass sie mich bekehren wollte.«

»Na, weil du mitgemacht hast, weil du nach ihrer Pfeife getanzt hast.«

»Also, bitte«, ich spielte die Entrüstete.

Sven hob zur Verteidigung, oder war es eine Geste der Entschuldigung, seine Hände. »Vielleicht war es bei dir anders, vielleicht hast du ja ihre Ansichten tatsächlich geteilt. Aber sie war schon eine gute Strippenzieherin und wenn mal etwas nicht nach ihren Vorstellungen ablief, dann konnte sie ungemütlich werden, sehr ungemütlich.«

Ich lehnte mich zurück und verschränkte meine Arme. Das Gefühl sie verteidigen zu müssen, kam in mir auf und ich zählte ihm all die guten Eigenschaften auf, angefangen von ihrem Charme und Witz bis hin zu der Tatsache, dass sie sehr wohl gut zuhören konnte »Du lässt aber kein gutes Haar an deiner Schwester.« Als ich sah wie Sven zusammensank und seinen Kopf mit seinen Händen stützte, wollte ich den Satz zurücknehmen.

Nach einer Pause nahm er mit einem Schnauben das Gespräch wieder auf. »Es ist nun mal leichter schlecht über sie zu reden. Oh Gott, wie ich sie vermisse. Sie fehlt mir. Das hier ist die einzige Möglichkeit, um überhaupt über sie zu sprechen. Und mir von ihr erzählen zu lassen. So wie von dir in diesem Moment.«

In meinen Gedanken kramte ich nach weiteren Geschichten mir ihr, doch irgendwann gingen sie mir aus, bedingt durch unsere kurze gemeinsame Zeit. Eine fiel mir dann doch noch ein.

Emma und ich hatten uns gemeinsam mit Jasmina zum Shoppen getroffen. Das war die erste und einzige Begegnung zwischen den beiden gewesen. Es lag nicht daran, dass sich die zwei nicht verstanden, wir amüsierten uns alle prächtig, es ergab sich nur keine weitere Gelegenheit mehr. Beim Shoppen trennten sich dann unsere Wege kurz, Emma musste in die Drogerie, Jasmina wollte in ihre Lieblingsboutique. Die Preise dort frustrierten mich, ich hätte mir dort nicht mal einen Schlüsselanhänger leisten können, deshalb machte ich mich zu H&M auf. Später würden wir uns dann im Lokal treffen und gemeinsam zu Mittag essen.

Der Winter war kaum vorbei, da war auch bereits die erste Sommerware eingetroffen. Es war ein extrem schneereicher Winter gewesen, es machte Spaß im knietiefen Schnee zum Universitätsgelände zu stapfen um dann herauszufinden, dass die Vorlesungen abgesagt waren, da die Professoren den Weg zur Uni nicht mehr fanden. Auf solche Mengen Schnee war die städtische Schneeräumung weder vorbereitet noch ausgerüstet gewesen. Wir jedoch genossen es, liefen durch den Schnee so gut wir konnten und ließen uns dann einfach fallen. Der Schnee war weich und fing uns auf. Danach wärmten wir uns mit einer heißen Tasse Kakao und aßen selbstgebackene Kekse dazu. Nachdem sich der viele Schnee quasi nach kurzer Zeit in Luft auflöste, begann es richtig kalt zu werden. Die Straßen waren spiegelglatt und es war an der Zeit die Schlittschuhe auszupacken. Jedoch vermieden wir es aufgrund der Kälte überhaupt das Haus zu verlassen und wenn, dann packten wir uns in dichte Schichten ein.

Umso mehr konnten wir den Sommer gar nicht mehr erwarten und ich hatte Lust mir das erste sommerliche Outfit zu gönnen. Ich erspähte ein kurzes Sommerkleidchen, hielt es prüfend an meinem Körper und machte mich damit auf dem Weg zur Umkleidekabine. Es war Zeit, dass wir endlich die dicken Jacken und Wollsocken hinter uns ließen, denn bis ich die Kabine erreicht hatte, war ich schon ganz durchgeschwitzt. Nochmals sah ich mir das Kleidchen an, bevor ich es anzog. Mann oh Mann, das war aber ganz schön kurz, dachte ich mir und fragte mich, ob ich mir nicht eine Größe größer holten sollte, bevor ich es überhaupt anprobierte. Eine Mitarbeiterin war gerade nicht in Sicht und schon alleine Vorstellung mich nochmals anzuziehen und zurück zum Kleiderständer zu laufen, brachte mich zum Schwitzen. Wird schon passen, redete ich mir gut zu und ich stülpte mir das Kleid über. Aber irgendwie, irgendwas passte daran nicht. Was zum Teufel war da los? Das Teil hatte ich irgendwie falsch angezogen. Warum habe ich mir das vorher nicht besser angeschaut, schimpfte ich mit mir selbst. Oben herum saß das Kleid, aber meine Beine konnte ich nicht mehr bewegen. Ich versuchte dieses unsägliche Teil wieder loszuwerden, doch so wie es angezogen hatte, konnte ich es nicht mehr auszuziehen. Rüttelnd und an dem Kleid zerrend hüpfte ich in der Umkleidekabine auf und ab. Es half alles nichts, ich steckte in dem Kleid fest. Meine Haare waren elektrisiert und standen von meinem Kopf ab, auf meiner Stirn hatten sich Schweißperlen gebildet. Als ich das Kleid nochmals genau begutachtete, um einen Plan zu entwickeln, wie ich da wieder raus kommen würde, entdeckte ich neben dem einen Rohr, in welchem ich steckte, noch ein weiteres. Das war gar kein Kleid, sondern ein kurzer Jumpsuit. Zu diesem Zeitpunkt war mir der Name dieses vermeintlichen Kleidungsstücks noch vollkommen unbekannt gewesen. Erst Jasmina hatte mich später darüber aufgeklärt. Mir wurde klar, dass ich mich ohne fremde Hilfe nicht von diesem Teil befreien konnte, daher griff ich zum Telefon und rief Emma an. Doch die Verbindung brach sofort ab, dann tippte ich Jasminas Namen ein.

»Lara, wo bleibst du?«

»Ihr müsst mir helfen!« Meine Stimme klang definitiv ängstlicher, als es die Situation erforderte. »Bringt mir eine Schere, ich brauche eine Schere!«

»Was ist los, wo bist du?« Auch Jasmina hörte sich panisch an und bevor ich ihr antworten konnte, kam nur mehr ein Tuten aus meinem Handy.

Die Verbindung war tot und ein Blick auf mein Handy

verriet mir, dass ich keinen Empfang hatte. Das gibt es doch nicht. Ich steckte in diesem Ding fest und steckte das Handy in die Höhe, aber nichts, nicht mal den Notruf hätte ich wählen können. In meiner Verzweiflung versuchte ich mich weiter aus dem blöden Teil mit den zwei Röhren zu befreien. Die ersten Befreiungsversuche brach ich beim Geräusch reißender Fäden immer wieder ab, doch nun war es mir egal, ob das Scheißding kaputt ging und ich würde mich buchstäblich frei reißen. Als auch das nicht wirklich funktionierte, hörte ich endlich die vertrauten Stimmen von Emma und Jasmina. Sie hatten mich gefunden.

»Da bist du ja!« Emma hatte ihren Kopf in meine Umkleide gesteckt. Mir standen die Tränen in den Augen. Ich wollte hier einfach nur weg. Sie sah mir zuerst in die Augen und dann an mir herunter. »Was zum Teufel?«

»Frag einfach nicht. Gib mir bitte einfach die Schere.«

»Die was? Ich habe keine Schere. Warte mal kurz.« Na klar, ich steckte doch erst seit einer halben Stunde in dieser Kabine fest. Natürlich, ich wartete doch gerne. Vor der Kabine hörte ich, wie Emma und Jasmina leise miteinander sprachen und nur Wortfetzen drangen durch die Kabinentür.

»Eine Schere?«, fragte Jasmina ungläubig.

»Sie steckt in so einem Ding fest«, versuchte Emma zu erklären.

»Ich schau da jetzt mal rein«, sagte Jasmina gefasst, nicht wissend welcher Anblick sie erwarten würde. Ich kam mir regelrecht wie ein Unfallopfer vor.

»Hey, Süße, was machst du denn für Sachen.« Sie schlüpfte zu mir in die Kabine und zog die Tür hinter sich zu.

Ich erklärte ihr meine Situation und erfuhr den Namen dieses Höllending. »Ein Jumpsuit? Also ein Strampler.«

»Nein, das ist kein Strampler. Ein Jumpsuit ist kein Strampler.« Jasmina versuchte mich vehement davon zu überzeugen, dass ich in einem ernstzunehmenden Kleidungsstück feststeckte.

Emma klopfte an die Tür und versuchte so diskret wie möglich zu bleiben. »Hey, könnt ihr zwei euch beeilen. Die Leute gucken schon.«

Echt jetzt, auf einmal waren Leute vor der Kabine und zuvor, als ich Hilfe gebraucht hätte, war da die ganze Zeit niemand.

»Na dann wollen wir mal.« Jasmina zog ein Maniküre-Set aus ihrer Tasche und griff nach der Nagelschere.

»Igitt, was willst du da mit deiner Nagelschere, das ist doch ekelhaft.«

Sie stoppte und sah mich mit einem kühlen Blick an. »Willst du jetzt aus diesem Scheißteil oder nicht?«

»Ja okay, sorry.«

Dann, Schnitt für Schnitt kam ich meiner Freiheit immer näher, bis ich mich endlich aus diesem Jumpsuit - und bis heute kann ich dieses Wort nicht ohne sarkastischen Unterton aussprechen - schälen konnte. Es war ein wunderbares Gefühl, ich fiel Jasmina um den Hals und dankte ihr. Dass ich nur mehr mit meiner Unterwäsche bekleidet vor ihr stand, wurde mir schlagartig bewusst.

»So jetzt ziehst du dich erstmals an und danach gönnen wir uns ein schönes Gläschen.«

Als ich die Umkleide endlich verlassen konnte, faltete die Verkäuferin Kleidung zusammen und ohne mich dabei anzusehen, befahl sie mir mit schnippischem Ton, das Teil zu kaufen. Wäre das in den USA passiert, könnte ich den Laden wegen Freiheitsberaubung verklagen, stattdessen sagte ich ihr, dass ich dieses Ding zuerst kaufen und danach verbrennen würde.

Kurz nachdem wir an der frischen Luft waren und ich den Duft von Freiheit einatmen konnte, lachten Emma und Jasmina. Die beiden kamen sich ob ihrer Befreiungsaktion sehr heldenhaft vor. Erst als wir beim Essen und bei einem Spritzer saßen, konnte ich über den Vorfall - und vor allem über mich selbst - lachen. Ich nahm den zerschnittenen Jumpsuit aus dem Sackerl und hielt ihn triumphierend in die Höhe.

»Jetzt hast du ja endlich dein Sommerkleidchen«, stellte Emma fest und versuchte dabei ernst zu bleiben.

Jasmina mischte sich ein. »Wenn sie gerne ihre Pobacken im Freien trägt. Das ist schon verdammt kurz. Was wirst du mit dem Teil jetzt machen?«

»Hab ich doch gesagt. Ich werde es verbrennen.« Mit dem letzten Satz erhob ich meinen Spritzer und die zwei machten es mir nach.

Tatsächlich hatte ich den Jumpsuit nicht verbrannt, sondern warf ihn noch am selben Tag auf dem Weg nach Hause in einen Müllkorb. Am nächsten Tag war Jasmina deshalb ganz schockiert.

»Du hast ihn einfach weggeworfen?«

»Ich war angetrunken und ich hab mich dann irgendwie überlegen gefühlt.«

∞

Hätte ich damals gewusst, welche Bedeutung die Geschichte mit dem Jumpsuit noch bekommen würde, hätte ich ihn aufbehalten und ihn Jahr für Jahr aus der Versenkung geholt und jedes Mal hätte er mich an das Gefühl von Freundschaft erinnert.

Sven war noch in seinen Gedanken versunken, als ich mit meiner Erzählung endete. »Oh irgendwie, hatte diese Geschichte mehr mit mir zu tun als mit Jasmina.« Ich hatte mich so in meine Erinnerung hineinziehen lassen, dass ich es zu spät merkte, dass es dabei hauptsächlich um mich ging. Von einem Fettnäpfchen ins nächste, tappte ich also munter weiter. Da saß ein Mann vor mir, der litt und ich sprach über so ein dummes Stück Stoff.

»Sven, bitte sag doch etwas. Es tut mir leid.«

»Das Maniküre-Set, ich erinnere mich daran.« Ich war überrascht, dass er anscheinend bei der Nagelschere hängen geblieben war, aber nun wollte ich in seiner Erinnerung mitgehen.

»Ja, es war total schick. Es sah richtig teuer aus. Einmal wurde Jasmina richtig panisch, weil sie glaubte, es verloren zu haben.« Nun sah mir Sven endlich wieder in die Augen.

»Jasmina hatte es von mir, das Maniküre-Set. Ich habe

es ihr zum Geburtstag geschenkt.«

»Jetzt bin ich wirklich überrascht. Du schenkst deiner Schwester zum neunzehnten Geburtstag ein Maniküre-Set? Schenken so etwas normalerweise nicht Großeltern oder Väter?« Auch Sven musste schmunzeln.

»Ich war richtig spät dran mit dem Besorgen eines Geschenks und kam an dem Tag an diesem Laden vorbei. Mir war aufgefallen, dass Jasmina jedes Mal beim Vorbeigehen stehen geblieben war und sich die Auslage anguckte. Es war so ein ganz alter Laden und sie sagte, dass sie sich eines Tages hier was kaufen würde. Auch wenn es nicht unbedingt originell war, so war es zumindest teuer. Ich dachte, Jasmina wird es nehmen und in irgendeine Ecke schleudern. Aber sie freute sich tatsächlich darüber. Sie umarmte mich und flüsterte mir zu, dass sie mich lieb hat und für sie würde ich immer ihr blöder großer überkluger Bruder bleiben.«

In dieser Erinnerung ließ ich ihn noch eine kurze Zeit verweilen und suchte die Toilette auf. Schon seltsam wie sich alles so fügte. Die Nagelschere aus dem Maniküre-Set, welches Sven seiner Schwester schenkte, befreite mich aus dem Jumpsuit und heute sind wir gemeinsam hier und reden darüber. Als ich wieder zu Sven zurückkehrte, standen zwei hausgemachte Limonaden auf dem Tisch. Ich war dankbar dafür, mein Hals stand kurz davor auszutrocknen.

»Beinahe hatte ich überlegt, Wein zu bestellen, aber als wir das letzte Mal gemeinsam getrunken haben, hat das bekanntlich kein gutes Ende genommen.« Schelmisch prostete er mir mit seiner Limonade zu. Sven hatte recht, wobei es wohl mehr an dem Mangolikör lag und nicht per se am Alkohol. »Außerdem möchte ich einen klaren Kopf bewahren.«

Es wurde wieder ernster. Uns beiden war bewusst, dass wir uns dem Ende näherten, wir wollten dies keineswegs, aber es war unaufhaltsam.

∞

Das erste Semester hatten wir ganz gut hinter uns gebracht, die Knock-Out-Prüfungen irgendwie positiv bestanden. Ich hatte mich extra einer Lerngruppe angeschlossen, alleine konnte ich einfach nicht lernen, mir fielen dann immer tausend Dinge ein, die wichtiger waren oder besser gesagt, die ich lieber tat. Doch Jasmina hatte da keinen Bock darauf und daher sahen wir uns vor und während der Prüfungszeit sehr selten. Umso weniger häufig wir uns sahen, umso unnahbarer erschien sie mir. Vor einer Prüfung traf ich mich noch mit meiner Lerntruppe in der Aula der Uni, um die letzten Details zu besprechen. Jasmina sah ich ums Eck kommen und ich winkte sie zu mir herüber, in der Hoffnung sie könnte mich vor der Prüfung noch ein wenig ablenken.

»Hast du Lust vor der Prüfung noch ein bisschen an die frische Luft zu gehen?«

»Nö, geht nicht, ich muss noch in die Bibliothek die Bücher zurückbringen.«

Sie hatte mich gar nicht richtig angeguckt, ihr Blick richtete sich auf den Weg, der zur Bibliothek führte. So schnell sie aufgetaucht war, war sie auch schon wieder verschwunden.

»Was, mit der hast du zu tun?« Die Frage riss mich aus meinen Gedanken.

»Was?«

»Das war doch Jasmina.«

Dann quatschten schon die anderen dazwischen.

»Welche Jasmina?«

»Die Jasmina mit der Party. Zu Hause. In der Villa.«

»Warst du mal bei ihr, Lara? Echt ein geiles Haus, das ihre Eltern haben.«

Das Gerede über Jasmina nahm überhand und verselbstständigte sich, ich beteiligte mich nicht daran. Mir war schon aufgefallen, dass es hie und da mal Partys gab, zu denen nur bestimmte Leute eingeladen wurden. Nachdem ich am Wochenende gerne in der Stadt unterwegs war, störte es mich nicht wirklich, dass ich von Jasmina nie mitgenommen oder eingeladen wurde. Unsere gemeinsamen Pub-Abende hatten wir sowieso unter der Woche. In den Erzählungen der anderen erkannte ich Jasmina gar nicht wieder. Außerdem waren sie ziemlich gehässig und gemein. Ich war in einer Lerntruppe voller Snobs gelandet, wie war mir das bisher nur entgangen? Für mich hatten sie ihren Zweck erfüllt, aber ich wollte sie keine Sekunde mehr länger als nötig ertragen. Ich packte meine Sachen zusammen, stand auf und ging. Auch wenn Jamina mit ihrem Kopf zu dieser Zeit woanders war - und wenn man der Meute Glauben schenken wollte, dann war dieser bei Partys, Alkohol und harten Drogen - hatte sie es dennoch nicht verdient, dass so über sie gesprochen wurde.

Spannenderweise lief mir im zweiten Semester nur mehr selten einer aus der Lerngruppe übern Weg. Es schien, als hätten sie sich in Luft aufgelöst und ich fand eine neue Lerngruppe und schnell wurden aus diesen Kommilitonen Freunde. Doch leider brach zuvor schon immer mehr und mehr der Kontakt zu Jasmina ab. Dieser Shopping-Fail bildete eine Ausnahme. Spontan hatte sie sich bei mir gemeldet.

»Hey! Sorry, dass ich mich so lange nicht gemeldet habe. Hast du Lust was zu machen?«
Ich freute mich, dass ich von ihr hörte und gleichzeitig ärgerte ich mich, dass sie lange Zeit nicht erreichbar gewesen war. Aber klar, natürlich wollte ich sie sehen.

»Ich treffe mich gleich mit Emma zum Shoppen. Komm doch mit.«
Auf der anderen Seite des Telefons blieb es still.

Die Frage danach, wer denn diese Emma war, blieb unausgesprochen und ich kam Jasmina zuvor. »Neeeinn? Echt jetzt? Ach, ja! Du kennst Emma ja gar nicht. Emma ist meine Sandkastenfreundin. Dann müssen wir uns erst recht treffen. Du musst sie kennenlernen.«

Wir kamen zeitgleich an unserem Treffpunkt unter der Sonnenuhr an und umarmten uns ganz fest. Kurz haderte ich mit mir, weil ich Jasmina auf ihre ständige Abwesenheit und die Gerüchte mit den Drogen ansprechen wollte, aber ich wollte diesen Moment nicht zerstören und dann kam auch schon Emma hinzu. Von diesem Zeitpunkt an waren wir wie aufgekratzte Hühner, lachten, hatten Spaß und dieser Zustand wurde nur durch mein Jumpsuit-Desaster kurz unterbrochen. Tja, und der

Rest war Geschichte.

∞

Wie sollte ich Sven erklären, dass sie danach mehr und mehr zu einem Gespenst wurde? Zuerst trafen wir uns nur mehr auf einen Kaffee alle zwei Wochen, dann reichte es kaum mehr für ein kurzes Gespräch am Gang der Fakultät und vorm Ende des Sommersemesters sah ich sie auch nicht mehr in den Seminaren. Das letzte Mal glaubte ich sie in der Bibliothek gesehen zu haben. Sie huschte gerade hinter ein Bücherregal, sie war blass und sah erschöpft aus. Als ich mich von meinem Arbeitsplatz erhob und ihrer eingeschlagenen Richtung folgte, war sie wie vom Erdboden verschluckt. Ich verstand nicht, was mit ihr los war und fühlte mich irgendwie abserviert. Hatte ich mich nicht auf diese Weise schon von einigen Jungs getrennt? Dass das bei Freundschaften auch so ging, war mir neu. Am Anfang konnte ich es nicht fassen, dass sie auf Anrufe und Nachrichten nicht reagierte und dann ließ ich es auch irgendwann bleiben. Zum Ende des Semesters hörte ich mich trotzdem nochmals um, aber keiner wusste etwas von Jasmina und wo sie abgeblieben war.

Hier endete meine gemeinsame Zeit mit Jasmina. Gespannt wartete ich darauf, dass Sven zu erzählen begann, denn nun würde ich endlich erfahren, wohin sie verschwand und was ihre Gründe waren.

Jahrelang fragte ich mich, was aus ihr wurde und

stellte mir vor, wie wir uns eines Tages begegnen würden. Ich hatte mir schon ausgemalt, wie ich ihr kühl begegnen würde.

»Ach ja, Jasmina. Stimmt, wir haben das erste Jahr miteinander studiert.« Natürlich hatte ich in meiner Vorstellung etwas Teures an und sah schick aus. »Du willst mit mir einen Kaffee trinken gehen? Aber gerne, ein anderes Mal. Hier ist meine Nummer.« Oder ich hätte mir ihre Nummer geben lassen und sie nie angerufen. Es war jedoch wahrscheinlicher, dass ich mich so über die Begegnung gefreut und meine ganze Gehässigkeit über Bord geworfen hätte.

Der traurige Blick in Svens Gesicht erinnerte mich daran, warum wir eigentlich hier waren und holte mich auf den Boden der Realität zurück. Die Erkenntnis brach über mich herein, dass Jasmina nicht mehr am Leben war. Ich musste meine Gedanken neu anordnen. An seine tote Schwester hatte ich ihn erinnert. Es stellte sich heraus, dass seine Schwester eine Kommilitonin und Freundin von mir war. Aus irgendeinem Grund verschwand diese Freundin eines Tages. Ein kalter Schauer lief mir über den gesamten Körper und dennoch glühte mir mein Kopf. Nein, das konnte doch alles nicht wahr sein. Ich war so in die Geschichte eingetaucht, dass ich das Wesentliche dabei aus den Augen verloren hatte. Mein Gesicht kribbelte und ein Taubheitsgefühl breitete sich in mir aus. Als Jasmina nichts mehr mit mir zu tun haben wollte, denn so hatte ich das damals interpretiert, da war ich wütend, aber in meiner Vorstellung war ich davon überzeugt, dass wir uns eines Tages wieder begegnen würden. Zuerst war es eine Träne, die sich langsam über meine Wange bewegte, bevor sie auf den Tisch tropfen konnte, wischte ich sie mit dem Zeigefinger weg. Sven sollte mich nicht weinen sehen. Doch der ersten Träne folgte die zweite und ich hielt sie nicht mehr zurück. Jede einzelne Träne weinte ich für Jasmina.

»Einen kurzen Moment habe auch ich vergessen, dass sie tot ist.« Gekonnt trocknete Sven sich die Augen, er gab den Tränen keine Chance. »Für diesen Moment bin ich dir dankbar.« Er wurde etwas unruhig und er sah so aus, als wäre er auf dem Sprung.

Das Lokal war inzwischen leer. Wir waren die einzigen Gäste. Den Kellner hatte ich schon eine Zeitlang nicht mehr gesehen. Ich hatte zu lange gesprochen und selbst noch gar nichts über Jasmina erfahren. Warum hörte sie auf einmal mit dem Studium auf? Wo ist sie hingegangen? Fast hätte ich ihm die Fragen ins Gesicht geschleudert, doch ich schaffte es, mich zurückzuhalten. Auf einmal wirkte er unterkühlt und distanziert, die Gefühle wieder weggepackt. Doch so leicht sollte er mir nicht davon kommen. Nun war ich an der Reihe, Fragen zu stellen.

»Sven, was ist da während dem Studium passiert?«
Er starrte nur ins Leere. Vielleicht hatte ich mich doch getäuscht und möglicherweise stand es mir auch gar nicht zu, mehr wissen zu wollen. Aber ich konnte nicht anders, ich musste erfahren was aus Jasmina wurde. Oder doch nicht? Wäre es nicht einfacher gewesen, mit meiner zurechtgezimmerten Vorstellung zu leben? Wie ein

zwölfjähriger Junge, der erzählen sollte, woher er die Zigaretten geklaut hatte, begann er trotzig zu erzählen.

»Wie du schon erwähnt hast, hat Jasmina gerne Party gemacht.« In der Hoffnung, es würde sich ein Frage-Antwort-Spiel ergeben, machte er eine Pause. Ich stieg nicht darauf ein. »Also gut, dann mach es mir eben schwer.« Er seufzte und wurde bissig. »Du hast ja schon so scharfsinnig erwähnt, dass ein paar Leute was von Alkohol und Drogen geredet haben. Das war ohne Zweifel ein Thema. Ein Problem.« Hilflos warf er seine Arme in die Luft.

»Ich weiß, dass es dir schwerfällt. Aber bitte, rede mit mir darüber. Was ist mit Jasmina im zweiten Semester passiert?«

Svens Blick war leer und er wirkte apathisch. »Bei einer Party hat sie zu viel davon bekommen.« In diesem Moment befand er sich nicht mehr im Café, sondern weit weg - in einem anderen Leben, einem anderen Jahrzehnt. »Die Party ging weiter, während sie in einem Nebenraum schlief. Sie war nicht wach zu bekommen und sie machten sich noch über ihren tiefen Schlaf lustig.« Nun sah er mich wieder an. »Zumindest vermute ich, dass es so abgelaufen ist. Denn ganz genau weiß ich es nicht. Meine Eltern verständigten mich, dass Jasmina ins Krankenhaus eingeliefert wurde. Ich konnte es nicht glauben. Zu wenig hatte ich mich um sie in der letzten Zeit gekümmert. Sie hätte gar nicht auf diese blöde Uni gehen sollen. Jasmina hätte genauso wie ich die Fachhochschule besuchen sollen, anstatt in dieser Stadt zu vergammeln.« Mit einer entschuldigten Geste versuchte er seine Aussage abzumildern. Denn schließlich war ich eine, die gerne in diesem Kaff studiert hatte und nach wie vor hier lebte. »Doch sie hat die Aufnahmeprüfung nicht geschafft. Als hätten meine Eltern nicht genug Einfluss gehabt, sie da hinein zu bringen.«

Während Sven sich mehr und mehr die Schuld für Jasminas Absturz gab, begann - wie so oft, wenn ich an Jasmina dachte - ein Film vor meinem inneren Auge abzulaufen. Deshalb hatte ich von ihr also nichts mehr gehört, Jasmina wollte nach diesem Vorfall, Abstand von ihrem damaligen Leben gewinnen. Ich malte mir aus, wie sie sich einer Entziehungskur unterzog, und danach wollte sie mit all diesen Leuten partout nichts mehr zu tun haben. Auch ich gehörte in gewisser Maßen zu dieser dunklen Zeit. Ohne es bemerkt zu haben, hatte Sven aufgehört zu sprechen. Bei seinem Anblick erschrak ich kurz. Seine Augen waren gerötet und er sah mich mit finsterem Blick an.

»Sven, sag doch was?«

Er schwieg und fixierte mich mit seinen Augen.

»Nein, das kann nicht sein!«

Noch immer schwieg er, hätte ich nicht genau hingesehen, dann hätte ich das leichte Wippen seines Kopfes gar nicht bemerkt. Sven schlug seine Augen nieder, aber der Kopf wippte noch weiter.

»Nein.« Ein schreckliches Schluchzen entfuhr mir und hallte durch das leere Café. »Wann?«

Bevor er antwortete, schnaubte er. »Am zweiundzwanzigsten Juni.«

Auf meinen fragenden Blick, fügte er widerwillig das Jahr hinzu. Es war das Jahr des zweiten Semesters an der Uni. Unkontrolliert schossen mir Tränen aus den Augen und ich hielt mir meine Hände vors Gesicht, um Sven nicht weiter ansehen zu müssen. Nachdem er sich dessen sicher war, dass ich es endlich gerafft hatte, sprach er weiter.

»Es war ein Schock für uns alle gewesen. Auf dem Weg zum Krankenhaus dachte ich noch darüber nach, was ich Jasmina alles zu sagen hatte. Meinen Eltern würde ich Vorwürfe machen, denn schließlich haben sie sich einfach nicht gut genug um sie gekümmert. Sie ließen sie einfach immer nur machen und gingen jeder Konfrontation mit Jasmina aus dem Weg. Doch dann im Krankenhaus.« Sven brach ab und setzte an einer anderen Stelle wieder an. »In kleinster Detektivarbeit mussten wir die Puzzleteile zusammenbauen. Was und wie war es passiert? Warum hatte niemand bemerkt, dass sie bewusstlos war und gar nicht schlief? Du hast keine Ahnung, wie schnell sich Freunde plötzlich in Luft auflösen können.«

In meinem Kopf versuchte ich die Ereignisse zu ordnen und ich fragte mich, ob ich nicht mehr für Jasmina da hätte sein können. »Ich hatte Jasmina Ende Mai oder irgendwann im Juni versucht anzurufen. Ihr Handy war da an. Es ist nur eine Kleinigkeit, aber warum?«

»Du warst Uni-Girl«, stellte Sven erstaunt fest. Ich konnte ihm nicht folgen. »Ja, du musst Uni-Girl gewesen sein. Ach, Jasmina hatte die Angewohnheit Leute nicht mit ihrem Namen einzuspeichern, sondern was sie mit diesen Leuten verband. Du ahnst gar nicht, wie viele *Arschlöcher* ich in ihren Kontakten gefunden habe.«

In diesem Augenblick mussten wir beide lachen. Davon wusste ich gar nichts, aber eines war gewiss, stellten wir beide fest: Jasmina schaffte es wiedermal, eine bittere Situation aufzulockern.

»Es klingt dämlich, aber solange ich ihr Handy damals hatte, war es so, als wäre sie immer noch am Leben. Ich kannte ihren PIN und dann hab ich es ab und zu mal eingeschaltet. Außerdem versuchte ich so herauszufinden, wie ihr letzter Abend ablief. Niemand dachte wohl, dass ich ihr Handy an mich genommen hatte und tatsächlich gab es ein paar reumütige Sprachnachrichten.«

Langsam konnte ich wieder klar denken. Wie konnte es sein, dass eine junge Frau unter solchen tragischen Umständen stirbt und keiner bekommt das mit? Sven erklärte mir, dass seine Eltern die Sache unter Verschluss hielten. Der Schmerz war unermesslich, aber ihre Reputation wollten sie auch nicht gefährden. Die Polizei ermittelte auch nur halbherzig. Am Ende wurde Fremdverschulden ausgeschlossen. Das lag zum großen Teil daran, dass auch die anderen Kids einflussreiche Eltern hatten. Kurz wollte ich ihn fragen: »Kids? Du nennst sie Kids?« In diesem Zusammenhang klang dieser Ausdruck so verharmlosend als hätten sie nur eine Kleinigkeit ausgefressen. Doch dann fielen mir wieder Jasminas Worte über die Erhabenheit ihres Bruders ein. An diesem Tag dachte ich abermals an das Ende meines ersten Studienjahrs zurück und daran, dass ich die Leute aus der alten Lernclique kaum mehr sah. Auf die Idee, dass ihr Verschwinden etwas mit Jasmina zu tun hatte, wäre ich nicht gekommen.

Meine Traurigkeit wich zunehmend dem Gefühl einer Leere und erst jetzt merkte ich, wie erschöpft ich mich fühlte. Auch Sven wirkte müde und er sah fertig aus. Ich fand keine Worte mehr. Der Abend hatte sich anders entwickelt als erwartet. Aus meiner Tasche zog ich meine Geldbörse. Sven wehrte ab, er würde bezahlen und ich könne ruhig schon gehen. Ich zögerte, konnte ich ihn alleine lassen? Aber klar, versicherte er mir, es war okay.

Als ich aufstand und mir meinen Schal umband, kam er auf die Insel zu sprechen. »Ich saß im Flugzeug und war auf dem Heimweg, da flammte ein Bild in mir auf. Du, schlafend und keine Chance dich wach zu bekommen. Panik stieg in mir auf. Ging es dir gut? Ich hätte dich nicht alleine lassen sollen, war mein Gedanke.«

Mir war bewusst, auf was er hinaus wollte und ich legte meine Hand auf seine Schulter. »Sven, hör endlich auf dir die Schuld zu geben. Du warst ein guter Bruder.«

»Ich hätte sie nicht alleine lassen sollen. Nacht für Nacht, wenn ich die Augen schloss, sah ich Jasmina auf einem versifften Boden liegen, regungslos, nicht aufzuwecken. Niemand, der da war um ihr zu helfen.«

»Sven, sieh mich an. Sieh mich an.« Erst als ich mir sicher war, dass er mir aufmerksam zuhörte, sprach ich langsam weiter. »Ich kannte Jasmina nicht besonders lange und auch ich frage mich, was ich damals für sie hätte tun können. Aber glaub mir, sie hätte nie gewollt, dass du so unglücklich bist und ständig mit diesen Schuldgefühlen lebst. Das würde sie nicht wollen. Was ist?« Sven lächelte, es war ein trauriges Lächeln, aber immerhin.

»Du hast vermutlich recht und du bist natürlich nicht die erste, die mir das sagt. Ich muss immer daran denken, was sie mir sagen würde.«

»Und was wäre das?«

Auf seinem Stuhl richtete er sich auf und er nahm eine vollkommen andere Attitüde an.

»Alter, flenn da nicht so rum und genieße das Leben. Wenn du etwas für mich tun willst, dann stopf kein Fleisch mehr in dich hinein.«

Im selben Moment lachte ich auf und eine Träne ran mir über die Wange. Ich war an diesem Abend sowas von durch und mittlerweile breitete sich auch ein Kopfschmerz aus.

Wir verabschiedeten uns, aber auf halbem Weg zur Tür, fiel mir noch was ein. Eine Frage musste ich noch klären. Der Grund, warum wir uns hier überhaupt erst trafen.

»Eine Frage noch. Du hast auf der Insel Zeit mit mir verbracht, weil ich dich an Jasmina erinnert habe.« Kurz musste ich an den Tag unserer ersten Begegnung denken und wie ich ihm das erste Mal in die Augen blickte. Jahre und Welten schienen zwischen diesem Moment und dem Treffen zu liegen, dabei war nur ein Monat vergangen. »Aber ich verstehe es einfach nicht. Ich sehe ihr doch kein bisschen ähnlich.« Jasmina strahlte immer hervor, ich selbst hielt mich für unscheinbar.

»Das sagte mir Jakob auch, als ich ihm ein Foto von Jasmina zeigte. Er sah mich damals nur ungläubig an, denn er konnte keine wesentlichen Ähnlichkeiten feststellen und er war sicher davon überzeugt, dass ich einen kompletten Hieb hatte. Dann ließ ich mir von meiner Mutter ein Video schicken und dann begriff er es endlich. Es ist mehr die Art, wie du dich bewegst oder wie du sprichst, was mich an Jasmina erinnerte.«

Ich wusste nicht, ob ich beleidigt sein sollte, weil ich mit einer Neunzehnjährigen verglichen wurde oder geschmeichelt, weil es sich dabei um Jasmina handelte.

»Jakob hatte mich auf der Insel ständig damit genervt, dass ich an meine Verlobte denken sollte und dass du etwas missverstehen könntest.« Er sah mich reumütig an. »Da hätte ich wohl besser auf ihn hören sollen.« Ich zuckte nur mit den Schultern und atmete tief ein und aus.

Eine weitere Frage brannte noch in mir, doch ich drehte mich nicht mehr zu Sven um und verließ endgültig das Café. Auf der Straße blieb ich stehen und ließ die kühle Luft auf mich wirken. Sie hatte eine reinigende Wirkung. Ich sah zum Himmel und ging den Fluss entlang. Weder den Bus noch ein Taxi wollte ich nehmen, ich machte mich zu Fuß auf den Weg nach Hause.

»Auf Wiedersehen, Sven.«

»Auf Wiedersehen, Lara.«

So hatten wir uns verabschiedet. Doch würden wir uns tatsächlich wiedersehen oder war es nur eine leere Worthülse, war es uns schon egal gewesen, was wir von uns gaben, weil der Abend einfach schon so lange gedauert hatte? Ich dachte über das Treffen, das am Nachmittag begann und bis zum Abend dauerte, nach. Was war da eigentlich passiert? Kurz überlegte ich, Emma anzurufen und ihr von dem Treffen zu erzählen. Doch nach Reden war mir heute nicht mehr. Morgen blieb mir auch noch genug Zeit und ich war froh, dass das Wochenende vor mir lag. Da läutete das Handy und Emmas Namen blinkte auf. Wie froh war ich, sie nach wie vor in meinem Leben zu haben. Ich bin dankbar für die Freundschaft mit Emma, dachte ich mir ganz bewusst und sah vor meinem geistigen Auge wie Julia mir dafür ein Sternchen an die Küchentafel klebte. Ich tippte eine Nachricht ins Handy.

> Hey Emma, alles okay, war ein langer Abend.
> Ich melde mich morgen bei dir. Sorry, bin echt
> k.o. - Danke, dass es dich gibt. Hab dich lieb.

Sofort kam eine Nachricht zurück.

> Du bist süß. Alles klar. Hab mich nur
> gewundert, dass ich nichts von dir gehört
> habe. Mach es gut - hab dich auch lieb und ich
> will, dass es dir gut geht.

Ich schob das Handy wieder in die Tasche und setzte meinen Weg fort. Es war überraschend wenig los auf den Straßen und so konnte ich ungestört meinen Gedanken nachgehen. Über seine Hochzeit hatte ich mit Sven nicht gesprochen. Mehrmals hätte ich Gelegenheit dazu gehabt. Ich hatte seine Hand doch berührt, aber ich konnte nicht sagen, ob sich an einem Finger ein Ring befand. Ich war abgelenkt gewesen, dass ich einfach nicht darauf geachtet hatte. Verdammt. Aber auch ein fehlender Ring hat nichts zu bedeuten. Ich war mir nicht mehr sicher, ob ich mit der Hoffnung zum Treffen gegangen war, er könnte sich doch noch in mich verlieben. Oder ob nicht die Angst überwog, tatsächlich eine Hochzeit und Beziehung zerstört zu haben. Nun bereute ich es, dass ich mich nicht nochmals umdrehte und ihn danach fragte. Unruhe stieg in mir auf. Noch bevor die Hochzeit zu einem großen Thema wurde, waren wir schon mitten in Jasminas Geschichte. Vielleicht würden wir ein neuerliches Kapitel aufschlagen müssen, indem wir uns seiner Hochzeit widmeten. Da war ich Stunden mit diesem Mann am Cafétisch gesessen und wusste rein gar nichts. Jasmina kam mir in den Sinn. Nein, heute ging es einfach mal um sie und es entsprach nicht der Wahrheit, wenn ich glaubte, an diesem Abend keine Antworten bekommen zu haben.

Irgendwann würde ich Sven wiedersehen und dann würde es an der Zeit sein, weitere Fragen zu stellen. Dass ich früher als erwartet auf ihn treffen würde, damit hatte ich an diesem Abend nicht gerechnet.

Teil drei

Ablenkungsmanöver

Teil eins

Es war früher Abend als Lara das Café verließ. Sie trat auf die Straße und schien kurz zu zögern. Wollte sie nochmals zurück gehen oder hatte sie bloß etwas vergessen? Sie sah zum Himmel, die Lichter der Stadt machten es unmöglich Sterne ausfindig zu machen. Ich sah, wie sie sich Richtung Fluss aufmachte und ohne groß darüber nachzudenken folgte ich ihr. Obwohl das Wochenende bevor stand, war kaum was los oder anders ausgedrückt, es war noch sehr ruhig. Entweder wollte niemand bei der aufkommenden Kälte das Haus verlassen oder sie bereiteten sich zu Hause auf das Ausgehen vor. Mich hatte die Woche müde gemacht und ich konnte es kaum erwarten nach Hause zu kommen und mich vor den Fernseher zu knallen. Doch anstatt mich meiner Wohnung zu nähern und in den Bus zu steigen, entfernte ich mich immer mehr von ihr und der Möglichkeit einen ruhigen, langweiligen Abend zu verbringen. Noch immer folgte ich Lara und ich fragte mich, was ich da eigentlich tat.

Hatte sie heute Abend auch an die Zeit auf der Insel gedacht? Ich hatte ihr nicht die Wahrheit erzählt, ihr nicht gesagt, was ich damals gefühlt habe, als sie den Strand nach ihrem Ball absuchte. Es hatte diesen einen kurzen Moment gegeben. Hatten sich da nicht unsere Augen getroffen? Diese Augen. Ich war verrückt, aber das war sie auch. Lara blieb abrupt stehen und holte ihr Handy aus der Tasche, nur wenige Meter trennten uns voneinander. Wäre ich unachtsam gewesen, wäre ich vermutlich in sie hinein gelaufen. Hatte sie gemerkt, dass ihr jemand folgte? Vielleicht wäre es einfach besser, mich bemerkbar zu machen. Aber irgendetwas hielt mich davon ab. Da packte sie auch schon wieder das Handy ein und setzte ihren Weg fort. Mann, was mach ich hier? Dann kam mir der Gedanke, wenn ich ihr so leicht folgen konnte, dann bestand auch die Möglichkeit, dass ein total Kranker die gleiche Idee haben könnte. Also ergab es durchaus Sinn, dass ich sie quasi bis vor ihre Haustür eskortiere. Nur eben, ohne dass ihr es klar war. Also überaus heldenhaft von mir.

Gerade hatte ich das Bild von mir als Stalker abschütteln können, da näherte sie sich einem Wohnhaus und ich folgte ihr weiterhin unaufhaltsam, hielt mich jedoch mehr im Hintergrund. Ich wollte sie ansprechen, doch würde sie sich nicht total erschrecken, wenn ich plötzlich vor ihr stand? Lara steckte den Schlüssel in die Haustür, sie war sicher angekommen. Damit hatte ich mein Soll erfüllt und konnte nun meinen Heimweg antreten. Doch die Müdigkeit war wie weggeblasen und ich fühlte die Aufregung in meinem Körper. Ich hatte mich gegen einen faden Abend entschieden, hechtete aus meinem Versteck und war bei der Tür des Wohnungshauses, bevor diese ins Schloss fallen konnte. Also über Sicherheit musste ich mit Lara auf jeden Fall mal sprechen. Mein Herz raste und ich fragte mich, was ich jetzt tun sollte. In den oberen Stockwerken hörte ich, wie eine Türe aufgeschlossen wurde. Das musste Lara sein.

Vorsichtig stieg ich die Treppe hinauf. Nicht an jeder Tür war ein Namenschild angebracht und ich fragte mich, wie ich sie da finden sollte. Doch als ich im ersten Stock angelangt war, wusste ich auf dem ersten Blick, hinter welcher der Wohnungstüren Lara zu finden war. Unwillkürlich musste ich grinsen, sie hatte sie tatsächlich mitgehen lassen. Vor jedem Bungalow auf der Insel lag eine getrocknete Kokosnuss. Auf einer Seite war die Nummer des jeweiligen Bungalows markiert, auf der anderen Seite war *Do not disturb* zu lesen. Die Gäste des Bungalows 307 mussten nun schon seit einem Monat ohne die dazugehörige Kokosnuss auskommen, denn diese lag nun hier in einer kalten Stadt vor Laras Wohnungstür.

Noch konnte ich umdrehen, noch konnte ich einem langweiligen Abend nachgehen. Ich würde dann zu Hause auf der Couch sitzen und mich fragen, ob ich nicht doch an ihre Tür hätte klopfen sollen. Und wenn ich mich zum Anklopfen entschied, was sollte ich ihr sagen? Ich entschied mich gegen das Klopfen, das wäre doch spooky. Du sitzt in der Wohnung und auf einmal klopft es abends an der Tür. Gänsehaut stieg mir auf. Nein, ich werde nicht klopfen. Ich läutete. Den Zeigefinger hielt ich noch wie gebannt auf Höhe der Türklingel, als das typische Klingelgeräusch zu mir nach außen drang. Ich hörte wie Schritte der Wohnungstür näher kamen und wartete darauf, dass Lara zuerst durch den Spion blicken würde und erst mal mit den Fragen beschäftigt sein sollte, was ich hier tat und ob sie mir überhaupt öffnen sollte. Entweder schlägt mir als Antwort Stille entgegen und nach fünf Minuten des Wartens würde ich aufbrechen. Oder sie wurde von ihrer Neugier besiegt, was ich inständig hoffte, und ich würde hören, wie der Schlüssel im Schloss umgedreht wird. Doch weit gefehlt.

Nachdem ich die Schritte vernommen hatte, riss sie jedoch schon die Tür auf und ich stand vor ihr wie ein Nackter. Denn genau so sah sie mich in diesem Moment auch an - mit großen Augen und offenem Mund. Erschrocken blickte ich sie gleichfalls an. Ich bekam eine Mundsperre und konnte ihn nicht mehr schließen, sowie ich keinen klaren Gedanken mehr fassen konnte. Ich hatte nicht richtig nachgedacht, was ich ihr eigentlich sagen wollte. Da tat ich das Einzige, was ich schon auf der Insel machen wollte. Ich zog sie zu mir heran und küsste sie.

Ablenkungsmanöver

Teil zwei

Erledigt stieg ich die Treppe zu meiner Wohnung hinauf, schloss die Tür auf, entledigte mich meiner Schuhe und meiner Jacke und ließ mich erstmals auf die Couch fallen. Was für ein Abend! Obwohl es mir schwer fiel, versuchte ich einen klaren Gedanken zu fassen und das Treffen Revue passieren zu lassen. Von der Vertrautheit, die ich zwischen Sven und mir vernahm, war ich noch immer überrascht. Möglicherweise bildete ich es mir aber auch nur wieder ein. Für diesen Abend wäre es wohl besser schlafen zu gehen und nicht irgendwelchen Spinnereien nachzugehen.

Es läutete an meiner Tür und ich erinnerte mich daran, dass ich Julia noch schreiben hätte sollen. Natürlich war sie ganz wild darauf zu erfahren, wie das Treffen verlief. Sie würde sicher hereinkommen wollen und dann sah ich uns schon gemeinsam eine Flasche Wein leeren. Wobei was war schon dabei, es war Freitag und morgen konnte ich lange ausschlafen. Als ich die Tür öffnete und eine neugierige und aufgeregte Julia erwartete, blickte mir da ein ganz anderes Gesicht entgegen. Tausende von Fragen schossen mir durch den Kopf, aber ich vermochte keine auszusprechen. Was zum Teufel machte er hier? In Gedanken ging ich die möglichen Gründe durch, die ihn zu mir führten. Der Mund blieb mir offen stehen. Warum sagte er denn nichts. Wenn man abends an der Tür von jemandem auftaucht, dann sagt man doch zumindest mal Hallo und im besten Fall auch den Grund für die Störung. Dann, in dem Moment, als ich glaubte, dass er endlich zu sprechen beginnen würde, fasste er mich am Oberarm und küsste mich. Ich hatte den ersten Impuls, ihn wegzustoßen, verpasst. Seine Lippen lagen zärtlich, aber durchaus mit ein wenig Nachdruck auf meinen. Es fühlte sich nicht wie ein Verlegenheitskuss an. Nein, ganz offensichtlich war es ein Kuss, der lange Zeit aufgeschoben wurde. Ich konnte nicht anders, ich konnte nicht aufhören, ihn zu küssen. Daher blieb ich an diesen Lippen dran. Später konnte ich noch immer empört tun. Aber später ergab sich vielleicht auch keine Gelegenheit mehr ihn zu küssen. Erst als wir hörten wie jemand das Gebäude betrat und die Treppe hochstieg, lösten wir uns voneinander und wie selbstverständlich zog ich ihn in meine Wohnung. Dicht aneinandergedrängt standen wir unbeholfen in meinem winzigen Vorraum herum. Obwohl wir uns gerade erst geküsst hatten, war mir diese körperliche Nähe gerade unangenehm. Dieser Rausch, den ich während des Kusses verspürt hatte, verflog von Sekunde zu Sekunde. Schlagartig war ich sozusagen wieder nüchtern.

Er zog sich gerade die Schuhe aus, da hätte ich ihm

am liebsten gesagt, dass er sie anlassen und gehen kann. Aber wiedermal verpasste ich den Moment und dann hatte ich ihm auch schon ein Glas Wein in die Hand gedrückt. Den Wein, den ich mit Julia trinken wollte. Wir waren beide nicht auf den Mund gefallen, aber es brauchte ein wenig Zeit, bis wir zu sprechen begannen. Wir setzen uns auf die Couch und er blickte sich im Raum um.

»Schöne Wohnung, Lara.«
Ich begann die Geduld zu verlieren.

»Jakob, was machst du eigentlich hier?«
Jetzt dämmerte es mir langsam. Woher zum Teufel wusste er wo ich wohnte? Hatte Sven gebeten, dass er auf mich aufpasst?

»Ehrlich gesagt, ich wusste es nicht.« Er war in seine Gedanken versunken und nahm einen Schluck vom Wein. »Vielleicht wollte ich mal genauso verrückt sein wie du. Herausfinden, wie es sich anfühlt.«

Ich fand es gerade gar nicht lustig, aber wirklich böse konnte ich auf ihn auch nicht sein. Unweigerlich musste ich an unsere letzte Begegnung im Park des Stadtschlosses denken. Er war uns nachgelaufen, nachdem ich versucht hatte die Hochzeit zu crashen. Rückblickend betrachtet, musste ich zugeben, dass er im Anzug gut aussah. Auf der Insel hatte ich ihn die meiste Zeit in Badeshorts gesehen und ihn kaum beachtet. Schließlich hatte ich ja nur Augen für Sven. Ich dachte, Jakob mochte mich nicht besonders.

»Warum kommst du zu meiner Wohnung und küsst mich?« Den zweiten Teil hatte ich geflüstert, nicht weil ich befürchtete, dass es jemand hören konnte, sondern weil es mir ein Stück weit peinlich war.

»Warum fragst du das mich? Du hast mich doch genauso geküsst. Du hast es zugelassen.«

Einen Blick, der besagte, dass er ein dummes Arschloch sei und einfach die Klappe halten sollte, schmetterte ich ihm entgegen. Er nahm eine beschwichtigende Haltung ein und wären wir näher beieinander gesessen, hätte er mir eine Haarsträhne aus dem Gesicht gestrichen.

Jakob zögerte, sah mich dann aber an. »Ich habe dich geküsst, weil ich dich küssen wollte. Das wollte ich auch schon die ganze Zeit auf der Insel tun.«

Beim Frühstück, an dem besagten Tag, an welchem wir uns zum ersten Mal begegneten, waren Emma und ich ihm aufgefallen. Wir hatten gelacht und hätten locker und entspannt ausgesehen. Aber er hatte sich damit abgefunden, dass es auf dieser Insel keinen Urlaubsflirt geben würde. Wegen der Sache, dass da eben nur Paare hinkämen. Doch Moment, wenn Sven und er als Nicht-Paar hier urlaubten, vielleicht war das auch in unserem Fall so? Als Sven sich zu ihm an den Tisch setzte und er fragen wollte, ob wir wie ein Paar wirkten, waren wir bereits weg. Danach war ich ihm nicht mehr aus dem Kopf gegangen, nicht wissend, ob ich an Männern überhaupt interessiert war.

Sven wirkte an diesem Tag besonders zurückgezogen,

es gab vereinzelte Tage während ihrer Reise, da lebte er nur in seinem Kopf, sein Körper war zu einer bloßen Hülle degradiert worden, die ihn von einem Fleck zum anderen trug. Der Kopf gab keine Befehle mehr an den Körper, dieser musste automatisch reagieren und entscheiden, was zu tun war. Eines Tages hatte Sven schließlich sein Verhalten damit erklärt, dass er mit seinen Gedanken bei seiner Schwester war. Jakob habe die Sache mit seiner Schwester noch immer nicht ganz gecheckt und was da vor ungefähr zehn Jahren passiert war. Seit sieben Jahren waren sie miteinander befreundet, aber so richtig nachgefragt, hatte er nie. Jakob dachte sich, wenn er was erzählen will, dann wird er das schon tun.

Beim Bouldern hatten sie sich kennengelernt. Ein Hype ums Bouldern und Klettern war gerade ausgebrochen. Oder war es gerade am besten Weg, ein Trend zu werden? So genau wusste das Jakob nicht mehr. Auf jeden Fall hatten sie sich öfters in der Boulderhalle gesehen und recht bald erkannt, dass sie kaum Fortschritte machten. Sie landeten im selben Kurs, verstanden sich gut, setzten sich im Anschluss noch an die Bar und verabredeten sich zum Bouldern für den nächsten Tag. Eines Tages standen sie gemeinsam in der Kletterhalle und ihr Blick glitt bis zu der Decke hinauf. Es war an der Zeit etwas Neues auszuprobieren. Aus den Boulder-Buddys wurden Kletter-Buddys und irgendwann Buddys, die auch außerhalb der Kletterhalle etwas unternahmen.

∞

Ich konnte ein Gähnen nicht zurückhalten.

»Oh, tut mir leid, ich wollte dich nicht langweilen.« Jakob spielte den Beleidigten und zog eine Schnute.

»Nein, keine Sorge. Ich bin nur echt müde und du bist ein bisschen von der eigentlichen Geschichte abgekommen.«

»Echt jetzt, Lara, da ging es jetzt mal fünf Minuten nicht um dich und dann interessiert es dich schon nicht mehr.«

Ich war empört und ich tat nicht nur so. Wieder mal blieb mir der Mund offen stehen und es verschlug mir die Sprache.

»Hey, das war ein Scherz«, beruhigte er mich sofort. »Wobei«, er kniff die Augen zusammen und lächelte verschmitzt, »vielleicht, stimmt es ja doch ein bisschen.«

»Möglicherweise«, setzte ich in pikierter Manier an, »habe ich durch meine Aussage diesen Anschein erweckt.« Doch mehr bekam er von mir nicht zu hören.

»Ich seh du bist müde.«

»Es war ein ziemlich heftiger Nachmittag und Abend.«

Wir sahen uns beide an. Würde er mich nochmals küssen? Wollte ich das denn überhaupt? Auf jeden Fall wollte ich mein Bett für heute Nacht alleine haben. Am nächsten Morgen wollte ich nur Kaffee für mich alleine machen und niemanden in meiner Wohnung haben. Abrupt stand ich auf und streckte mich. Verstand er das Zeichen oder würde ich ihn noch hinauswerfen müssen?

Jakob erhob sich tatsächlich von der Couch und ich begleitete ihn wortlos in den Vorraum, wo er sich seine Schuhe anzog. Es war nicht möglich zu deuten, ob er enttäuscht darüber war, dass der Abend nun endete. Er sah bloß konzentriert aus. Vielleicht dachte er auch nur darüber nach, welcher Bus noch fuhr und wie sehr er sich beeilen müsste. Als er sich vom Schuhe binden aufrichtete, raschelte seine Jacke und er machte den Eindruck, als hätte er gerade eine Herkules-Aufgabe erledigt.

»Gut.«

»Also gut«, entgegnete ich ihm.

»Dann, also.«

Ich öffnete weit die Tür und machte Platz, dass er die Wohnung verlassen konnte. »Also, dann.«

Dafür, dass wir uns noch vor kurzem sehr nah waren, quasi die Zunge des anderen im Mund hatten, agierten wir ziemlich distanziert.

»Na, dann.« Jakob hob zur Verabschiedung die Hand, verließ meine Wohnung und ging mit langsamen Schritten Richtung Treppe.

Verdutzt stand ich in der offenen Tür. Hatte er denn überhaupt meine Telefonnummer? Die brauchte er doch gar nicht, er weiß ja wo ich wohne. Er brauchte wirklich nicht zu glauben, dass ich ihm nochmals die Tür aufmachen würde. Besser so, ich sollte mit der Insel und mit diesen Leuten ein für allemal abschließen.

Er nahm bereits die ersten Stufen nach unten, da drehte er sich nochmals um und lief zu mir zurück. Er war etwas hippelig, aber durchaus energisch geigte er mir seine Meinung. »Eines noch, du solltest wirklich auf deine Sicherheit achten. Ich bin dir vom Café bis hier her gefolgt und dann hast du mir einfach so die Tür geöffnet. Hallo? Hör mal, an deiner Tür ist ein Spion angebracht. Nutz ihn, alles klar!«

Oh, er erwartete nun eine Antwort von mir, denn er sah mich mit eindringlichem Blick an. Unsicher, was ich von diesem Ausbruch halten sollte, nickte ich ihm ein paar Mal zu.

»Okay?«

»Ja, Mann, okay!« Ich musste lachen und mich über diesen Kerl wundern.

»Dann ist ja gut.«

Wieder sahen wir uns einfach nur an. Sein Blick war weiterhin eindringlich. Ich hatte keine Ahnung, wohin das führen sollte. Jakob riss sich von unserem Angeglotze los und richtete seine Augen auf den Boden. Ohne nachzudenken, folgte ich seinem Blick um zu erkennen, dass da auf dem Boden gar nichts war.

»Ich habe keine Ahnung, wohin das führen wird.« Er sprach erst weiter als er sicher war, wieder Augenkontakt mit mir zu haben. »Aber ich will den Abend nicht so enden lassen.« Ich wollte schon protestieren, doch Jakob ließ sich nicht unterbrechen. »Lass uns ausgehen und wenn du mich nach dem ersten Date nicht mehr sehen willst, dann wirst du mich nie wieder sehen.«

Von mir aus, ich hatte nichts gegen das Ausgehen mit ihm, aber ich wollte jetzt einfach nur ins Bett. Wieder schnitt er mir das Wort ab.

»Ach weißt du, vielleicht ist ein Date doch zu wenig.

Wir gehen in das falsche Restaurant und schon ist es gelaufen.«

Du lieber Himmel, schauen wir doch einfach mal nach dem ersten Treffen weiter. Er war schon beim Gehen, dann drehte er sich nochmals um. Oh du meine Güte, was will er denn noch.

»Sagen wir«, er überlegte, »vier Dates!«

Was bitte schön, war denn das für eine Logik, von zwei auf vier. Ich sprach diesen Gedanken aus.

»Naja, du bist halt auch ganz schön wankelmütig.« Er grinste mich an.

»Okay, was soll's.«

»Nein, du musst es mir versprechen! Vier Dates.«

»Was ist, wenn wir uns zufällig mal in einem Café übern Weg laufen und dann zusammen einen Kaffee trinken.«

»Nö, das zählt natürlich nicht. Zeit, Ort und Aktivität müssen abgesprochen sein.«

»Aktivität?« Fragend hob ich eine Augenbraue an.

»Aktivität!« Mit verschränkten Armen grinste mir Jakob entgegen.

Er holte sich von mir die Zustimmung für vier Dates ein und verabschiedete sich schnell bei mir, bevor ich es mir scheinbar noch anders überlegen konnte. Da dachte ich noch immer über die Aktivität nach. Oh nein, plötzlich schoss es mir und obwohl es schon sehr spät war, rief ich ihm nach. »Nein, wir gehen nicht klettern. Du nimmst mich nicht zum Klettern mit.«

Jakob sah mich nur kurz an und warf mir einen Luftkuss zu, bevor er seinen Weg die Treppe hinunter fortsetzte. Nur nicht klettern, dachte ich mir und ließ mich auf eine Stufe nieder. Ich habe doch Höhenangst. Alleine bei der Vorstellung bekam ich ein flaues Gefühl im Magen. Aber was ich jetzt spürte, fühlte sich anders an. Kein flaues Gefühl. Es kribbelte im Bauch.

Wie eine Doofe saß ich noch eine Weile auf der Stiege und grinste vor mich hin. Der Ton einer eingegangen Nachricht auf meinem Smart Phone, welches im Vorraum lag, brachte mich wieder in die reale Welt zurück. Ich las: Liebe Lara, und jetzt hast du auch meine Nummer. Gute Nacht! Jakob.

Als wir über zwei Dates diskutiert hatten, hatte er sein Handy gezückt und meine Nummer eingespeichert.

Ich war endlich bereit mich ins Bett zu legen, hatte mein Schlafshirt an, die Zähne geputzt und mein Gesicht eingecremt. Da ging ich nochmals in den Vorraum zurück und versperrte die Wohnungstür. Ich stellte mich auf die Zehenspitzen, kniff ein Auge zu und das andere richtete ich auf den Spion aus. Draußen war es dunkel. Es war nichts zu sehen. Das war das erste Mal, dass ich durch den Spion geschaut hatte.

In der Früh wachte ich auf und im ersten Moment war ich mir nicht sicher, ob das alles am Vortag wirklich passiert war oder ich einfach nur geträumt hatte. Als ich auf meine Armbanduhr sah, die auf meinem Nachtkästchen lag, sprang ich aus dem Bett. Es war Mittag und ich hatte demnach weit über zehn Stunden geschlafen. Ich holte mir etwas zu trinken und sah dann gespannt auf mein Handy. Doch nichts. Kein Anruf, keine Nachricht. Ich prüfte die Internetverbindung. Daran lag es jedoch auch nicht. Lara und Julia hatte ich geschrieben, dass ich mich melden würde, deshalb war ich nicht verwundert von ihnen keine Nachricht erhalten zu haben. Aber ich hatte erwartet, dass mir Jakob schreiben würde.

Vier Dates. Ich war gespannt, was mich erwarten würde. Was ich davon halten sollte, wusste ich noch nicht so recht und ob das Ganze überhaupt eine gute Idee war. Fürs Erste versuchte ich, ihn mir aus dem Kopf zu schlagen und fing an das Wochenende zu planen. Ich textete Julia und Emma. Mit Emma würde ich einen kleinen Stadtbummel machen, was essen gehen und am Abend verabredete ich mich mit Julia auf eine Flasche Wein. Also musste ich heute auch noch beim Weinhändler vorbeischauen. Dann konnte ich auch noch gleich beim Feinkostladen Käse und frisches Baguette kaufen. Mein Magen knurrte, daher schwang ich mich schnell unter die Dusche.

Emma sah ganz gerührt aus, als ich ihr von Jasmina erzählte. Sie konnte sich noch gut an die eine Begegnung mit ihr erinnern, auch wenn diese schon Jahre zurücklag. Wir saßen beim Italiener bei Salat und Pizzabrot. Ich hatte Emma gebeten, dass wir zuerst essen und erst danach einen Stadtbummel machen. Eigentlich wollte ich ins Orientalia, leider bekamen wir dort keinen Platz. Am Vorabend war es so ruhig gewesen, nun war in der Stadt die Hölle los. Um in Emmas Gesicht wieder Farbe zu bringen, bestellte ich zwei Proseccos. Langsam könnte man glauben, dass Alkohol eine wesentliche Rolle in meinem Leben spielte. Mitnichten! Die dümmsten Dinge habe ich im nüchternen Zustand angestellt. Aber gut, vielleicht sollte ich es mir angewöhnen auch mal antialkoholische Getränke in Lokalen zu bestellen. Ich werde erstmals morgen damit beginnen.

Obwohl ich die größere Träumerin von uns beiden war - denn Emma brauchte nicht zu träumen, sie war eine, die ihre Träume lebte - hatte sie doch noch daran gedacht, dass Sven Gefühle für mich haben könnte. Sie hatte tatsächlich geglaubt, dass er der eine für mich wäre. Sogar noch nach dem Hochzeitscrash - echt jetzt? Dennoch machte es mich in diesem Moment so glücklich, dass ich mit Emma hier sitzen und wieder normal mit ihr quatschen konnte nach dem ziemlich heftigen Krach. Herbert gegenüber hielt ich natürlich weiterhin Wort und ich verriet ihr nichts von dem Heiratsantrag, den er ihr eigentlich auf der Insel hatte machen wollen.

»Lara, was ist los? Lara? Bekommst du keine Luft? Hast du dich verschluckt?« Sie bekam große panische Augen und ich saß ihr starr gegenüber.
Das darf doch wohl nicht wahr sein.
»Oh, nein, alles in Ordnung.« Stammelnd suchte ich nach einer Ausrede. »Ich dachte, ich hätte den Herd nicht ausgemacht.«
Die Erkenntnis brach über mich herein. Ich hatte nicht nur eine Hochzeit gecrasht. Sozusagen hatte ich eine zweite auf dem Gewissen. Da ich Emma auf die Insel begleitete, konnte Herbert sie nicht um ihre Hand bitten. Dass Emma lieber früher als später heiraten wollte,

wusste ich. »Ach was, da fackelt man nicht lange herum. Wenn ich mal mit einem Kerl zusammenziehe, dann ist es etwas Ernstes, dann will ich auch heiraten und nicht blöd abwarten«, hörte ich sie einmal sagen. Ich musste unbedingt mit Herbert sprechen. Er muss diesen Antrag so schnell wie möglich nachholen. Noch eine Beziehung zerstört zu haben, und noch dazu, die der besten Freundin, mit dieser Gewissheit wollte ich nicht leben.

»Wenn du meinst. So sah das aber nicht aus.«

»Wie, bitte?«, fragte ich Emma verdutzt.

»Na, dass du den Herd nicht ausgemacht hast.«

»Oh, naja.«

»Ach, komm schon erzähl weiter. Was war mit Jakob?«

Dann erzählte ich ihr von der Begegnung mit Jakob. Wir kannten uns beinahe schon ein Leben lang, daher glaubte sie mir die Geschichte. Es war hier nur von Vorteil, dass sie von Jakob auf der Insel einen guten Eindruck gewonnen hatte, andernfalls hätte sie ihn für einen kranken Stalker gehalten.

Julia reagierte am Abend nicht viel anders auf die Geschichte. Sie vergewisserte sich ständig, ob ich mit Emma auch darüber gesprochen hatte und sie wollte unbedingt wissen, was sie von der ganzen Sache hielt. Ich sah ihr an, dass sich Julia ein wenig schwer damit tat, den Wahrheitsgehalt meiner Erzählung richtig einzuschätzen.

»Und das passierte alles genau, während ich in meiner Wohnung nebenan saß?«

»Na komm, da hat ein Junge einfach ein Mädchen

geküsst. Ist doch keine große Sache.«

Doch wir wussten beide, dass es das sehr wohl war. Wie lange hatte ich schon keinen Mann mehr geküsst. Wie lange hatte ich schon keinen Mann mehr geküsst, der nicht Max war. Als ich mit Nana auf Sardinien war, sah ich eines Abends einen Kerl an der Bar sitzen. Ich stellte mir vor, wie ich zu ihm hingehen würde, wir ein paar gemeinsame Drinks zu uns nehmen und uns dann küssen würden. Es hätte bedeutet, Max zu betrügen, aber ich sehnte mich so sehr nach ein wenig Aufregung. Schlussendlich hielt es mich ab, nicht zu wissen, wie so ein Kuss von einem Fremden schmeckte. An den Mundgeruch des eigenen Freundes hatte man sich doch irgendwann mal gewöhnt. Der erste Kuss am Morgen war ekelig, aber nichts Ungewöhnliches mehr. Man sah darüber hinweg. Der nächste Gedanke erschreckte mich: Was wäre, wenn der fremde Mann mir einen schlechten Atem attestieren würde? Die Erregung verflog so schnell wie sie gekommen war. Ich hatte also gute Gründe treu zu bleiben. Nun war Max nicht mehr der Typ, den ich zuletzt geküsst habe. Auch wenn die Dates gar nicht zu Stande kämen, so war nun Jakob mein letzter Kuss. Es fühlte sich so an, als wäre ich endlich wieder im Rennen. Ihn zu küssen war wunderschön gewesen, das musste ich zugeben.

»Hab Geduld, Lara. Der meldet sich bestimmt noch.« Julia zeigte sich zuversichtlich.

Am Montag war ich wieder zurück im Alltag und konzentrierte mich auf meine Arbeit. Es fühlte sich alles wieder langsam normal an. Für Aufregung hatte ich in letzter Zeit genug gesorgt. Auch Felix schien mittlerweile meinen Ausfall am Telefon vergessen zu haben. Vom Hochzeitscrash erzählte ich ihm natürlich nichts. Hannes versuchte sich als Teamleitung, ich hätte ihn ein paar Mal auflaufen lassen können, aber ich versuchte ein besserer Mensch zu sein. Zumindest versuchte ich, fürs Erste, nicht hinterlistig zu sein. Am Weg nach Hause kam eine Nachricht von Jakob. Ich hatte schon gar nicht mehr damit gerechnet. Er fragte nach, wie es mir ging. Oh nein, sollte das nun ein Chat werden? Darauf hatte ich wirklich keine Lust. Konnte er nicht einfach anrufen, wir sind doch keine Teenies mehr. Dennoch verspürte ich jedes Mal beim Eintreffen einer neuen Nachricht von ihm ein leichtes Kribbeln und grinste wie ein Honigkuchenpferd. Dieser Ausdruck löste stets Fragen in mir aus. Grinsen wie ein Honigkuchenpferd - was hatte das zu bedeuten. Erst als ich auf einem deutschen Weihnachtsmarkt so ein Honigkuchenpferd zu Gesicht bekam, erschloss sich mir der Sinn der Aussage. Bei einem Stand grinste mir so ein Pferd aus Lebkuchenteig, verziert mit dem süßesten Zuckerguss, entgegen.

»Ist doch süß«, sagte Emma damals.

»Aber es sieht irgendwie dämlich aus.«

»Dann iss es einfach, dann musst du es nicht mehr ansehen.«

Kräftig biss ich dem Lebkuchenpferd in den Hintern. Mit vollem Mund und toternstem Blick drehte ich mich zu Emma. »Schau es grinst noch immer.«

Emma bekam sich vor Lachen nicht mehr ein. Ich

stimmte mit ein, nachdem ich das klebrige Teil endlich runter geschluckt hatte. Der Glühwein ließ unsere Birnen rot erhellen. Ho ho ho, fröhliche Weihnachten. Dass doch in jeder Geschichte alkoholische Getränke vorkamen. Ich ermahnte mich abermals, mich in Zukunft mehr zusammenzunehmen.

Vier Dates: Date #1 / Date #2

Ich war enttäuscht, als Jakob für unser Date ein Treffen in einem Café vorschlug. Erwartet hatte ich mir, dass er sich etwas überlegte, was mich umhauen würde. Vielleicht gab es aber auch nicht so viel Potential nach oben und er musste klein anfangen. Freitag, am späten Nachmittag trafen wir uns. Jakob hatte mir nicht verraten in welches Café er mit mir gehen wollte und deshalb holte er mich von zu Hause ab. Brav wartete er vorm Gebäude. Er führte mich in ein Viertel, in welchem ich leider viel zu selten war und ich fragte mich nach dem eigentlichen Grund. Denn ich liebte diese kleinen Gässchen und spazierte hier gerne herum. Es war ein bisschen wie in Paris. In der Gegend war mir jedoch nur eine Bar bekannt. Die Gasse schien ein Dornröschen-Dasein zu fristen. Zum ersten Mal fielen mir jedoch die vielen Lokale auf, die sich in dieser Straße befanden und dennoch war es sehr ruhig.

»Hier sind wir.« Jakob hielt mir die Tür auf und ich betrat eine pittoreske Konditorei.

Beim Anblick der feinen Köstlichkeiten in der Vitrine stolperte ich beinahe über die paar Stufen. Das hier war definitiv neu.

»Ein Freund von mir hat gerade das Café samt Konditorei eröffnet. Eigentlich ist es ja eine Konditorei mit Café«, korrigierte sich Jakob schnell.

Wir setzten uns an einen Tisch am Fenster und hatten einen traumhaften Blick auf die Gasse. Der Chef des Hauses begrüßte uns freudig und tischte uns gleich eine Variation von Pralinen, Törtchen und Macarons auf.

Du meine Güte, Macarons! Nun fühlte ich mich tatsächlich so, als wäre ich geradewegs in Paris gelandet. Dazu gab es noch einen himmlischen Espresso Macchiato Noisette. Es wäre nicht allzu schlimm gewesen, hätten wir keine Gesprächsthemen gehabt, denn in diesem Fall hätte ich mich mit Jakob einfach über diese feinen Köstlichkeiten unterhalten. Doch es gab genug, was wir bereden konnten. Wir sprachen über das Wochenende, über die Arbeit, Bücher, die wir zuletzt gelesen hatten und ich notierte mir auch gleich ein paar Empfehlungen von ihm. Spannenderweise konnte er mit meinen Buchtipps nichts anfangen, dafür teilte er meinen Filmgeschmack. Alte französische Filme, in denen wenig gesprochen, dafür umso mehr geraucht und getrunken wurde. Nur ein Thema sparten wir aus. Kein einziges Mal kam die Sprache auf Sven. Mir brannte zwar weiterhin die Frage auf den Lippen, ob er nun seine Verlobte geheiratet hatte oder wie mein Crash so angekommen war, aber ich ließ es bleiben. Er tat es mir zum Glück gleich.

Vier Dates hatten wir ausgemacht. Das musste ich ihm

versprechen. Egal was passierte. Vier einzelne, von den anderen unabhängige Ereignisse. Jakob sollte ich überlassen, was wir unternahmen. Es war für mich ungewohnt, die Zügel aus der Hand zu geben. Zum anderen genoss ich es, keine Entscheidungen treffen zu müssen. Ich hatte keine Ahnung, ob die Dates aufeinander folgten, ob eine Woche oder mehrere dazwischen lagen, Monate oder gar Jahre. Na bravo, auf was hatte ich mich da bloß eingelassen?

Wieder meldete er sich eine Woche lang nicht, das ärgerte mich. Ganz oft war ich kurz davor ihm zu schreiben, tippte sogar schon etwas ins Nachrichtenfeld, doch vorm Senden löschte ich es wieder. An einem Samstagnachmittag rief er mich an.

»Lara, los komm, es wird sportlich.«

Oh nein, nun war es so weit, er wollte mich in die Boulderhalle mitnehmen. Ich begann zu zittern und mir wurde schlecht. Ha, die perfekte Ausrede: »Ach du mir geht es gerade nicht besonders gut. Ich brüte da wohl etwas aus.«

Jakob klang enttäuscht. »Hm, das ist schade. Kann ich etwas für dich tun, soll ich dir eine Suppe kochen?«

»Nein, nein alles gut. Du solltest mich so besser nicht sehen.« Einerseits war ich erleichtert nicht bouldern zu müssen, andererseits merkte ich, wie gerne ich ihn gesehen hätte.

»Ah Lara, das ist so schade.«

Er klang richtig zerknirscht, um eine Spur zu übertrieben, wie mir schien. Spielte er mit mir?

»Ich wollte mit dir in die Eishalle zum Eislaufen. Eine

Stunde lang kann man zu Hits aus den Achtzigern laufen. Lara? Hallo, bist du noch da?«

Schlittschuhlaufen? Er wollte mit mir tatsächlich zum Eislaufen gehen? Kein Bouldern also? Ich wurde skeptisch. »Woher willst du denn wissen, dass ich überhaupt eislaufen kann?«

»Du bist ja doch noch dran.« Ich hörte ihn regelrecht grinsen. »Auf deinem Vorraumschrank, da hast du Schachteln gestapelt, wenn wirklich drin ist, was drauf steht, dann hast du nicht nur Inline Skates, sondern auch Rollschuhe und natürlich auch Schlittschuhe.«

Mittlerweile stand ich in meinem winzigen Vorraum, das Handy ans Ohr gedrückt und mit sehnsüchtigen Augen blickte ich zu den Kartons hinauf. Nicht die Kälte hinderte mich daran, dass ich auch zu dieser Jahreszeit meine Inline Skates und Rollschuhe auspackte, es lag daran, dass die Stadtverwaltung immer früher damit begann, die Wege mit Splitt zu streuen und diese kleinen Steinchen konnten sich zu echten Geschossen entwickeln. Daher wartete ich ungeduldig bis zum Dezember und hoffte, dass sich die Seen eine dicke Eisschicht zulegten. Das war jedoch immer seltener der Fall.

∞

Zum Glück wohnte mein Vater direkt neben einem großen See und zumindest ein Teil des Sees fror jedes Jahr zu. Ich setzte mich dann in den Zug oder lieh mir ein Auto aus und fuhr die zweihundertundsechs Kilometer zu ihm.

Wenn ich mein Kommen ankündigte, dann sagte er immer: »Oh ist denn der See schon zugefroren?« Natürlich wusste er das schon, von seiner Terrasse hatte er schließlich freien Blick auf den See. Entweder er begrüßte mich so am Telefon oder er richtete die rhetorische Frage an mich: »Hallo Tochter, hat denn der See schon Badetemperatur?« Auch das wusste er natürlich. Mein Vater machte sich einen Spaß daraus, mich aufzuziehen. Aber mir war auch klar, dass er sich gekränkt fühlte, weil ich ihn nur des Sees wegen besuchte. Das hätte er natürlich nie zugegeben. Es war ja nicht so, dass wir uns nicht liebten, jedoch war es besser, uns aus der Ferne zu lieben. Wir waren immer anderer Meinung. Normalerweise sind einem die Eltern peinlich, doch ich bekam von ihm immer das Gefühl vermittelt, dass ich für Peinlichkeiten sorgte.

»Du gehst also schon wieder eislaufen? Du warst doch gerade am Vormittag für zwei Stunden am Eis!«

»Ja, aber ich will das ausnutzen.«

»Du bist wie ein Kind, das einfach nicht aufhören kann.«

»Wie bitte? Da sind doch wohl mehr Erwachsene am Eis als Kinder.«

»Ja, aber die tragen nicht so eine bescheuerte neonfarbene Jacke wie du.«

Äußerlichkeiten waren ihm ja so wichtig. Er war nicht der Vater, der einem als Teenie untersagte mit Mini und freizügigem Top auszugehen. Nein, er sagte dir, dass die Schuhe nicht zum Outfit passten, nachdem du mehrere Stunden damit verbracht hast, dich an- und wieder auszuziehen. Zumindest stellte ich es mir so vor. Denn tatsächlich hatten sich meine Eltern getrennt als ich noch in der Volksschule war. Vielleicht war das auch ein Grund, warum ich mich von Max nicht trennen konnte, weil ich wusste, welche Leere und Verwirrung danach entstehen kann. Das Beste an der Trennung meiner Eltern war, dass mein Vater an einen zweihundertundsechs Kilometer entfernten Ort zog, um dort an einem der schönsten Seen ein Hotel zu führen und meine Eltern von fortan weit genug auseinander lebten und keine Teller mehr nach einander werfen konnten.

Wenn ich am Eis war und auf meinen Kufen dahin glitt, dann war das für mich pure Freiheit. Das knirschende gleichmäßige Geräusch, welches ich beim Aufsetzen des Schlittschuhs am Eis vernahm, beruhigte mich. Da gab es dann nur den See, das Eis, die gleitende Bewegung und mich. Eine Eishalle konnte da natürlich nicht mithalten, aber es war besser als nichts.

∞

»Du, Jakob, irgendwie geht es mir schon viel besser. Wann treffen wir uns?«

»Ich bin schon da, du musst nur noch herunter kommen.«

»Du bist schon was? Wie um alles … Ach, vergiss es. Bin in zehn Minuten unten« Kurz überlegte ich, ob ich ihn hätte hoch bitten sollen. Ach was, der sollte bloß ein bisschen in der Kälte warten.

»Du hast dich aber schnell erholt.«

Wir begrüßten uns mit einem Küsschen auf die Wange und ich merkte schon wieder ein kleines Kribbeln im Bauch.

»Spontanheilung würde ich sagen« und zuckte unschuldig mit den Schultern. Natürlich gestand ich ihm, dass ich einfach nicht zum Bouldern wollte und bereute es gleich wieder, weil er dann diesen Blick bekam.

»Keine Sorgen, ich wollte einfach nur deine Spontanität testen und sehen, ob du die Samstage mit anderen Typen verbringst.«

»Eifersüchtig? Na, du hättest dich ja ruhig mal unter der Woche melden können.« Ich neckte ihn, es schien ihm unangenehm zu sein - Ziel erreicht.

Wir hörten mit diesen Spielchen auf, sie waren anstrengend, außerdem mochten wir uns. Dieser Jakob hier und der Jakob auf der Insel, als wären sie zwei verschiedene Personen. Oder war ich einfach zu sehr abgelenkt gewesen um zu erkennen, dass er mir gefiel und ich ihn richtig smart fand? Da tauchte Sven wieder in meinem Kopf auf, nur schnell weg mit den Gedanken. Ich musste mich schütteln.

»Ist dir kalt?«

»Nein, alles gut. Ich freu mich aufs Eislaufen.« Während wir uns die Schlittschuhe anzogen, erzählte ich ihm von meinem See. Dann liefen wir zu Queen, Falco und Co. am Eis. Zufall oder nicht? Wir bewegten uns zu *I want to break free* und er griff nach meiner Hand als gerade *God knows, God knows I've fallen in love with you* aus den Lautsprechern dröhnte.

Das war das zweite Date, blieben uns noch weitere zwei. Jakob schlug nach dem Eislaufen ein gemeinsames Frühstück für den nächsten Tag vor.

»Das zählt dann aber als drittes Date.«

»Nein, ein Frühstück kann doch nie als Date gelten!«

»Oh doch, es ist ein unabhängiges Ereignis und es hängt nicht mit dem Eislaufen zusammen.«

»Verdammt!« Jakob schien nachzudenken. »Ein Urlaub würde als ein Date durchgehen?«

Ich antwortete ihm nur mit einem Lachen. Wir einigten uns darauf, dass jeder bei sich zu Hause frühstückte und wir währenddessen miteinander skypen konnten. Ein virtuelles Frühstück quasi.

»Was hast du da an, Lara?«

»Das mein Lieber«, und ich deutete dabei auf meinen rosafarbenen Pyjama mit Katzen darauf, »ist mein Pyjama, wie du siehst.«

»Oh wie süß, so schläfst du?«

»Nein, eigentlich schlafe ich nackt, aber ich dachte mir, nachdem die Kamera an ist, wäre es angebracht, dass ich etwas anziehe.« Jakobs Mund stand offen und es hatte den Anschein, als sei das Bild eingefroren. »Jakob, hallo?«

Er räusperte sich. »So so, du schläfst also nackt.«

»Jakob, wie alt bist du? Vierzehn?«

Am Nachmittag trudelten Emma und Julia zum gemeinsamen Kaffee trinken ein. Ja, nur Kaffee, ich halte schließlich Wort. Wenn Emma einen Prosecco mitbringt und die Flasche öffnet, bevor ich etwas entgegnen kann, dann ist das nicht meine Schuld. Die beiden hingen förmlich an meinen Lippen, als ich ihnen von den Dates erzählte. Endlich mal war ich diejenige, die etwas Romantisches beitragen konnte. Emma musste sich jahrelang mein Gejammer über Max anhören und sie tat es immer sehr geduldig. Doch in diesem Moment sah sie ein wenig traurig aus, während ich über die Zeit mit Jakob schwärmte. Hatten sie und Herbert irgendwelche Probleme? Abermals erinnerte ich mich daran, dass ich mit ihm unbedingt über den Heiratsantrag reden musste. Ich konnte Herbert nun viel besser leiden, aber mir fiel auf, dass ich gar nicht wirklich die Geschichte kannte, wie sie sich überhaupt kennengelernt hatten. Und auch sonst wusste ich nicht viel über die zwei als Paar, weil ich nie danach gefragt hatte. Da musste ich mich bessern, ich hatte genug über mich erzählt. Jetzt waren Emma und Julia dran.

»Emma, wie geht's Herbert eigentlich? Ich hab ihn schon lange nicht mehr gesehen. Weißt du was, Julia weiß gar nicht, wie ihr euch kennengelernt habt, erzähl mal?«

Was? War das zu viel? Julia und Emma sahen mich gerade an, als würde ich in einer anderen Sprache sprechen. Uh, lalle ich schon so stark vom Prosecco? Wie gesagt, weniger trinken, war angesagt. Sie sahen mich mit fragendem Blick an. Hatte ich einen Schlaganfall? Hatten die beiden einen Schlaganfall? Jetzt sahen sie sich gegenseitig an, Emma nickte Julia zu und stellte ihr Glas ab.

»Lara, hör mal.«

Du meine Güte, Emma war auf einmal so förmlich. Oh nein, sie wird sich doch nicht schon von Herbert getrennt haben. Er war doch so ein guter Kerl, wie doof war ich nur, dass nicht schon früher erkannt zu haben.

»Nein, Emma, du hörst jetzt zu. Was auch immer da zwischen Herbert und dir ist. Ich weiß, ich war ihm gegenüber nicht besonders nett gewesen.«

»Nett?« Kaum merklich schüttelte Emma ihren Kopf und schien nicht recht zu verstehen auf was ich hinaus wollte.

»Ich war ein Arsch. Was ich da auf der Insel gesagt habe, das war kompletter Mist. Er hat sich um mich gekümmert als es mir so dreckig ging und alles obwohl ich so ein Arsch war.« Kurz dachte ich nach, aber ich musste es ihr sagen. »Herbert wollte mit dir auf die Insel. Er hat es mir gesagt. Damals als wir diesen Streit hatten und er mich nach Hause gefahren hat.« Noch einmal versuchte ich mir auf die Zunge zu beißen, aber es musste raus. »Auf der Insel wollte dir Herbert einen Heiratsantrag machen. Er hat es mir verboten dir zu erzählen. Also, wenn du ihn liebst, dann hab noch ein bisschen Geduld.«

Huch, jetzt war es draußen. Den letzten Satz hatte ich Emma flehentlich ins Gesicht geschrien. Julia saß wie versteinert neben uns und war zur Zuschauerin avanciert. Emma setzte ihr altbewährtes Pokerface auf.

»Bitte Emma sag doch etwas.«

Sie räusperte sich. »Eigentlich wollte ich dir einfach nur sagen, dass du gefälligst weitererzählen sollst. Wir wollen schließlich wissen, wie es nach dem Eislaufen weitergegangen ist.«

Als ich sie weiterhin entschuldigend ansah, sagte sie noch, dass sie uns danach noch etwas über Herbert und sie erzählen werde.

»Und nein, wir haben uns nicht getrennt. Du hast mich noch nie nach Herbert gefragt, dann wirst du dich wohl noch einen Augenblick gedulden können.«

Oh du heilige Scheiße, was habe ich da wieder angerichtet. Nun war ich gar nicht mehr richtig in der Stimmung zu erzählen. Die zwei flößten mir reichlich Sekt ein und redeten mir gut zu. Dann sah ich die Szene wieder vor mir.

Jakob hatte mich bis an die Haustür gebracht und seine Augen hatten ein kleines Stückchen verwirrt gewirkt. Schmetterlinge waren in meinem Bauch zum Leben erwacht. Das Flattern der Flügel wurde immer heftiger und dann küsste er mich. Der Kuss war zärtlich und ….

»Ahhh wie schön!« Julia und Emma schmachteten beide vor sich hin. In einer viel zu hohen Tonlage sprachen sie wild durcheinander.

»Ihr seid ja so süß.«

»Das ist ja zum Wahnsinnigwerden romantisch.«

Nun strafte ich sie mit einem Blick. »Ihr sagt es, zum Durchdrehen, irgendwann werden mich diese Schmetterlinge noch zum Kotzen bringen.«

»Igitt Lara, du bist so ekelhaft.«

»Wie schaffst du es nur, jegliche Romantik im Keim zu ersticken? Echt jetzt?«

Eine gewisse Ernsthaftigkeit durchbrach unser Herumgealbere. Emma saß auf einmal ganz starr da und fummelte an ihren Händen herum. Sie saß zwischen Julia und mir und wir sahen sie beide gespannt, mit einer gewissen Ehrfurcht, an. Ich erwartete mir, die Geschichte zu hören, wo sie Herbert zum ersten Mal getroffen hatte.

»Na gut.« Sie atmete tief durch und war nervös. »Herbert hat mir letztes Wochenende einen Heiratsantrag gemacht.«

Mit der Beendigung des Satzes streckte sie uns ihre linke Hand entgegen und an einem Finger steckte ein wunderschöner Solitär-Ring. Wir sprangen auf, schrien, umarmten uns, öffneten eine Champagner-Flasche. Hey, ich sag nur, wenn das kein Grund zum Anstoßen war.

Es hatte damit angefangen, dass sie von Herbert zu einem Wochenendtrip in eine Hütte in den Bergen eingeladen wurde. Ein Hotel mit Spa wäre ihr zwar lieber gewesen, aber Emma war schon ganz froh, mal aus der Stadt zu kommen. Wenn sie Glück hatten dann würde es dort sogar schneien. Sie würden vollkommene Ruhe haben, denn auf halbem Weg mussten sie ihr Auto stehen lassen und wurden mit einem Geländewagen bis vor ihre Hütte gefahren. Von außen machte die Hütte schon etwas her, doch als Emma sie erstmals betrat, glaubte sie auf einem Filmset eines amerikanischen Weihnachtsfilms mit kitschig-romantischem Inhalt gelandet zu sein. Als sie den Vorraum hinter sich gelassen hatten, standen sie in einem offenen Wohnbereich mit einer Küche im Landhausstil und dann erblickte Emma das Highlight der

Hütte, den offenen Kamin. Davor lag ein großer Teppich, links und rechts davon standen massive Sofas und Lesesessel mit rot-beigem Karomuster. Die Hütte war ein Traum. Der Hüttenbesitzer bemerkte ihren erstaunten Blick und erzählte die Geschichte, die wohl alle ankommenden Gäste zu hören bekamen. Die Essenz der Geschichte, er hatte sich tatsächlich von irgendeinen Film inspirieren lassen, denn Kitsch verkaufte sich nun mal besser als die Realität.

Als Emma weiter vom Himmelbett und der Sauna schwärmte, erwischte ich mich dabei, wie ich mir Jakob und mich in der Hütte vorstellte. Sofort ermahnte ich mich, denn immerhin lagen erst zwei Dates hinter uns. Zu früh für irgendwelche Pläne und vor allem zu früh für so einen doofen Romantik-Urlaub. Doch das aufkommende Flattern in meinem Bauch konnte ich nicht abstellen.

Schließlich und endlich kam Emma auf den Hauptpunkt zu sprechen. Sie hatten gerade einen Spaziergang unternommen, es war bereits dunkel geworden und es lag tatsächlich der Geruch von Schnee in der Luft. Herbert machte den Kamin an und sie setzen sich auf den kuscheligen Teppich mit einem Glas Rotwein. Für dieses Glas Alkohol konnte ich nun wohl wirklich nichts. Ich konnte ja wohl kaum so ein wichtiges Detail der Geschichte verändern. Ohne große Umschweife, ohne große Vorwarnung kam er gleich zur Sache. Aus seiner Hosentasche zog er eine kleine schwarze Schachtel.

»Deine Gedanken - welcher Gedanke ging dir in diesem Moment durch den Kopf?«, warf Julia von der

Seite ein.

»In diesem Moment habe ich, kommt mir vor, gar nichts gedacht. Ich hab nur beobachtet. Es scheint als hätten meine Gedanken die Beobachtung einfach nur kommentiert.« Emma dachte weiter nach. »Ach ja, er griff an diesem Tag ständig zu seinem Hosensack, als wir im Auto saßen, beim Kochen, sogar beim Spaziergang. Ich hatte schon die Befürchtung, er hätte sich etwas Unangenehmes eingefangen.«

Mit einem wissenden Blick nickten wir uns zu.

Herbert sah ihr ganz tief in die Augen, ohne zu zucken, öffnete die Schachtel und sagte: »Emma, ich liebe dich und ich habe vor dies bis ans Ende unserer Tage zu tun. Willst du mich heiraten?«

Später hatte Herbert erzählt, dass ihre ohnehin schon großen Augen noch größer wurden und ein wenig flatterten. Ihre Augen richteten sich abwechselnd auf Herbert und den Ring und Emma wurde klar, dass sie sich von dem Heiratsantrag überrumpelt fühlte, sie konnte diesen Augenblick gar nicht wirklich genießen, weil sie ihn nur verschwommen wahrnahm. Sie war verwirrt und Herbert saß geduldig mit geöffneter Ringschachtel vor ihr, auf eine Antwort wartend. Emma fasste für sich nochmals die Situation zusammen und ließ den Tag Revue passieren. Die Stimmen in ihr wurden immer lauter: Herbert sitzt mit einem Ring vor dir und er will dich heiraten.

»Er will mich heiraten?«, soll sie dann mit unsicherer Stimme ausgesprochen haben.

»Ja, will er«, hatte Herbert mit einem Schmunzeln auf

den Lippen erwidert. Er wusste, dass sie Bedenkzeit brauchen würde, er konnte sich nicht vorstellen, dass sie aufsprang und schrie: Ja, ich will.

Nun sah sie sich nochmals den Ring an, als würde dieser darüber entscheiden, wie ihre Antwort endgültig ausfallen würde. Sie sah ihm fest in die Augen und sie war sich sicher. Ja, diesen Mann möchte sie heiraten.

Herbert steckte ihr den Ring an den Finger.

»Und dann, wie ging es dann weiter?«

»Also Lara, bitte. Wir saßen vorm Kamin. Auf dem Teppich. Den Rest behalte ich für mich.«

Warum musste ich auch nur so blöd fragen. Mit diesen Bildern im Kopf war es nun ganz klar, dass ich mit Jakob nicht dorthin fahren würde.

»Natürlich hatte mir Herbert am nächsten Tag noch von eurem Gespräch im Auto erzählt, und dass ich nicht böse auf dich sein sollte. Er hat mir versprochen, dass wir eines Tages gemeinsam auf der Insel sein werden. Vielleicht verbringen wir dort sogar unseren Honeymoon?«

»So meine Lieben, ich muss jetzt aufbrechen, war schön mit euch.« Julia hievte sich vom Sofa hoch und streckte sich.

»Warte, du musst noch von deinem Lover erzählen. Wie läuft es mit ihm?«

»Da ist die Luft bereits nach zwei Wochen draußen, der hatte nebenher noch eine andere.«

»Oh«, kam es zeitgleich aus Emma und mir.

»Keine Sorge, mir geht's gut. Aber, wenn ich euch so

zuhöre, dann bekomme ich fast Lust auf etwas Ernstes.«
Mit diesem Satz hob und senkte sie ein paar Mal ihre
Augenbrauen, umarmte uns und verließ dann die
Wohnung.

Was Ernstes, ich? Was auch immer da zwischen
Jakob und mir war, auf den Gedanken, dass es etwas
Ernstes hätte sein können, wäre ich nicht gekommen.

Vier Dates: Date #3

Zum dritten Date führte mich Jakob in ein italienisches Restaurant aus und als ich es betrat, war ich froh, dass ich mich fürs Kleidchen und gegen Jeans entschieden hatte. Der Blick auf die Speisekarte verriet mir zusätzlich, dass es sich nicht um einen gewöhnlichen Italiener handelte. Zwar bekam man hier auch Pizza und eine gewöhnliche Lasagne, aber damit waren die Gemeinsamkeiten auch schon aufgezählt.

»Du bist natürlich eingeladen. Ich suche aus, wohin es geht und ich bezahle auch. Alles klar?«

Nun ergab die Beharrlichkeit in Jakobs Worten auch Sinn. Dieses Date wollte er wohl gut geplant haben, denn er teilte mir bereits Mitte der Woche am Telefon mit, dass er mich am Samstagabend um achtzehn Uhr abholen würde.

Ich war gerade im Redefluss, Jakobs Blick glitt durch das Restaurant und stoppte kurz, ich lehnte mich zurück, weil ich erwartete, dass unsere Nachspeise gleich serviert wurde. Einfallslos hatte ich mir zuvor eine Pizza mit Spinat, getrockneten Tomaten und Büffelmozzarella bestellt, aber ich bereute es nicht, keinen Bissen davon.

Wie ich noch ein Dessert runter bekommen sollte, war mir ein Rätsel. Besser wäre es gewesen, ich hätte die Verfolgung von Jakobs Blick aufgenommen, so hätte mich das Nachkommende nicht so getroffen, denn eigentlich rechnete ich noch immer mit dem Dessert.

»Hallo Jakob, das ist ja ein Zufall«, hörte ich eine bekannte Stimme sagen.

Jakob sah mich unverwandt an.

Nun mischte sich eine weibliche, mir unbekannte Stimme dazu, aber ich wusste gleich zu wem diese gehörte.

Nachdem Jakob mich weiterhin prüfend ansah, schien ihnen bewusst geworden zu sein, dass sie wohl bei einem Date störten. Mein Gesicht versuchte ich weiterhin hinter meiner rechten Hand zu verstecken und ich hoffte, dass sie einfach zu ihrem Tisch gingen. Aber die Neugier siegte und so wandten sie sich mir zu.

Ein erschrockener Sven sah mich an. »Lara!« Die Miene seiner Begleiterin wechselte blitzschnell von überrascht auf finster dreinblickend.

»Hallo, Sven.« Es kam so unsicher aus mir heraus und was danach folgte war einfach nur peinlich.

Da stand nun die Frau, kaum einen Meter von mir entfernt, deren Hochzeit ich beinahe zerstört hatte und deren Mann ich mir krallen wollte. Die Erleichterung darüber, dass ich ihr Glück schlussendlich nicht verhindern konnte, würde erst später über mich hereinbrechen. Ich schämte mich in diesem Augenblick so sehr. Jakob erkannte ich hingegen gar nicht wieder, er war Sven und mir gegenüber distanziert und kühl. Die

Frau an Svens Seite, ob nun Verlobte oder Frau, hatte er freundlich begrüßt. Sven linste zwischen Jakob und mir hin und her, er versuchte die Situation irgendwie auf die Reihe zu bekommen. Scheinbar hatte Jakob ihm von unseren Dates nichts erzählt. Höchstwahrscheinlich standen sie keine fünf Minuten an unserem Tisch, als zur Errettung endlich die Nachspeise kam und sie Anstalten machten zu ihrem Tisch zu gehen. Das servierte Tartufo sah fantastisch aus, doch ich würde ihm lediglich beim Schmelzen zusehen können, denn augenblicklich war mir nicht mehr nach Essen zumute gewesen.

Was gab es nur für Zufälle? Dass wir gerade bei einem unserer Dates auf die zwei trafen.

»Unser Tisch ist fertig. Lasst euch euer Tartufo schmecken. Nirgendwo sonst bekommt ihr so ein gutes. Ein Muss sozusagen, zumindest ein Mal im Monat.« Sven verabschiedete sich und zog die wunderschöne Frau an seiner Seite hinter sich her, die sich nochmals kurz umdrehte.

»Da gebe ich Sven vollkommen recht. Es ist wirklich das Beste hier. Ist ja nicht umsonst mein Lieblingsitaliener.«

Den letzten Satz betonte sie besonders und sah Jakob dabei verächtlich an. Kurz hatte ich mich mit dem Gedanken angefreundet, doch noch ein Stück vom Tartufo zu probieren, aber der Löffel fiel mir aus der Hand. Jakob brachte mich zu unserem dritten Date tatsächlich in das Lieblingslokal von Svens Frau. Und was sagte da Sven von ein Mal im Monat? Am liebsten wäre ich aufgestanden, hätte Jakob angeschrien und wäre einfach gegangen. Ich hätte ihn hinter mir gelassen. Jakob. Sven. Die Zeit auf Insel. Die Dates. Das vierte Date konnte er sich sonst wohin stecken. Wie gelähmt blieb ich sitzen, stocherte in meiner Nachspeise herum bis sie nur mehr einen traurigen zerschmolzenen Teich auf meinem Teller bildete. Hin und wieder bemerkte ich, wie mich Jakob aus seinen Augenwinkeln ansah, aber die meiste Zeit klopfte er mit seinem Löffel auf dem Teller herum. Er beglich die Rechnung, beim Ausgang wurden uns unsere Mäntel gereicht und wir verließen das Lokal.

Sobald ich den Asphalt unter meinen Schuhen spürte, trippelte ich los, mir schlotterten meine Knie, ansonsten wäre ich gelaufen. Und wieder mal ein altvertrauter Impuls: Bloß weg von hier. Ob mir Jakob einen Vorsprung ließ, mich ohnehin nicht einholen wollte oder wirklich nicht nachkam, war mir ziemlich egal. Dieser verdammte Arsch. Ich fühlte mich so vorgeführt. So musste es sich anfühlen, wenn man der einzige Nackte unter bekleideten Menschen war.

»Bleib doch mal stehen, Lara.«
Aber ich dachte gar nicht mal daran. Außerdem war mir kalt und ich wollte mich bewegen. Ich hätte mich auf diesen Kerl einfach nicht einlassen sollen. Schon mal einen Schmetterling unabsichtlich verletzt oder getötet? Ein so schönes und zugleich filigranes Wesen. Da leidet man selbst doppelt mit, nicht wahr? In diesem Moment fühlte ich den Schmerz, als hätte jemand mit voller Absicht auf einen Schmetterling eingedroschen.

»Lara, bitte, du musst mir zuhören.«
Jakob schien vollkommen außer Atem zu sein, vor

Aufregung oder weil das Essen noch in ihm rumorte. Und wenn er hier einen Herzinfarkt bekam, ich hatte nicht vor stehen zu bleiben.

Da drang dieser markerschütternde Schrei zu mir durch. Ich vernahm abermals meinen Namen und dachte schon, dass ihn ein Auto erwischt hatte.

Zehn Meter - keuchend, aber unverletzt - stand Jakob von mir entfernt. »Hör mir zu, Lara. Es war wirklich…«

»Nein«, nun schrie auch ich, so laut ich nur schreien konnte »ich muss gar nichts.« Meine Stimme überschlug sich und ich erkannte sie kaum wieder. »Ich habe dir vertraut und ich habe mich auf dich eingelassen. Das war ein Fehler. Ein großer Fehler.« Plötzlich verstand ich, warum er dermaßen außer Puste war, dieses Geschrei war furchtbar anstrengend.

»Ich musste es einfach wissen. Ich musste es einfach sehen.«

Was für einen Scheiß quatschte er da? »Was musstest du?« Langsam wirkte dieses Schreien auch befreiend. Die Leute gingen an uns vorbei, als wären wir gar nicht existent. Doch aus sicherer Entfernung beobachteten sie uns.

»Ich musste wissen, ob da zwischen dir und Sven noch etwas ist.«

»Noch? Da war nie etwas.« Okay, es reichte, ich drehte mich um und ging weiter.

»Ich musste es in deinem Blick sehen!«

Was für ein Spinner.

Er dürfte sich rasch erholt und seine alte Form zurückerlangt haben, ich erschrak mich, als er neben mir auftauchte. »Aber ich hatte die Sache einfach nicht zu Ende gedacht. Ich mag dich. Ich mag dich wirklich, Lara.«

Es wurde nicht mehr geschrien, aber der Ärger war keineswegs verflogen.

»Siehst du und da bin ich mir nicht sicher. Du schleppst mich in das Lieblingsrestaurant von Svens Frau. Oder Verlobte?« Ich sah ihn fragend an, denn ich wollte es endlich wissen.

Jakob nickte mir zu. »Seine Frau. Sie haben damals noch wie geplant geheiratet.«

Na ganz nach Plan lief das ja nicht ab, dachte ich mir dabei. Im nächsten Moment fühlte ich jedoch die Erleichterung. Es gab wieder die Chance auf Rehabilitation für mein Karma. Emma und Herbert werden heiraten. Sven und … Ich sah Jakob wieder fragend an.

»Ihr Name ist Sandra.«

»Genau stimmt, den hatte sie auch schon auf der Insel.« Sven und Sandra waren verheiratet. Doch waren sie auch glücklich?

»Heute vermutlich nicht besonders. Aber ja, sie sind glücklich. Sehr sogar.« Eine Last fiel von mir ab und ich atmete durch. Schön, dann konnte ich Jakob wieder hassen.

Als ich meinen Weg fortsetzte, schnaubte er hinter mir. »Ich werde dir nicht nachlaufen. Wenn du mir nicht zuhören willst, dann lass es doch bleiben.«

Genau das und nichts anderes hatte ich vor.

Dennoch lief er weiter hinter mir her und quatschte drauf

los. »Wir haben nie mehr über die Zeit auf der Insel gesprochen. Ich wollte dich oft auf Sven anreden. Ich wollte mit Sven über dich reden, aber es ging einfach nicht. Wollte oder konnte ich nicht, ich weiß es nicht?«

Er war stehen geblieben und wirkte resigniert. Das war's nun, den weiteren Weg würde ich alleine gehen. Aber wollte ich das denn auch? Ich drehte mich um und sah, wie sich Jakob an eine Hausmauer lehnte.

»Nach dem Treffen, als du mir zu meiner Wohnung gefolgt bist.« Jakob verdrehte die Augen. »Ich kann in dieser Geschichte auch ganz schnell den Stalker aus dir machen«, neckte ich ihn.

»Sagt die Hochzeitscrasherin.«

Ich schreckte zurück. Würde das denn nie aufhören? Genau aus diesem Grund, würde das mit Jakob und mir nie funktionieren.

»Es tut mir leid. Das war komplett daneben.«

»Wie der ganze Abend schon«, warf ich ihm zerknirscht vor.

»Lara, was wolltest du vorhin sagen? Du hast das Treffen mit Sven erwähnt.«

Gut überlegte ich mir, was ich überhaupt noch sagen sollte, aber was hatte ich schon zu verlieren. »Du hast damals erwähnt, dass Emma und ich dir schon beim Frühstück aufgefallen sind. Auf der Insel.«

Mit dem bereits vertrauten Blick bedachte er mich und schien abzuwägen. »Am besten wäre es, wenn wir jetzt nach Hause gehen. Du zu dir nach Hause und ich zu mir nach Hause. Morgen, wenn wir uns wieder beruhigt haben, reden wir über alles.«

Wieder würde ich nicht erfahren, was auf der Insel in Jakobs Kopf vor sich gegangen war. Ich hatte Zweifel daran, dass ich es jemals erfahren würde. Wenn wir uns jetzt trennten, da war ich mir sicher, würde es kein Wiedersehen geben.

»Aber irgendwie habe ich die Befürchtung«, redete er weiter, »dass ich dich nie wiedersehe und du dann endgültig die Polizei rufst, sollte ich dir nochmals zu nahe kommen.«

Nickend stimmte ich ihm zu.

»Also dann, lass uns hochgehen, Lara.«

»Was?«

»Ich wohne hier.«

Nachdem wir das Restaurant verlassen hatten, war ich einfach losgelaufen, ohne nachzudenken wohin. Ich kannte mich in diesen Straßen nicht aus, aber irgendwann hätte ich mir schon noch ein Taxi gerufen, dass mich dann nach Hause gebracht hätte. Dass ich nun aber ausgerechnet vor Jakobs Wohnung landete, machte mich für einen kurzen Moment sprachlos.

»Keine Sorge, ich bringe dich dann nach Hause.«

»Bevor ich mit dir hochgehe, bevor ich überhaupt weiter mit dir rede, musst du mir etwas versprechen.«

»Okay.«

»Erstens, ich nehme mir ein Taxi. Alleine. Zu meiner Wohnung.«

»Ist okay.«

»Zweitens, mein Versuch die Hochzeit zu crashen wird, nicht mehr erwähnt und du machst dich nicht mehr darüber lustig.«

»Lara, ich wollte mich wirklich nicht über dich lustig machen.«

»Okay? Ist das möglich, dass du mir das versprichst?«

»Ja natürlich.«

Jakob tippte einen Code in ein Kästchen, welches sich neben der Haustür befand und bevor er die Tür aufstieß, sah er mich nochmals an.

»Und keine Rede mehr von Stalking. Okay?«

»Aber natürlich nicht.«

»Ernsthaft, Lara!«

»Ja, okay!«

In einem geräumigen Wohnraum fand ich mich wieder, nachdem ich meine Jacke abgestreift und im Eingangsbereich zurückgelassen hatte. Kein kleiner, beengter Vorraum wie bei mir, durch welchen sich die Besucher drängen mussten, um in eine kleine Wohnung zu gelangen. Der Raum war beinahe quadratisch, mit altem, auf Hochglanz polierten, dunklen Parkett ausgestattet. Holzmöbel mit schwarzen Metallelementen waren aufeinander abgestimmt. Ein paar Pflanzen, ansonsten dienten Alltagsgegenstände als Dekoration. Nicht, dass ich mir vorgestellt hatte, Dekorationsartikel in Jakobs Wohnung wiederzufinden. Überhaupt hatte ich mir wenige Gedanken darüber gemacht, wie seine Wohnung wohl aussehen könnte. Wenn ich mich so umblickte, musste ich zugeben, dass ich damit jedoch nicht gerechnet hatte. Eine chaotische, unaufgeräumte Wohnung hätte mich weit weniger verblüfft. Socken am

Boden, schmutziges Geschirr in der Spüle, Zeitungen am Tisch verstreut, eine Bedienung für den Fernseher auf der Couch. Nach diesen Dingen hielt ich vergebens Ausschau. Moment mal, wo hatte er denn seinen Fernseher? Egal, da gab es Fragen, die es dringender zu klären gab. Ein Podest im linken hinteren Eck der Wohnung zog meine Aufmerksamkeit auf sich. Ein Schreibtisch auf der Mitte des Podests. Vom Schreibtisch aus war es zugleich möglich den Raum zu überblicken und aus einem hohen Fenster zu blicken. Auf dem Schreibtisch lagen Pläne.

»Sag mal, was machst du eigentlich beruflich? Bist du Architekt?«

Mit zwei Gläsern Wasser kam er zu mir aufs Podest und reichte mir ein Glas. Jakob sah auf seinen Schreibtisch und die Pläne hinab, als müsste er sich selbst erstmals vergewissern. »Ich arbeite als Ingenieur«, sagte er etwas abwesend.

Vermutlich wunderte er sich darüber, wie ich aufgrund dieser Pläne davon ausgehen konnte, dass er Architekt war.

»Deine Wohnung, ich muss schon sagen, ist sehr stilvoll eingerichtet. Wirkt sehr nordisch. Das Bärenfell fehlt quasi noch.«

Noch vor wenigen Minuten war ich sauer und enttäuscht gewesen. Die Wohnung hatte jedoch so eine beruhigende Wirkung auf mich und das nahm mir den kompletten Wind aus den Segeln. Ich fragte mich, wer wohl die Frau gewesen war, mit welcher er diese Wohnung eingerichtet hatte.

»Wie kommst du darauf, dass hier mal eine Frau gewohnt hat?«

»Naja, so viel Geschmack hab ich dir gar nicht zugetraut.« Uh, zu viel Ehrlichkeit? Jakob wirkte gekränkt.

»Tatsächlich habe ich diese Wohnung mit einer Frau bezogen.« Er wägte ab, wie viel er mir erzählen sollte.

War es noch zu früh, um über die Ex-Freundin zu sprechen?

»Von einem Tag auf den anderen zog sie aus, trennte sich von mir und nahm die ganzen Möbel mit. Der andere Kerl, mit dem schon länger was lief, hatte die Wohnung und sie hatte die Möbel. Mein Gott, wer weiß, vielleicht ist dem die Freundin auch mit den Möbeln davon gelaufen?« Zuvor hatte er sich resigniert auf sein Sofa fallen lassen. Die Farbe des Sofas hatte einen feinen Salbeiton und schmiegte sich perfekt in die Umgebung der Wohnung. Dann sprang er auf und fuhr zynisch mit seiner Theorie fort. »Was, wenn alle Wohnungen mit Möbeln und Geschirr ausgestattet sind, die zuvor in anderen Wohnungen waren. Irgendwas nimmt man ja immer mit. Am Ende isst du dann aus einer Schüssel, aus der schon Dutzend andere Kerle gegessen haben.« Bisher hatte ich Jakob nur gut gelaunt erlebt, nun schwang mehr als nur ein kleines Stückchen Verbitterung mit.

»Lass es gut sein Jakob.« Ich blaffte ihn an und bereute es sofort.

»Hast du auch die Möbel von deinem Ex geklaut?«

»Nein, habe ich nicht. Außerdem wären es auch UNSERE und nicht seine Möbel gewesen. Aber nein, ich habe meine eigene Wohnung bezogen und hab mir dafür Möbel gekauft.«

»Was ist aus EUREN Möbeln geworden?«

»Was hast du nur mit Möbeln? Bist du dir sicher, dass du kein Architekt bist oder zumindest Innenausstatter?«

Max war damals in der Wohnung geblieben, ob er die Möbel behielt oder nicht, wusste ich gar nicht. Für ihn und seine Freundin hoffte ich, dass sie auf dem Müll gelandet sind. Denn unsere Ausstattung war ein einziger Kompromiss gewesen und Zeugin unserer miserablen Beziehung.

Jakob machte einen desolaten Eindruck, über den Abend verteilt hatte er doch einiges getrunken, während ich bei meinem Mineralwasser geblieben war. Erst im Nachhinein merkte ich, dass er nervöser als sonst wirkte. Ich ging zu ihm hinüber. Wir saßen nah beieinander am Sofa und da fühlte ich einen elektrisierenden Schlag in der Magengegend. Innerlich musste ich lachen, denn vor mir tauchte das Bild auf, wie ein Schmetterling gerade an einen Defibrillator angeschlossen wurde und einen Stromschlag abbekommt. Gleichzeitig mahnte ich mich zur Vorsicht.

»Das heißt, du bist dann plötzlich in der leeren Wohnung gestanden?«

»Gestanden, geschlafen, alles. Zudem hatte ich einen neuen Job, in dem es auch nicht besonders gut lief. Wegen ihr war ich erst in diese Stadt gezogen. Dann hab ich mir gedacht: So, ich stelle hier Möbel aus Blei herein. Die kann dann keiner einfach so mitnehmen.« Etwas versöhnlicher sah er mich an und machte eine ausladende Handbewegung. »Wie du siehst, es wurde Holz und Metall.«

Jakob legte seinen Kopf auf meine Schulter, meinen Kopf lehnte ich an seinen. Am liebsten wäre ich zumindest noch eine Stunde in dieser Haltung verblieben. Es fing wieder an, in mir zu nagen. Das Bild von Sven und seiner Frau tauchte vor mir auf. Die Gewissheit und Wut darüber, dass Jakob mich absichtlich in diese peinliche Situation gebracht hatte. War es denn das Ganze überhaupt wert? Lohnte sich ein Streit mit ihm überhaupt? Ich konnte aufstehen, gehen und es hinter mir lassen. Warum bin ich denn überhaupt noch hier?

»Ich bin dir eine Erklärung schuldig, Lara.«

Nein, stopp, ich habe doch meine Gedanken noch gar nicht richtig geordnet. Ich muss noch herausfinden, ob ich dich nicht einfach hassen sollte.

»Sven hat mir erzählt, wie toll euer Gespräch war und er war so geflasht von der Tatsache, dass du Jasmina gekannt hast. Seine Augen haben regelrecht gestrahlt. In mir stieg da so ein Gefühl auf, eine Wut. Ich dachte, dass es mir so ging, weil er mit dem Tod seiner Schwester nicht abschließen kann oder sonst was. Doch im Grunde war ich eifersüchtig. Ich konnte dann nicht mehr klar denken und dachte, es wäre doch eine super Idee, wenn ihr aufeinander trefft und dann sehen wir mal was passiert.«

Natürlich hatte er da nicht an mich gedacht, gab er zu und machte mich damit nur noch sprachloser. Ich musste zugeben, es hatte mir gefallen von ihm umgarnt zu werden, doch nun musste ich erkennen, dass auch er Angst davor hatte, enttäuscht zu werden.

»Du hast ja keine Ahnung, wie das für mich auf der Insel war, nicht an dich heran zu kommen, weil da immer Sven war und du ihn angeglotzt hast.«

»Pah, du tust ja so, als wäre ich ihm nachgelaufen. Ich habe ihn nicht... Hey, schau mich nicht so an. Okay, na gut. Was hast du geglaubt, ich tauch auf der Hochzeit auf, um dich zu sehen?«

»So abwegig?«

»Dann erzähl mir doch endlich mal weiter von der Insel«, blaffte ich ihm mitten ins Gesicht. »Seit dem Abend als du bei mir aufgetaucht bist, haben wir nicht mehr darüber gesprochen. Also Karten auf den Tisch.«

»Na gut, Karten auf den Tisch.«

»Du hast gerade den Strand um deine Füße herum abgesucht. Zwei Meter von mir entfernt, lag ein kleiner pink-grüner Ball. In deiner Hand hast du den dazu passenden Handfänger gehalten. Für mich habt ihr einfach nicht ausgesehen wie ein Paar und sollte sich meine Vermutung als falsch herausstellen, war nix verloren. Dachte ich mir zumindest. Dann sahst du in unsere Richtung, direkt in meine Augen und ganz plötzlich hast du dich umgedreht.«

Oft hatte ich über diesen Tag am Strand nachgedacht. Auf den Gedanken, dass sich die Begegnung auch in Jakobs Gedächtnis eingebrannt hatte, wäre ich nie gekommen.

Ich hatte mich gerade zu Emma umgedreht, da packte

er seinen Kumpel an den Schultern. »Schau mal, das ist sie.« Wie hypnotisiert sei Sven nur da gestanden und hatte etwas vor sich hin gestammelt.

»Daraufhin habe ich mir schnell den Ball geschnappt und dann stand ich vor dir. Ich erwartete ein Lächeln von dir. Doch du hast einfach an mir vorbei geschaut.« Jakob hatte sich gedacht, das ist ja wohl ein Klassiker, hat über sich selbst gelacht, als ihm bewusst wurde, dass ich wohl mit einem anderen Typen am Flirten war. »Dann bekamst du wieder diesen Blick und ich war gespannt zu sehen, welchem Kerl dieser galt. Oder möglicherweise doch einer Frau? Ich habe nach rechts geschaut und konnte es einfach nicht glauben. Da stand Sven. Mit großen Augen und so einem dämlichen Grinsen.«

Da war Jakob, abgesehen von mir und vielleicht dem Personal, der einzige Single auf der Insel und dennoch musste ich mich auf einen Mann einschießen, der so gut wie verheiratet war.

∞

Jakob war auch richtig empört über Svens Verhalten auf der Insel gewesen. Was war los mit Sven, hatte er sich gefragt, bekam er kalte Füße, hatte er Lust auf einen allerletzten Urlaubsflirt? Jakob hatte keine Gelegenheit ausgelassen, ihn daran zu erinnern, dass zu Hause eine Verlobte auf ihn wartete.

Sven hatte ihn zur Seite genommen und gefragt, was er für ein Problem mit seiner Hochzeit und Sandra habe.

»Sven, ganz im Gegenteil. Ich möchte, dass du

heiratest. Sandra ist toll. Ich habe kein Problem mit ihr, aber ich habe durchaus Angst vor ihr und zwar davor, was sie mit mir macht, wenn sie hiervon erfährt.« Daraufhin hatte er auf mich gezeigt.

»Was willst du, Jakob?«

»Ich möchte, dass du Sandra treu bleibst. In Ordnung?«

Sven hatte nur den Kopf geschüttelt und dann sind sie mit der Situation umgegangen, wie es nun mal echte Männer tun. Sie hatten nicht mehr darüber gesprochen. Zumindest an diesem Tag nicht mehr.

Jakob wusste, dass er deutlicher werden musste. »Was willst du von Lara eigentlich?«

»Jakob, du tust ja so, als wäre zwischen mir und Lara etwas. Das ist doch vollkommen absurd.«

»Aha und warum ist das so absurd? Du verbringst viel Zeit mit ihr, ihr geht spazieren. Wir fahren zum Tauchen, da ist sie dabei. Wir fahren für ein Barbecue auf diese einsame Insel. Absurd, na klar.«

»Ich bin verlobt und sie weiß das auch.«

∞

Irgendwie kam Jakob bei Sven nicht weiter, deshalb versuchte er auch so oft wie möglich mit mir ins Gespräch zu kommen, wenn ich irgendwo alleine auf der Insel unterwegs war. Er erzählte mir davon, wie er mich am Strand angetroffen und mich danach angesprochen hatte.

»Sei ehrlich, wie lange hattest du mich damals

beobachtet?« Ich wusste nicht, ob ich die Antwort hören wollte.

»Sagen wir mal so, ich hatte Schreie gehört und bin diesen nachgegangen.«

»Oh nein.« Vor Scham vergrub ich mein Gesicht in den Händen.

»Oh doch.« Er zwang mich, ihn anzusehen.

»Warte. Du hast meinen Zusammenbruch direkt miterlebt und dennoch wolltest du Zeit mit mir verbringen?«

»Schuldig.«

Jakob überraschte mich immer wieder.

»Vielleicht sollte ich dir auch noch etwas anderes gestehen.« Er machte eine Pause und wägte ab, ob er weiter sprechen sollte. »Später sah ich dich mit einem Kanu im Wasser. Während du die Insel mit dem Kanu umrundet hast, war ich zu Fuß unterwegs.« Jakob sah mir nun wieder in die Augen. »Sieht ganz so aus, als wäre ich schon damals um deine Sicherheit besorgt gewesen.«

∞

An einem der letzten Tage, die ihnen noch auf der Insel geblieben waren, hatte Sven ausgepackt. Jakob hatte nicht locker gelassen. Gemeinsam saßen die beiden auf der Terrasse des Water Bungalows und sahen zum Sternenhimmel hinauf. An diesen Abend hatten sie es sich zur Aufgabe gemacht, die Minibar zu plündern und Sven erzählte angetrunken von seiner verstorbenen Schwester.

»Sie sieht wie sie aus. Redet wie sie, verhält sich wie sie.«

»Wer?« Ganz hatte Jakob ihm nicht folgen können, auch er hatte schon einige Gin Tonics intus.

»Lara, Jasmina.«

»Was?«

»Das Mädchen vom Strand und meine Schwester, sie ähneln sich.«

»Aha.« Schlagartig wurde Jakob wieder klar im Kopf. Was hatte ihm Sven da erzählt? Das Mädchen vom Strand erinnerte ihn bloß an seine Schwester und daher verbrachte er so viel Zeit mit ihr? Entweder würden sie an diesem Abend noch mehr Alkohol brauchen oder einen guten Psychologen. »Sven, ernsthaft, du musst das Lara erzählen.«

»Das kann ich nicht. Wenn ich nicht betrunken wäre, würde ich auch nicht mit dir darüber reden.«

»Na dann, betrink dich und erzähle es ihr.« Sven verzog das Gesicht und Jakob dachte sich, wenn er diese Grimasse doch öfters ziehen würde, dann würden ihn die Mädels nicht mehr so anziehend finden. »Hör mal, die Kleine steht auf dich.«

»Nein, das glaub ich nicht. Ich bin ja verlobt. Ich werde heiraten und sie weiß das.«

»Du hast recht, deshalb gibt es so was wie Ehebruch und Polygamie nur im Märchen.«

Sven hatte sich zu schnell auf seine Beine gestellt und torkelte herum. Das Wasser unter ihrer Terrasse war schwach beleuchtet und es herrschte Hochbetrieb. Die kleinen bunten Fische, die tagsüber hier schwammen, waren verschwunden. Nun zogen Haie und Rochen gemächlich ihre Runden. Die sogenannten Meeresraubtiere waren vollkommen harmlos, was jedoch passierte, wenn so ein Achtzig-Kilogramm-Koloss auf einen Hai aufschlägt, wollte sich Jakob nicht ausmalen, daher zog er ihn vom Wasser etwas weiter weg.

»Du meinst, sie steht auf mich?«

Jakob hatte es nicht nur vermutet, er war sich dessen auch ziemlich sicher. »Versprich mir, dass du es ihr sagst. Erzähl ihr von mir aus irgendeine Geschichte, aber sag ihr, dass du nichts von ihr willst.«

»Ich rede mit ihr.«

»Ansonsten werde ich es ihr sagen.«

»Entspann dich, ich mach das schon.«

∞

»Und darauf habe ich mich verlassen.«

Ich starrte vor mich hin.

»Aber das hat er nicht«, stellte Jakob fest.

Obwohl es keine Frage war und er keine Antwort von mir verlangte, schüttelte ich den Kopf.

Einen Moment blieben wir still. Saßen da. Atmeten.

Ich hatte Jakobs Erzählung gelauscht, fast so, als hätte sie mich gar nicht direkt betroffen. Langsam verschwand wieder das Gefühl von Sand unter den Füßen, ich spürte den Parkettboden wieder. Der nächtliche Himmel mit Mond und Sternen löste sich auf und der Blick blieb an einer Lampe haften, die an Jakobs Zimmerdecke baumelte.

»Auf der Insel hatten wir gar keine Gelegenheit uns richtig kennenzulernen. Das wollte ich nachholen. Ohne Emma, ohne Sven. Daher die Dates.«

Eineinhalb Jahre hatte Jakob mit furchtbaren Dates verbracht. Natürlich traf er sich mit netten, gutaussehenden Frauen und er hatte durchaus seinen Spaß. Doch aus anfänglichem Spaß wurde rasch Ernst.

»Diese Frauen sprachen vom Zusammenziehen, vom Heiraten.«

»Das ist doch nichts Ungewöhnliches«, entgegnete ich ihm. Ich dachte an Emma, die da auch ihre klaren Vorstellungen hatte. Auch ich musste zugeben, dass ich während meiner Beziehung mit Max ans Heiraten dachte. Es schockierte mich, dass ich tatsächlich Ja gesagt hätte, obwohl ich eigentlich Schluss machen wollte. Schon verrückt.

Jakob sah mich entgeistert an und schien davon auszugehen, dass ich ihn nicht richtig verstanden hatte. »Doch nicht beim zweiten Date.«

Das war allerdings etwas übereilt, da musste ich ihm beipflichten.

»Da ging es nicht darum, zu schauen was sich entwickelt. Ich war regelrecht in eine Bräutigamschau geraten.«

Ich musste lachen.

»Bei dir erging es mir zum ersten Mal nach langer Zeit anders.«

»Du meine Güte, das hoffe ich, ich gewöhne mich

gerade mal erst ans Singleleben.«

Jakob hatte recht, wir waren relativ entspannt an die Dates herangegangen. Dafür hatte das Date an diesem Abend umso mehr reingeknallt. Und jetzt? Wie sollte es jetzt weitergehen?

Für Jakob stellte sich diese Frage nicht. Schließlich hatte ich ihm vier Dates zugesichert. Er war froh darüber, dass noch ein weiteres Date bevorstand, denn irgendwie hatte er schon so eine Ahnung gehabt, dass er eines versemmeln würde.

So aufregend meine Wochenenden waren seit ich mich mit Jakob traf, so ruhig verliefen meine Arbeitstage und das störte mich kein bisschen. Nach der Arbeit traf ich mich mit Julia oder zum Essen mit Emma und Herbert. Für mich war es mittlerweile unverständlich, warum ich Herbert zu Beginn nicht leiden konnte. Er war nett, aufmerksam und wir konnten miteinander lachen. Mit Jakob schrieb oder telefonierte ich beinahe täglich. Mal waren es nur ein paar Minuten, dann wiederum konnte es auch eine Stunde sein.

An einem Mittwochabend meldete er sich wegen unseres vierten Dates. »Lara, wegen unserem Date am Wochenende. Ich fahr da zu meiner Familie nach Hause.«

Nein, bitte nicht, keinen Familienbesuch bei unserem vierten Date, bettete ich inständig. »Sorry, ich hab an diesem Wochenende schon etwas vor.« Ich log ihn an und fühlte mich wie ein Arsch.

»Oh okay, schön. Was machst du denn?« Er klang

überrascht.

»Ich fahr in die Therme. Mit Emma.«

»Das trifft sich ja ganz gut. Ich hatte schon ein schlechtes Gewissen.«

Es stellte sich heraus, dass er keineswegs in Betracht zog, mich seiner Familie vorzustellen.

»Außer du willst, dass ich dich mitnehme?«

»Nein, Jakob, danke, alles gut.«

»Das heißt, du bist dann am Wochenende gar nicht in der Therme?«

Beschämt gab ich zu, dass der Plan erst aufkam, als ich ihn ausgesprochen hatte.

»Was ist mit Sonntag? Ich komme am Abend zurück.«

»Da gehe ich mit meiner Mum ins Kino. Sieht ganz so aus als sehen wir uns diese Woche gar nicht.«

»Hm, sieht ganz so aus.«

»Schade.«

»Ja, schade.«

Hätten wir miteinander getextet, würden uns nun traurige Smileys entgegenblicken. Nach der Arbeit konnten wir uns schlecht treffen. Dates mit einer Verabredung nach der Arbeit wollten wir nicht vergeuden.

Am darauffolgenden Abend unternahm ich einen Spaziergang zu Nanas Grab und ich ging auch an ihrer alten Wohnung vorbei. Wir waren uns lange nicht einig, was mit ihr passieren sollte.

Meine Mutter sagte, verkaufen, ich sagte, behalten.

»Lara, dann zieh du doch in die Wohnung.«

Das fand ich dann auch komisch, ich wäre mir immer nur als Gast in meiner eigenen Wohnung vorgekommen. Schließlich vermieteten wir sie. Ich sah hoch zum Fenster und sah das Licht brennen. Kurz wartete ich darauf, das Gesicht von Nana im Fenster zu sehen. Was würde sie wohl zu Jakob sagen? Ich wusste es sofort. Sie würde ihn lieben. Nicht, weil Jakob so liebenswert war, sondern Nana einfach jeden Menschen gern hatte. Erst jetzt bemerkte ich, dass ich sie niemals etwas Schlechtes über jemanden sagen hörte. Ich vermisste sie. Als ich mich wieder auf die Straße konzentrierte, kam mir ein Paar mit Kinderwagen entgegen. Das Paar wäre mir nicht weiter aufgefallen, wenn es nicht zu einem Teil aus Max bestanden hätte.

Max, eine Frau und ein Kinderwagen. Die beiden durften mich bereits von Weitem erkannt haben, denn sie wirkten gefasst und entspannt. Er stellte mich seiner Freundin vor, während ich noch mit großen Augen ganz wild rechnete. Vor neun Monaten hatten wir uns da nicht gerade erst getrennt? Darüber hinaus war es eigenartig Max mit einer anderen Frau zu sehen. Wie sehr hatte ich mir damals gewünscht, dass er zu mir kommt und sagt: »Schatz, ich habe mich in eine andere verliebt, wir müssen uns trennen.«

Tanja wirkte aufrichtig und nett, und konnte als einzige meinen wirren Blick richtig entschlüsseln. »Wir sind gerade unterwegs zu meiner Schwester. Sie bekommt ein Kind.«

Nachdem ich ihr noch immer nicht ganz folgen konnte, half sie mir weiter auf die Sprünge. »Der

Kinderwagen ist ein Geschenk.«

Erst da sah ich, dass sich kein Baby, sondern eine Packung Windeln im Inneren befand. Ich fühlte Erleichterung und fragte mich warum. Dann sahen sich Max und Tanja an. Es hieß nun Max und Tanja, und nicht Max und Lara. So lange wollte ich diesen Kerl einfach nur loswerden und am Ende fiel mir das Loslassen so verdammt schwer.

»Nicht, Max. Das passt jetzt nicht«, hörte ich Tanja sagen.

»Aber wann dann, wenn nicht jetzt.«

Gerade in diesem Moment brannten meine Augen und fingen an zu zucken. Kann denn mal eine Situation nicht peinlich ablaufen? Kann ich bitte mal diejenige sein, die sich souverän verhält, bitte!

»Lara, es ist so«, Max brach den Satz ab und begann von vorne. »Wir haben uns seit unserem Besuch bei Nanas Grab nicht mehr gesehen. Nein, das ist auch blöd.« Hilfesuchend sah er Tanja an. Doch ihr Blick besagte nur, dass er da jetzt alleine durchmüsse.

Ich hatte mich wieder gefangen und lächelte die beiden an. Ich versuchte nun einfach mal die Souveräne zu sein.

Einatmen.

»Also, Tanja ist schwanger. Wir bekommen ein Kind.«

Ausatmen.

Aus mir strömte die Luft wie aus einem aufgeblasenen Luftballon.

Und Luft anhalten.

Nach Luft schnappen und ich gab weiterhin die souveräne Person, die ich einfach nicht war.

»Hey, herzlichen Glückwunsch.« Sektkorken knallten, ein Feuerwerk schoss über unsere Köpfe hinweg und dann beruhigte ich mich wieder. »Ehrlich, ich wünsche euch alles alles Gute.«

Dieser letzte Satz kam tatsächlich mit so einer Ehrlichkeit über meine Lippen, dass es nicht nur mich überraschte, sondern auch das verliebte Paar, welches mich mit gerührten Augen ansah. Wir verabschiedeten uns mit einer winzigen Umarmung und wären wir noch länger beisammen gestanden, hätten wir uns auch noch zu einem Kaffee verabredet.

Ich merkte, wie ich unter meiner Winterjacke schwitzte und musste sofort mit jemanden sprechen. Julia, Emma oder Herbert standen zur Wahl, aber ich wählte ausgerechnet Jakobs Nummer. Er nannte mir den Namen einer Kneipe zu der ich kommen sollte.

Voll blöd, ich störte ihn bestimmt bei einer Jungsrunde.

Blödsinn, meinte er, ich sollte einfach kommen.

Was war das nur für ein Abend? Der Abend der Begegnungen? Ich sehnte mich nach meinen ruhigen Abenden vor der Glotze zurück, als ich vor der Kneipe mit Sven zusammenstieß. Sven zu begegnen, wurde schon quasi zur Normalität und löste nicht mehr viel, außer ein wenig Unbehagen, in mir aus. Als wären wir nichts als alte Freunde, deutete Sven zur Theke und sagte mir, dass ich Jakob dort finde.

Es war gut, die Jacke endlich abstreifen zu können und Luft zu bekommen. Ich ließ mich auf einen Barhocker, der noch warm war, nieder.

»Du siehst fertig aus, Lara.«

Dann brabbelte ich los. Am Ende sagte ich, dass ich mich nicht mehr mit ihm treffen könnte.

»Weil du noch verliebt in deinen Ex bist?«

»Was? Nein, um Himmels Willen. Hast du mir nicht zugehört?« Ich konnte mich nicht mehr mit ihm treffen, weil ich eine Katastrophe war. Ich wusste nicht, was ich wollte. Ich wusste nicht mal mehr, wer ich war. In den letzten Wochen hatte ich zumindest wieder eine Struktur gefunden. Aufstehen. Zur Arbeit gehen. Nach Hause kommen. Schlafen gehen. Wenn ich diese Struktur befolge, dann ist alles gut, dann mache ich keinen Blödsinn.

»Hört sich ziemlich langweilig an«, schlussfolgerte Jakob. »Du denkst zu viel. Lass doch einfach mal die Dinge passieren.«

Ich wollte ihn schon darauf hinweisen, was in diesen Fällen passiert. Ich bleibe in einer Beziehung stecken, in der ich gar nicht sein will oder ich zerstöre eine Hochzeit.

»Alles nicht passiert. Du bist weder in dieser Beziehung, noch hast du eine Hochzeit zerstört.« Ich dachte über seine Worte nach. »Und jetzt sag mir. In diesem Augenblick. Was willst du?«

Angestrengt überlegte ich und blickte dabei in Jakobs erwartungsvolles Gesicht. »Tequila«, schoss es aus mir heraus.

»Zitrone oder Orange?«, fragte uns der Barmann.

Ohne mit der Wimper zu zucken, antwortete ich ihm: »Zitrone!« Eindeutig verlangte dieser Abend die Säure einer Zitrone. Ich befolgte damit den Rat eines Schildes im Hintergrund der Kneipe: Wenn dir das Leben Zitronen gibt, dann frag nach Salz und Tequila. »Und ein Gasteiner Sparkling«, orderte mein schlechtes Gewissen.

Abgestimmt wie zwei Synchronschwimmer, leckte jeder über seinen Handrücken, streute Salz darauf, nahm die Zitrone in die Hand, leerte den Inhalt des Glases und steckte sich die Zitrone in den Mund. Der Barmann sah Jakob an und auf sein Nicken hin wurden uns zwei weitere Shots serviert.

Ich lallte Jakob an. »Nun sind wir quitt. Ich hab unser viertes Date zerstört.«

Durch zusammengekniffene Augen sah mich Jakob an. »Das hier? Nein, das ist kein Date.«

»Wir haben uns getroffen.«

Er erklärte mir, dass das Treffen nicht geplant war, es sich um einen emotionalen Notfall handelte und somit nicht als Date zählte. Wenn ich nicht einwilligte, dann würde er mich so betrunken machen, dass ich mich am nächsten Tag an nichts mehr erinnern würde können.

»Apropos nächster Tag.«

»Was?«, Jakob konnte mir nicht ganz folgen.

»Guten Morgen.«

»Was für ein Scheiß, es ist schon zwei Uhr?«
Wir konnten es beide nicht glauben, wie schnell die Zeit vergangen war.

»Warum hast du dich eigentlich mit Sven getroffen?«

»Er ist mein Freund.«

»Du weißt schon, was ich meine.«

»Ich musste ihm die Sache vom Wochenende erklären. Und warum ich mit dir beim Italiener war.«

»Und?«

Das Folgende sagte Jakob in einem lapidaren Tonfall, während er sein Bierglas mit den Augen fixierte. »Ich hab ihm gesagt, dass ich in dich verliebt bin.«

Ich nahm einen Schluck vom Bier und tat so, als hätte ich gar nicht richtig zugehört.

»Hast du nicht gehört? Ich bin verliebt in dich.«

Schockiert blickte ich ihn an.

Er deutete auf sein Glas vor sich. »In mein Bier. Ich meinte mein Bier.«

»Du bist so ein Arsch.« Ich gab ihm einen Klaps auf den Hinterkopf.

»Jetzt aber mal im Ernst, Lara. Ich will nicht, dass du dich mit anderen Kerlen triffst.«

»Da sind wir ja schon mal zwei. Nein, stimmt nicht, denn die ganzen anderen Kerle haben auch keine Lust auf mich.« Wie kam er nur darauf, dass ich mich mit jemand anderem treffen könnte. »Warte, triffst du dich mit anderen Mädels?«

Geheimnisvoll sah er zu mir herüber. »Wenn ich wollte, dann könnte ich schon.« Er nippte an seinem Bier, das ihm gar nicht mehr recht zu schmecken schien. »Aber ich will nicht.«

Date #4: Vanilla Sky

»*Vanilla Sky*?«, fragte ich zum wiederholten Male, weil ich einfach nicht schlau daraus wurde. »Einen Filmabend? Eine DVD?«

»Naja, die DVD ist ja nur symbolisch.« Er sah mich in der Hoffnung an, dass ich nicht so begriffsstutzig war, wie ich gerade tat. »Den Film gibt's auch auf Netflix.«

»*Vanilla Sky* schauen wir uns an? Bist du sicher?« Verwirrt und verständnislos zugleich sah Jakob mich an.

Für das vierte Date musste Jakob sich etwas Großartiges überlegt haben, dachte ich. Wären wir in Paris, hätte das Date mindestens einen Eiffelturm beinhalten müssen. Mulmig war mir dennoch zumute, denn die Boulderhalle war noch immer nicht ganz vom Tisch gewesen. Deshalb war ich im ersten Moment noch erleichtert, als er mir mitteilte, dass wir den Abend in meiner Wohnung verbringen würden. Dennoch war ich enttäuscht, da ich mir von ihm etwas anderes erwartet hatte.

»Aber warum denn eigentlich in meiner Wohnung?

Was machen wir denn da?«, wollte ich von Jakob wissen.

»Immerhin waren wir nach dem dritten Date auch in meiner Wohnung.«

»Aber das war doch komplett was anderes.«

»Inwiefern?«

Mir gingen die Erklärungen aus, während er mich mit Fragen weiter löcherte. Ich wusste also nur, dass wir das vierte Date in meiner Wohnung verbringen würden.

Mit Emma und Julia rätselte ich, was er wohl vorhatte und ob er die Erwartungen niedrig halten wollte, als er sagte, dass er nichts Großes geplant habe. »Lass uns denn Abend einfach ruhig angehen«, hatte er noch lapidar hinzugefügt.

»Vielleicht will er für dich kochen?«, mutmaßte Julia.

»Oder er will an diesem Abend einfach nicht nach Hause gehen?«, fügte Emma mit einem Zwinkern hinzu.

»Für mich kochen, könnte er genauso gut in seiner Wohnung.« Am Ende habe ich dann wieder den Mist und muss alles aufräumen. Doch bezüglich des Übernachtens könnte etwas dran sein. Immerhin hatten wir das letzte Missverständnis gerade erst aus der Welt geschafft.

∞

Der Tag nach unserem Besäufnis war eine Katastrophe und ich rief Jakob an, um ein wenig zu jammern. Ich jammerte nicht nur über meine Kopfschmerzen und über den Schrott, den ich tagsüber gegessen hatte, sondern auch über die Arbeit und den Autofahrer, der mich an diesem Tag beinahe über den Haufen gefahren hatte.

»Lara, wir sollten eine Pause einlegen.«

Ich blieb still, während der Schmetterling gegen die Bauchdecke klatschte.

»Wirklich, das sollten wir.« Auf einmal klang er aufgeregt und Freude lag in seiner Stimme.

Schon jetzt hatte er genug von mir? Ich hatte einen furchtbaren Kater und hätte am liebsten geheult. Vor wenigen Stunden hatte er noch von mir verlangt, mich nicht mehr mit anderen Typen zu treffen. »Wenn es das ist, was du willst.«

»Es geht nicht darum, was ich will.« Jakob schien irritiert zu sein, aber durchs Telefon war das nicht genau erkennbar. »Es geht darum, was ich brauche. Nein, was du brauchst.«

Diese Masche zog er also ab. Drehte sich alles so, dass es am Ende aussah, dass ich mich nicht mehr mit ihm treffen wollte. Eine Pause, na klar. Ein Warmhalten war das, falls man doch nichts Besseres fand. Aber nicht mit mir.

»Ich weiß schon, es ist ein kleines Wagnis, ich hab da aber ein gutes Gefühl.«

Ich verstand gar nichts mehr, ich sollte auflegen und schlafen gehen. An jedem anderen Tag hätte ich ihn einfach angeschrien, mittlerweile fehlte mir die Kraft dazu. Zunehmend verflog Jakobs Euphorie, vermutlich dachte er, dass es für ihn ein Leichtes wäre, mich zu manipulieren.

»Wieso sagst du denn nichts mehr?«

»Was soll ich zu deinem Vorschlag schon sagen?«,

zischte ich ihn an.

»Naja, ich dachte so eine Pause wäre ganz gut.«

Pah, wenn ich das Wort noch einmal höre.

Kleinlaut fuhr er fort. »Ich habe mich an das erinnert, was du auf der Insel gesagt hast. Du würdest gerne mehr reisen. Alle Städte, alle Länder, die du in den letzten Jahren nicht gesehen hast, möchtest du gerne bereisen.«

»Das hast du mit Pause gemeint?«

»Ja.« Seine Antwort betonte er mit Nachdruck, damit sie nur auf gar keinen Fall ihre Wirkung verfehlte.

∞

Schon wieder prasselten Emmas und Julias Worte auf mich ein.

»Du musst endlich lernen zu vertrauen.«

»Warum bist du nur so?«

»Er hat dir doch schon mehrmals gesagt, dass er dich mag.«

»Hast du Verlustängste?«

Okay, okay, jetzt reichte es aber. Mit erschüttertem Blick sah ich die beiden an. »Hallo? Ich sitze hier! Könnt ihr bitte normal mit mir reden.«

Wie zwei Möchtegern-Psychologinnen sahen sie mich nun an, irgendwie bin ich zwischen dem Aufenthalt auf der Insel und den Dates mit Jakob zum Studienobjekt geworden. Niemand hat mich lieb, hätte ich am liebsten geheult, aber da nahmen sie mich schon in den Arm.

»Du musst anfangen zu reden«, setzte Julia ganz vorsichtig an, »rede über deine Gefühle.«

»Wer über Gefühle redet, wer über seine Gefühle redet, wird verletzlich«, entgegnete ich ihnen. Wirkt verletzlich. Wird verletzt.

»Das mag schon sein. Aber dennoch sind sie doch da.« Emma nahm meine Hand. »Ich habe so die Vermutung, dass du die Gefühle nicht mal vor dir selbst richtig zulässt.«

»Lara, du musst uns doch nicht alles erzählen, was in dir vorgeht. Aber gestehe es dir wenigstens selbst ein.« Julia reichte mir ein Taschentuch.

Die paar Male, wenn ich über meine Gefühle sprechen wollte, erzählen wollte, wie ich empfinde, wurde das ganz schnell abgeblockt. Von meinem Vater, meiner Mutter, von Max.

Nach der Scheidung meiner Eltern wurde ich zu einer Psychologin geschickt. Mit dieser hätte ich darüber reden sollen, welche Auswirkungen die Scheidung auf mich hatte. Ich warf ihr für eine Zehnjährige ganz kluge Antworten zu, damit sie mich möglichst schnell in Ruhe ließ.

»Ich weiß, dass mich meine Eltern beide lieben.« Ganz war ich mir dessen nicht sicher gewesen.

»Es ist gut, dass sie sich trennen. Sie haben so viel gestritten.« Und wir hatten beinahe kein Geschirr mehr.

Mit meinen Eltern wollte ich über alle diese Dinge sprechen, aber die sagten mir dann immer, dass ich dafür meine Psychologin hätte.

»Emma, du kennst doch Max. Glaubst du, dass ich mit

ihm über so etwas wie Gefühle sprechen konnte?«

Sie wusste, dass sie die Frage nicht zu beantworten brauchte. Betreten sah sie zu Boden.

»Was war mit Nana?«, wollte sie dann noch wissen.

Tatsächlich hatte ich zu Nana einen Draht. Sie half mir, einfach dadurch, dass sie für mich da war. Doch es war mehr eine Ablenkung von dem, was in mir vorging, als dass sie mit mir darüber gesprochen hätte. »Ach, negative Gefühle hat sie doch auch nie raus gelassen.«

Als besondere Stärke von Nana empfand ich es, dass sie nie ein böses Wort über jemanden verlor. »Sie hatte immer gleich eine Erklärung parat, wenn sich jemand schlecht verhalten hatte. Wenn der Postbote ihr das Paket vor die Füße warf, dann hatte er am Morgen sicher einen Streit mit seiner Frau gehabt. Wenn die Freundin ihre geliebte Tupperware-Tortenglocke nicht zurückgab, dann gab es auch dafür einen guten Grund.«

»Eigentlich eine gute Strategie«, meinte Julia.

»Sie muss sich doch trotzdem über diese Dinge geärgert haben.« Am liebsten hätte ich sie in diesem Augenblick danach gefragt. »Über Max habe ich dann mit ihr nicht mehr gesprochen, weil sie sich immer auf seine Seite stellte. Auch, immer eine gute Erklärung zur Hand, warum er so war, warum er sich so verhielt. Verdammt. Ich wollte ja einfach nur mal den ganzen Müll los werden.«

Ich nahm die Tasse Tee in meine Hände, die mir Julia brachte, während sie mir über den Rücken streichelte. »Ach, Lara, das sind ja selbst alles Menschen, die nicht in der Lage waren, auszusprechen, was in ihnen vorging.«

Emma war bleich und auch ihr standen Tränen in den Augen. »Und irgendwann hab auch ich aufgehört mit dir über Gefühle zu sprechen.«

Wie ein schluchzendes Knäuel hockten wir auf meiner Couch und umarmten uns.

»Ich kann gut verstehen, dass du mein Gejammer irgendwann nicht mehr hören konntest. Doch ich weiß, dass du immer für mich da warst.«

»Wie Nana«, schlussfolgerte Julia, »immer eine gute Erklärung parat.«

Wir nickten uns zu und ich beruhigte mich langsam wieder.

Emma gönnte mir jedoch keine allzu lange Pause. »So und jetzt zu Jakob.«

Sie wollte unbedingt, dass ich mich mit meinen Gefühlen auseinandersetze. Die beiden glaubten noch immer, dass ich mit meiner Gefühlswelt im Unklaren lag, allerdings hatte ich mich selbst durchschaut.

»Die Sache mit Sven, dass ich mich da so getäuscht habe, hat mich verwirrt und durcheinander gebracht.« Was ist, wenn auch Jakob was ganz anderes in mir sieht? Was ist, wenn ich seine Annäherungen vollkommen falsch verstehe?

Meine Bedenken seien laut Julia verständlich, Emma zufolge jedoch total unnötig. »So wie du von deinen Dates und Telefonaten mit ihm erzählst, dann bist du ihm wirklich wichtig.«

»Da habt ihr es. So wie ich von den Dates erzähle! Was ist, wenn ich mir das alles nur einbilde? Vielleicht ist es ein perfider Racheplan? Vielleicht hat Sandra sogar ihre Finger im Spiel?«

»Jetzt übertreibst du.«

»Du steigerst dich da vollkommen in etwas hinein.«
Sie redeten mir zwar gut zu, aber langsam stellten sich auch bei ihnen Unsicherheiten ein.

»Warte, warte, warte!« Julia wurde laut und als sie unsere Aufmerksamkeit hatte, seufzte sie. »Wie ist es, wenn du mit Jakob zusammen bist?«

Ich sah zuerst sie, dann Emma an. Emma nickte mir aufmunternd zu.

»Wie geht es dir, wenn du mit Jakob zusammen bist?« Schnell fügte Julia hinzu: »Und es mal zu keinem Missverständnis kommt?«

Den Kampf, den sich die Schmetterlinge in meinem Bauch lieferten, behielt ich vorerst für mich. Es fühlte sich gut an. Wenn ich mit Jakob zusammen war, dann fühlte sich das Ganze aufgeregt und unaufgeregt zugleich an. Es war neu und es war vertraut. Ich wollte hören, wie sein Tag war und im umkehrten Fall war es auch so. Er hörte mir zu, ich hörte ihm zu. Wir waren hemmungslos, konnten uns alles sagen, aber wir waren vorsichtig bei unseren Berührungen. Wenn er auch nur meinen kleinen Finger berührte, dann fühlte es sich elektrisierend an.

Emma und Julia hatten es geschafft, mich abzulenken. Ich wollte sie zum Bleiben überreden.

»Wie sieht das denn aus, wenn Jakob zum vierten Date kommt und wir hocken daneben?«

»Ihr könnt euch in der Speisekammer verstecken.« Emma strafte mich für den Blödsinn, der aus meinem

Mund kam, bloß mit einem Blick.

»Ja, wirklich und dann hätte ich endlich den Beweis, ob ich mir etwas einbilde oder er tatsächlich auf mich steht.«

»Auf Widersehen, Lara.«

»Nein, bitte geht nicht.«

»Lara, Kleines, ich bin gleich nebenan, wenn du mich brauchst. Aber da musst du jetzt alleine durch.«

Ich war so aufgeregt. Warum war ich nur so aufgeregt? Mir war heiß, ich bekam Schüttelfrost. Ich musste Jakob absagen, ich war krank.

»Einen Scheiß wirst du tun.« Emma fluchte, das riss mich aus meinem Irrsinn. Emma fluchte nie. Selten. Nur in extremen Situationen. Sie legte ihre Hände auf meine Schultern und sah mir in die Augen. »Es ist nur ein Date. Du magst ihn. Er mag dich. Schau, wohin es führt. Genieß es.«

Ich verschloss die Tür hinter mir, so wie Jakob es von mir verlangte. Dann rannte ich in der Wohnung herum und öffnete alle Fenster. Kalte Luft strömte in die aufgeheizten Räume. Eine Stunde blieb mir noch bis Jakob kam.

Es hatte an der Tür geläutet und ich wusste, dass es Jakob war. Wir begrüßten uns mit einem Küsschen links, einem Küsschen rechts. Ich freute mich so sehr, ihn zu sehen, dass ich die Einkaufstüte gar nicht wahrnahm. Gleich wollte ich die Sache mit der Pause ansprechen, doch Jakob wirkte gestresst.

»Ach egal, nur die Arbeit. Lass es uns hinter uns

bringen.«

Bum. Das schlug ein.

Jakob war sich sofort bewusst, was er da gesagt hatte und sah mich entsetzt an.

Vor zwei Stunden hatte er einen Anruf erhalten und es stellte sich heraus, dass der Praktikant die falschen Pläne verschickt hatte. Er musste nochmals ins Büro und die Sache klären. Der Anruf ereilte ihn, als er gerade beim Einkaufen war. Jakob hatte tatsächlich vor für uns zu kochen. Den Einkauf musste er abbrechen. Die Papiertüte, aus welcher eine Stange Lauch und die Blätterkrone einer Ananas lugte, sah vielversprechend aus. Darunter kramte ich lediglich noch einen ungekühlten Schlagobers hervor, den ich gleich im Müll verschwinden ließ. Dann blieben nur noch eine Packung Nudeln, Nachos und Dips übrig. Jakob hatte ich unterdes auf meiner Couch geparkt.

»Sag mal, was wolltest du eigentlich kochen?«

»Rigatoni mit Lauch-Carbonara.«

Wow, sehr romantisch. Meine Begeisterung hielt sich in Grenzen.

»Ich wollte für dich kochen und beim Einkaufen habe ich dann gemerkt, dass ich keine Ahnung habe was. Eigentlich esse ich die meiste Zeit auswärts. Und dann bekam ich eh schon den Anruf von meinem Chef.«

Jakob tat mir leid und ich setzte mich nah neben ihn auf die Couch.

»Aber jetzt ist ja alles in Ordnung. Du hast die richtigen Pläne noch verschickt. War ja nicht deine

Schuld.«

Irritiert sah er mir ins Gesicht. Erst jetzt merkte ich, wie nah ich mich zu ihm gesetzt hatte.

»Mir geht's hier nicht um die Arbeit. Es kotzt mich an, dass ich nicht fertig einkaufen konnte und dann nehme ich den ganzen Plunder noch zu dir mit. Wieso lachst du?«

»Du ärgerst dich wegen so einer Kleinigkeit?«

»Das ist unser viertes Date. Das ist doch keine Kleinigkeit.«

»Der Wille zählt.«

»Das sagt man auch einem kleinen Kind, das beim Sport versagt.«

Irgendwann kriegte sich Jakob wieder ein und er wurde zu dem lockeren, zuversichtlichen Kerl, der er zumindest bis jetzt vorgab zu sein.

»Also dann gibt es eine Variation von Nachos mit Käsedip und einer Hot Salsa.« Ich steuerte noch eine Guacamole bei. »Dann brauchen wir nur noch einen Film.«

»Den habe ich dabei.«

Das wird unser erster gemeinsamer Filmabend. Ob er an die *Zeugin der Anklage* gedacht hat? Ich habe diesen Film schon gefühlte hundert Mal gesehen, aber das machte nichts. Oder ein anderer Klassiker aus den Zeiten der Schwarzweißfilme.

»Nein, einen ganz anderen Klassiker.« Er zog eine DVD-Hülle aus seiner Jackentasche.

Unter anderen Umständen hätte ich mich über die

große Innentasche gewundert, aber nachdem mir ein junger Tom Cruise genauso verwirrt entgegenblickte wie ich ihm, verschlug es mir die Sprache.

»Kennst du den Film schon?«

»Warum *Vanilla Sky*? Was ist mit den Schwarzweißfilmen, die du magst?«

»Oh nein, du magst ihn nicht?«

»Ich habe keinen DVD-Player.« *Vanilla Sky*? Eine DVD? »Siehst du hier irgendwo einen DVD-Player?«

»Wie ich schon sagte, die DVD ist ja nur symbolisch.«

Ich nahm die DVD in die Hand und starrte sie in der Hoffnung an, sie würde sich in irgendetwas anderes verwandeln.

»Wir können ihn auf Netflix sehen. Sag halt einfach, wenn du ihn nicht magst.«

»Ich habe keine Ahnung. Ich glaube, ich hab ihn mal gesehen. Er war langweilig.«

»Langweilig? Der Film ist überhaupt nicht langweilig. Es ist ein Thriller. Du magst doch Thriller.«

Wie zwei Kinder, die zu Weihnachten nicht das bekommen haben, was sie sich gewünscht hatten, saßen wir nebeneinander auf der Couch.

»Meinetwegen, dann sehen wir uns den Film halt an.« Jakob sprang auf und lief zu meinem Fernseher.

»Aber erkläre mir bitte eines noch. Warum *Vanilla Sky*?«

Mit einem schelmischen Grinsen sah er mich an und mit spanischem Akzent hauchte er mir zu: »Ich werde es dir in einem anderen Leben sagen, wenn wir beide

Katzen sind.«

Bevor ich meine Augen öffnete, streckte ich mich. Licht fiel durch die Jalousien, ich hatte sie am Vorabend nicht ganz geschlossen. Ich musste sehr tief geschlafen haben, fühlte mich wie ausgeknockt. Sofort fiel mir der Film ein und wie Jakob mehrmals die Pause-Taste gedrückt hatte, damit gewisse Szenen nicht ihre Wirkung verfehlten, außerdem quatschte ich immer in den Film hinein.

Vage konnte ich mich an das erste Mal erinnern, als ich mir den Film ansah. Ich konnte nicht nachvollziehen, warum sich David dermaßen in Sofia verliebt hat. War es der spanische Akzent oder dieses Unnahbare? Warum merkte diese nervige Julie nicht, wunderbar gespielt von Cameron Diaz, dass sie für David nur ein sexueller Zeitvertreib war. Doch an diesem Morgen waren all diese Fragen verstummt.

»Achte auf die Details«, wurde ich von Jakob ermahnt.

»Auf welche Details?«

»Den Himmel.« Er deutete auf den Bildschirm und dann drückte er wieder auf Play.

Wenn ich am nächsten Morgen aufwache und an einen Film vom Vorabend denken musste, dann war er besonders gut oder besonders schlecht gewesen. In diesem Fall musste ich zugeben, dass er mir beim zweiten Mal besser als beim ersten Mal gefiel. Beinahe so wie es mir auch mit Jakob erging.

Ich brauchte einen Kaffee, warf die Bettdecke zurück

und schwang mich aus dem Bett. Leise trippelte ich am Sofa vorbei, auf welchem Jakob schlief.

Nach dem Film hatten wir noch ein wenig geredet und ihm fielen ständig die Augen zu. Doch er stritt es ab, er sei doch noch gar nicht müde. Während ich die letzten Nachos-Überreste und unsere Gläser wegräumte, dämmerte er weg. Vorsichtig steckte ich ihm ein Kissen unter dem Kopf und warf ihm eine Decke über. Einen kurzen Moment erschrak ich, als er abrupt mein Handgelenk erfasste.

»Sorry, ich wollte dich nicht erschrecken.«
Mit sehr müden Augen sah er mich an. Ich ließ mich zum Boden hinab gleiten und unsere Gesichter waren auf gleicher Höhe.

»Es ist okay, du kannst heute Nacht hier schlafen.«
»Ist das wirklich in Ordnung?«
»Ja, das ist es.« Ich gab ihm einen Kuss auf die Wange und sah ihm für kurze Zeit beim Schlafen zu. »Ich stell dir noch ein Glas Wasser auf den Tisch.«

Da ich ihn keinesfalls wecken wollte, warf ich die Filterkaffeemaschine an. Sie war um einiges leiser als der Kaffeevollautomat und ich liebte den Duft nach frischem Kaffee, den sie verströmte. Aus Nanas Wohnung hatte ich sie damals mitgenommen. Die sanften Dampfgeräusche weckten Jakob nicht auf, ließen ihn aber kurz zusammenzucken. Sobald genug Kaffee in der Kanne war, goss ich ihn mir in meine Tasse und betrat meinen kleinen Balkon. Die Luft war so klar, den

Morgenmantel hatte ich fest um mich gebunden, meine Nase steckte ich in die Tasse. Es war zu einem kleinen Ritual am Morgen geworden.

»Werde dir des Tages bewusst«, hatte Julia zu mir gesagt, »stell dich auf den Balkon und genieß deinen Kaffee.«

Als ich ihr davon erzählte und ihr sagte, dass das richtig gut tat, lachte sie nur. Eigentlich war das nur eine Metapher, ein kleines Bespiel gewesen. Sie hatte nicht erwartet, dass ich ihren Rat tatsächlich befolgen würde.

Ich nippte an meinem Kaffee, schloss die Augen und atmete tief ein. Nun war ich bereit für den Tag, der vor mir lag. Ich öffnete die Augen, in der Hoffnung auf einen blauen Himmel zu blicken.

Mir stockte der Atem.

Sofort glaubte ich, dass ich noch schlafe, bloß träume.

Ich schloss nochmals die Augen und öffnete sie wieder, vielleicht hatte ich mich getäuscht.

Vor meinen Augen erstreckte sich ein Himmel in - Nein, das musste ich Jakob zeigen.

»Jakob, Jakob, komm mit. Das musst du dir ansehen.« Ich versuchte in meiner Aufregung so leise wie möglich zu sein. Jakob musste sich zuerst mal orientieren, wo er überhaupt war. Dann ein Lächeln, als es ihm bewusst wurde. »Du kannst mich später noch anlächeln, jetzt komm mit. Die Decke.«

»Was?«

»Nimm die Decke mit. Es ist kalt draußen.«

Gemeinsam standen wir auf dem Balkon. Seite an Seite.

Er hatte mich mit in die Decke eingehüllt, nahm einen Schluck von meinem Kaffee. Küsste mich auf die Wange. Wir blickten zum Himmel hinauf. Auch wenn es kalt war, so glühten wir innerlich.

»Jakob, träume ich oder siehst du das auch?«

»Nein, du träumst nicht. Das ist echt.«

Ein Himmel in blauvioletten Schattierungen mit rosafarbenen Wölkchen zeigte sich, wenn wir gegen Süden blickten. Den Atem raubte uns jedoch der Blick in den Osten. Der Himmel war in surreale Farbtöne getaucht und die Wolken erschienen wie gelbe Zuckerwatte, die am Rande noch mit rosa Zuckerguss verziert wurde.

»Vanille«, korrigierte mich Jakob.

Vanillefarbene und rosa Wölkchen hatten sich tatsächlich vor unseren Augen aufgetürmt.

»Aber wie ist das möglich? Was ist das für ein Zufall?« Ich flüsterte, es war noch sehr früh am Morgen und ich wollte meine Nachbarn nicht wecken.

Jakobs Mund konnte ich an meinem Ohr spüren und er flüsterte mir zu. »Na, da hast du ihn. Das ist dein Vanilla Sky.«

Gerade noch hatten wir den atemberaubenden Anblick genossen, da bemerkten wir, dass wir mit der gleichen Faszination den jeweils anderen anstarrten. Wir küssten uns, dann ergriff ich Jakobs Hand und zog ihn hinter mir her ins Schlafzimmer.

Mein Handy piepste. Nachricht von Emma. Sie wollte wissen, wie mein Date war. Ich tippte zurück: War? Zwinker-Smiley. Ein Emoticon mit großen Augen kam von ihr als Reaktion zurück, dann stellte ich das Handy auf lautlos und legte es aus der Hand.

Jakob beugte sich über mich. Er sah mich mit diesen grün-braunen Augen an, als würde er mein Gesicht kartographieren.

»Ich mag dich, Lara.«

»Ich mag dich auch, Jakob.«

Mit seiner rechten Hand spielte er an meinen Haaren herum. »Ich mag dich wirklich sehr, Lara.«

Kitsch lag in der Luft. Es zog mir das Gesicht zusammen, als hätte ich in eine sehr saure Zitrone gebissen. Das passierte mir immer, wenn es zu gefühlsduselig wurde. Er war so ernst geworden. Wie er mich ansah. Bitte einen Schritt nach dem anderen. Ich betete inständig, dass er sich nicht bemüßigt fühlte, seine Gefühle komplett auf den Tisch zu legen. Mögen reicht für den Anfang vollkommen aus. Zum Glück sagte er nichts mehr und küsste mich einfach nur. Oh ja, ich mochte ihn auch sehr.

»Ob ich dich wohl ein weiteres Mal davon überzeugen kann, wie sehr ich dich mag?« Zärtlich vergrub er sein Gesicht in meinen Nacken.

Es kitzelte und ich musste kichern. »Ich wäre enttäuscht, wenn nicht.«

Rückkehr auf die Insel

Was war das nur für ein Jahr! Ungefähr vor einem Jahr befand ich mich auch im Flugzeug auf dem Weg nach Daaru. Nun saß der Mensch neben mir, mit dem ich schon damals hätte fliegen sollen. Herbert.

Eine Reihe vor uns hatte Lara ihren Platz genommen. Sie bestand darauf, dass wir unsere Privatsphäre hatten. Wobei sie sich mehrmals nach uns umdrehte und uns immer dann erwischte, wenn wir uns küssten. Sie war aufgeregt wegen der Hochzeit. Wir alle waren deshalb aufgeregt. Eine Hochzeit am Strand. Ein Traum.

Herbert war ganz ruhig. Er habe alles, was er wollte, sagte er und drückte dabei meine Hand. Vergebens hatte ich gehofft, dass mir Lara ein wenig bei der Organisation behilflich sein würde. Eine Hochzeit am Strand fand sie zwar großartig, aber sie ging davon aus, dass das alles ohnehin vor Ort geregelt wird. Weit gefehlt, also blieb dann alles an mir hängen. Vermutlich dachte sie, dass ich Spaß daran hätte oder ich es ohnehin besser im Griff hatte. Neben der Hochzeit erwartete uns noch eine besondere Zusammenkunft auf der Insel.

Während wir auf dem Rollfeld noch auf die Starterlaubnis warteten, steckten Jakob, Sven und Sandra schon ihre Füße in den Sand. Svens Eltern waren auch mit von der Partie. Wie es dazu kam? Lara konnte es mir nicht recht erklären. Irgendwann habe ich dann auch nicht mehr gefragt. Zumindest schien Lara nun aufgeregter wegen des Aufeinandertreffens mit Sandra zu sein, als Jakob wiederzusehen. Es habe sich nie die Gelegenheit ergeben, sich mit Sandra wirklich auszusprechen. Das behauptete Lara zuweilen. Auf einer Fläche von weniger als einem Quadratkilometer werden sie sich nicht so leicht aus dem Weg gehen können. Zumal es auch schon diesen geplanten gemeinsamen Abend mit Sven und seiner Familie geben würde.

Eine aufregende Zeit lag vor Lara. Ich beneidete sie auch ein Stück weit darum.

Als diese sonderbaren Dates mit Jakob endlich ihr Ende fanden, wurde sie auch wieder entschlossener.

Nach dem vierten Date gab es noch ein weiteres, welches Lara organisierte. Sie ging mit ihm gemeinsam in die Boulderhalle, doch ihre Höhenangst konnte sie immer noch nicht ganz überwinden. Jakob sollte sich das Klettern als Gemeinsamkeit mit Sven behalten, meinte sie dann ganz kühl. Noch Monate später stritt sie ab, dass sie an der Boulderwand, keine zwei Meter über dem Boden, vom Sterben gesprochen hatte. Als ich fragte, ob sie tatsächlich an der Kletterwand für Kinder geheult hatte, dementierte sie dies vehement. Jakob, der hinter ihr stand, während ich mit ihr sprach, hatte seine Augen weit geöffnet und nickte ernst.

»Schluss mit den Dates«, sprach Jakob ein Machtwort. Natürlich bekam sie das sofort wieder in den falschen Hals und das wusste er auch. Er setzte noch eins drauf. »Keine Dates mehr. Nie wieder!« Er liebte es, mit ihr ein wenig zu spielen. Böser Jakob. Dann setzte er mit sanfter Stimme fort: »Ich will keinen Termin mit dir vereinbaren, um dich sehen zu können. Kein Date, um dich treffen zu können. Ich will mit dir zusammen sein.«

Ich betete darum, dass sie nicht ihr Zitronengesicht auflegte. Beinahe gelang es ihr. Was danach geschah, konnte ich nur erahnen, denn ich machte mich ganz schnell aus dem Staub.

Ab dem fünften Date war es dann tatsächlich vorbei mit dem Daten. Julia und ich trafen Jakob oft in Laras Wohnung an. Wenn Lara nicht in ihrer Wohnung war, dann wusste ich, dass sie bei Jakob war.

Das Flugzeug hob ab und Lara blickte aus dem Fenster, ihr Blick war wehmütig und glücklich zugleich. Ihre geliebte Stadt würde sie längere Zeit nicht mehr sehen.

Ich bemerkte, wie ich von der Seite gemustert wurde. Herbert lächelte mich an.

»Ich liebe dich, mein Schatz.«

»Ich dich auch, mein Liebster. Ich kann es kaum erwarten, endlich mit dir auf der Insel zu sein.«

Daaru, Daaru – wir sind wieder auf Daaru!

»Was ist, Lara?«

»Alles gut, Emma. Ihr könnt ruhig schon vorausgehen.«

Diesen Augenblick wollte ich genießen und für mich alleine haben. Unachtsam hatte ich vor einem Jahr diese Insel betreten und verlassen, weil ich andere Dinge im Kopf hatte. Nun bekam ich eine zweite Chance und diese wollte ich nutzen. Von der Hauptinsel wurden wir mit einem Boot in einer knapp zweistündigen Fahrt zur Insel Daaru gebracht. Alle anderen hatten bereits die Insel betreten, am Strand wartete schon die Hotelcrew mit einem Willkommensdrink, den wir schon vor einem Jahr zu den Trommelklängen serviert bekamen. Ich stand alleine auf dem Holzsteg und sah auf das Meer hinaus. Den Moment wollte ich unbedingt auskosten, wenn ich über den Steg gehe und zum ersten Mal den Sand der Insel unter meinen Füßen spüre. Meine Sandalen streifte ich mir von den Füßen und ich dachte an die Lara, die sich vor einem Jahr von den Paaren, die es kaum erwarten konnten auf die Insel zu kommen, mittreiben hatte lassen. Im Kern war es noch immer dieselbe Lara, sie war nur zufriedener und zuversichtlicher geworden, hatte den Mut gefunden ihren Traum umzusetzen. Vom Steg aus sah ich Jakob, der auf mich wartete. Sogar Sven und Sandra hatten ihn begleitet. Alles deutete auf ein Happy End hin, jedoch waren wir davon noch weit entfernt. Denn an Stellen, an denen Filme grundsätzlich endeten, fing das wahre Leben erst an.

Die Aussprache mit Sandra stand noch aus. Sven hatte ein Abschiedsritual für Jasmina geplant. Das größte Geschenk für seine Frau war, dass sie einbezogen wurde. Nicht nur ich musste in diesem Jahr lernen über Gefühle zu sprechen. Als Sven seinen Eltern davon erzählte, was er vorhatte, wollten sie dabei sein. Aus dem Hochzeitstrip mit Emma und Herbert, Jakob und mir sollte also mehr werden.

Noch lächelte Jakob mir vom Strand aus zu. Als er bemerkte, dass ich die Letzte auf dem Steg war, machte er einen skeptischen Eindruck. Klar wäre ich am liebsten zu ihm hingelaufen und in seine Arme gesprungen.

Ich sah die Suche nach Bestätigung in seinem Blick und er schien zu fragen: *Du machst doch keinen Rückzieher?*

Aufmunternd sah ich ihn an und reckte meinen nackten Fuß in die Höhe.

Er atmete erleichtert auf.

Jakob wusste, dass Sven ein guter Freund war, aber wenn wir gemeinsam an einem Tisch saßen, kam Argwohn in ihm auf. Noch vor wenigen Monaten musste ich überzeugt werden, positive Schlüsse aus der ganzen Sache zu ziehen, nun übernahm ich diese Rolle für Jakob.

∞

Ein paar Monate vor unserer Abreise hatte ich Sven von unseren Plänen erzählt. Eigentlich war es mir mehr oder weniger herausgerutscht. An einem ganz normalen Nachmittag saßen wir in Jakobs Wohnung zusammen und nahmen einen schnellen Kaffee ein. Noch viel mehr hatte es mich überrascht, dass Sven rein gar nichts davon wusste.

»Ich hätte dir schon noch davon erzählt«, hatte Jakob damals gesagt, als wäre es keine große Sache.

»Wir gehen zwei Mal die Woche gemeinsam klettern und da hast du noch keine Gelegenheit gefunden, mir zu sagen, dass du dich aus dem Staub machst?«

»Ich mach mich doch nicht aus dem Staub.«
Dann hatten sie einfach nur auf ihren Kaffee vor sich gestarrt. Eine unangenehme Stille, ich überlegte zu gehen und die beiden alleine zu lassen, vielleicht konnten sie neben mir nicht offen miteinander reden.

Plötzlich erhellte sich Svens Miene. »Ich komm mit. Also zumindest auf die Insel.«

Da war dann dieser Argwohn in Jakobs Blick wieder da, den Sven jedoch nicht zu bemerken schien.

»Und davor machen wir noch einen Kurztrip so wie vor einem Jahr.«

Jakob ließ es sich durch den Kopf gehen.

»Aber ohne dem ganzen Drama.« Mit diesem Satz drehte sich Sven zu mir.

Ich wollte gerade protestieren, aber mir blieb die Sprache weg. Außerdem hatte ich gerade einen Bissen von meinem Kuchen genommen. Zumindest brachte mein Gesichtseindruck mir eine Entschuldigung von Sven ein.

»Also überleg es dir Jakob. Ich werde auf jeden Fall auf die Insel fliegen. Ich habe das Gefühl, ich brauche das. Sandra nehme ich mit.« Damit verabschiedete er sich von uns.

»Hast du das gehört Jakob?«, fragte ich ihn unmittelbar, nachdem Sven die Wohnung verlassen hatte. »Sven hat von *Gefühl* gesprochen.«

Ein paar Tage später hatte sich Jakob damit einverstanden gezeigt, dass Sven und Sandra uns begleiten. Mit Sandra ist Sven dann auf die Idee gekommen, auf der Insel ein Abschiedsritual zu veranstalten und Jasmina zu gedenken.

∞

Das weiche, geschmeidige Holz des Stegs ließ ich hinter mir und tauchte mit meinen Füßen in den warmen und weichen Sand ein. Ich war auf der Insel.

Jakob schlenderte auf mich zu und nahm mich in den Arm. »Hey, ich habe dich vermisst. Du hast dir ja ganz schön Zeit gelassen.«

»Ich wollte den Augenblick auskosten. Außerdem wirst du mich in der nächsten Zeit nicht mehr so schnell loswerden.«

Alle Zeichen standen auf Happy End. Tatsächlich lag aber das größte Abenteuer noch vor uns.

Mein Gepäck war bereits in den Bungalow gebracht worden, als wir ihn erreichten. Jakob und ich hatten uns auf den Weg dorthin Zeit gelassen und uns auf der Insel umgesehen. Ich konnte es nicht glauben, es sah noch immer alles gleich aus, aber die Umstände waren vollkommen andere. Nicht alles war anders. Ein Blick auf das Bett mit einem Herz arrangiert aus Rosenblättern genügte und mein Gesicht verformte sich zu einem Zitronengesicht. Jakob schaffte sie ganz schnell beiseite. Wir ließen uns auf das Bett fallen, Jakob war ungewohnt ruhig.

»Wie war der Trip mit Sven. Erzähl doch mal, habt ihr die Klettertour gemacht?«

»Nein, wir waren dann nur wandern. Das Wetter hat nicht gehalten.«

Ich wollte mehr wissen, wie es sonst so gelaufen ist.

»Es war gut. Es war schön.« Jakob starrte den Schrank aus dunklem Holz vor sich an. Dann fing er schleppend zu erzählen an, vielleicht war er auch nur müde gewesen. Die Zeitumstellung.

»Wenn du so erzählst, da bekomme ich schon richtig Lust auf unsere weitere Reise.«

Er hörte mir gar nicht richtig zu. Aus heiterem Himmel sagte er mir, dass er nach dem Ganzen hier, den

Kontakt zu Sven abbrechen wird.

»Was? Du scherzt doch. Jakob?«

»Das liegt doch klar auf der Hand. Das mit uns kann doch nie funktionieren, wenn er ständig irgendwo in der Nähe ist.«

Deutlich sagte ich ihm, dass die letzten Monate doch zeigten, dass es sehr wohl funktionierte. Was hieß hier überhaupt *funktionieren*? Als wären wir alte ratternde Maschinen.

»Meine Entscheidung steht fest.«

»Deine Entscheidung ist scheiße.«

»Du verstehst es wirklich nicht oder?«

Nein, ich verstand rein gar nichts. Ich erkannte ihn nicht wieder. »Um was geht es hier eigentlich?«

Er schien verwundert zu sein, dass er mir das tatsächlich erklären musste. »Solange Sven in der Nähe ist, wird das mit uns nicht funktionieren.«

Ich glaubte es nicht, da war schon wieder dieses Wort.

»Das wurde mir in dem Moment klar, als ich die Insel betrat. Ich bleibe immer hintangestellt.«

»Was für einen Blödsinn redest du da?« Ich bekam keine Antwort. »Durch Sven haben wir uns erst kennengelernt.«

»Genau ohne Sven hättest du mich gar nicht bemerkt.«

Was war da los? Versteckte Kamera? Machten Sven und Jakob sich einen Spaß daraus, mich so richtig reinzulegen? Ich konnte mir ein bitteres Lachen nicht verkneifen.

»Findest du das lustig?«

»Ja, schon. Jakob, meinst du das alles ernst, was du da sagst?« Wieder keine Reaktion. An eine versteckte Kamera glaubte ich auch nicht mehr. »Jakob ich möchte nicht, dass du die Freundschaft mit Sven meinetwegen aufgibst.«

»Ach komm, nicht nur uns wäre damit ein Gefallen getan. Sandra hätte sicher auch nichts dagegen.«

Hatte Sandra etwas damit zu tun? Hat sie irgendetwas zu Jakob gesagt?

»Du verstehst es noch immer nicht. Ist das zu glauben?«

»Hör auf so bissig zu sein«, fauchte ich ihn an.

Jakobs Gejammer ging mir auf die Nerven, er sprach von zweiter Reihe und dass ich ihn vor einem Jahr links liegen gelassen hatte.

»Das war alles vor einem Jahr. Warum machst du so ein Theater, Jakob.«

»Ich mache ein Theater. Ich? So siehst du das also.« Von Sekunde zu Sekunde widerte er mich mehr und mehr an.

»Es ist anscheinend nicht möglich mit dir ein Gespräch zu führen. Ich ziehe mich um und gehe laufen.«

»Jetzt? Es ist heiß draußen.«

Auch um acht Uhr in der Früh war es heiß draußen. Nun war es Nachmittag. Also was machte das schon.

»Ich komm mit.«

Ich drehte mich abrupt um und sagte ihm, dass er hier bleiben soll. Von mir aus konnte er auch in den Spa oder zum Strand gehen, Hauptsache ich musste ihn nicht sehen.

Voller Ärger lief ich los und das letzte was ich wollte, war Emma und Herbert gleich nach der Ankunft zu stören, aber ich musste mit jemandem sprechen. Tränen, die aufsteigen wollten, unterdrückte ich. Nein, jetzt nur nicht weinen. Nicht wegen so einem Vollidioten. Emmas Bungalow befand sich auf der anderen Seite der Insel, dennoch wollte ich nicht die Abkürzung nehmen und joggte am Wasser entlang. Bei dem Meeresrauschen und dem feinen Sand unter meinen Füßen vergaß ich beinahe, dass ich verärgert war. Ich klopfte an Emmas Bungalow und war erleichtert, dass ich da in nichts hineinplatzte und ich sie lediglich beim Auspacken störte.

»Ihr seid auf seiner Seite?«

Herbert setzte zur Antwort an, Emma fasste ihn sanft an den Schultern und schob ihn in Richtung Jacuzzi, den er schon mal für später vorbereiten sollte. »Das habe ich nicht gesagt.« Emma suchte nach den richtigen Worten. »Schau mal, vor einem Jahr warst du noch am Durchdrehen. Dinge waren klar, aber du sahst sie nur verschwommen.«

Was für ein Horrortrip, ich verstand hier überhaupt niemanden mehr.

Sie versuchte es noch einmal. »Diese Insel. Der Aufenthalt. Das löst in Jakob Erinnerungen aus. Gefühle.«

»Meinst du? Aber das ist doch totaler Irrsinn.«

»Ist es das? Darf ich dich an letztes Jahr erinnern!«

Ja klar, ich war da auch total durcheinander. Aber ich war ich, und Jakob war Jakob. Jakob drehte doch nicht einfach so durch.

»Möglicherweise doch.«

»Aber er führt sich komplett blöd auf. Will die Freundschaft mit Sven einfach so wegschmeißen.«

Im Hintergrund sah ich, wie Herbert die Plane vom Jacuzzi schob. Ich wunderte mich, dass diese Vorbereitungen nicht vom Personal getroffen wurden. Emma war meinen Blick gefolgt. Was wäre passiert, wenn ich Herbert nie akzeptiert hätte? Was war stärker - Freundschaft oder Liebe? Es sollte hier kein Oder dazwischen stehen, sondern ein Und. Wenn Herbert, Emma und ich das auf die Reihe bekamen, dann doch auch Jakob, Sven und ich. Und Sandra. Oh verdammt Sandra. Da fiel es mir wieder ein. Ich musste da noch etwas für den morgigen Abend organisieren.

»Aber was will Jakob? Ich will nicht dafür verantwortlich sein, dass ich eine Freundschaft kaputt mache.«

»Lara, Jakob ist einfach ein bisschen durch den Wind. Rede mit ihm. Umarme ihn. Vermutlich will er einfach nur, dass du für ihn da bist.«

»Wenn er sich so aufführt, dann fällt mir das aber verdammt schwer.«

Dann erinnerte ich mich an das vergangene Jahr, wie verzweifelt ich war. Was hätte ich dafür gegeben, dass mich jemand hielt und mir sagte, dass alles gut ist oder zumindest gut wird. Der Moment, als ich vor einem Jahr das Kanu aus dem Wasser an den Strand zog und mich Jakob abpasste, tauchte vor mir auf. Ich pöbelte ihn an und dabei dachte ich mir: *Bitte nimm mich einfach in den*

Arm. Natürlich tat er das nicht, wir kannten uns damals ja kaum.

Noch war ich nicht dazu bereit, in den Bungalow zurückzukehren, deshalb lief ich noch schnell zur Rezeption um das Candle Light Dinner zu fixieren und die Sache mit den Einladungskarten zu organisieren. Der Rezeptionsmanager sah mich und wollte gleich noch ein paar Details für die Hochzeit besprechen, aber dafür hatte ich gerade keinen Kopf. Ich sollte zusehen, dass ich mit Jakob spreche. Apropos sehen, da tauchte auch schon ein unverschämt gutaussehender Kerl mit nacktem Oberkörper und pfirsichfarbener Badehose vor mir auf. Bereits gut vorgebräunt, traten seine Muskeln noch mehr hervor. Er versuchte gerade seine wunderschönen Haare mit den leichten Wellen zu bändigen. Zuhause saßen die Haare immer perfekt, aber hier machte ihm die hohe Luftfeuchtigkeit einen Strich durch die Rechnung. Mir gefiel der lockere Sunny Boy besser als der steife Marketingexperte. Er entdeckte mich, warf mir ein Lächeln zu und kam auf mich zugerannt. In Zeitlupe. OH. DU. MEINE. GÜTE. Ich drehte mich in die andere Richtung um und begann zu laufen. Wegzulaufen. Ein Déjà-vu. Kein Wunder, dass Jakob durchdrehte. Sah ich Sven immer noch mit diesem verträumten Blick an?

»Warte! Lara!«

Er war dicht hinter mir. Natürlich lief er schneller als ich. Es hatte ohnehin keinen Zweck, also blieb ich stehen. Umso mehr ich versuchte, ruhig zu atmen, umso schlimmer wurde es. Mein Herz pochte mir zum Hals.

Luft, Luft, ich brauche Luft.

»Ich hole dir ein Wasser.«

Wasser ist auch in Ordnung, dachte ich mir keuchend. Ich ließ mir die ganze Szenerie durch den Kopf gehen. Innerlich sagte ich mir, dass ich keine Gefühle für Sven habe, ich sehe ihn mir nur gerne an. Wäre es für mich okay, wenn Jakob meine Freundin so ansehen würde? Oh Gott, nein, ich würde ihm die Augen auskratzen. Hat Jakob möglicherweise recht? Muss Sven aus unserem Leben verschwinden?

»Hier ein Wasser.«

»Das ist ja eiskalt. Das bekomme ich nicht runter.« Sven schnaubte und machte sich wieder auf den Weg. Nach ein paar Minuten war er wieder zurück und drückte mir einen Gin Tonic in die Hand.

»Die haben nun mal keinen Tee hier, wie du dir denken kannst.« Sven sah mir dabei zu, wie ich das Glas auf ex lehrte. »Das geht? Verdammt nochmal, da waren Eiswürfel darin. Aber ein kaltes Glas Wasser geht nicht?«

Ich spuckte die Eiswürfel in den Sand und sah ihn mit großen traurigen Augen an.

»Ich werde mit Jakob reden.« Zu unserem Streit gab Sven keinen Kommentar ab, aber in seinem Gesicht sah ich die Besorgnis.

»Sven, ich möchte wirklich nicht, dass ihr eure Freundschaft aufgebt.«

»Wie gesagt, ich rede mit ihm.« Er sah mich kaum an. Sven half mir auf die Beine. »Ich komme vorm Abendessen bei euch vorbei. 681?«

Ich nickte, das war die Nummer unseres Bungalows.

»Jetzt geh zu ihm, macht noch das Beste aus dem Tag.«

Noch bevor ich die Tür hinter mir zuzog, rief mir Jakob zu, dass das unser erster Streit seit dem dritten Date war.

»Und das ist dir während meiner Abwesenheit eingefallen?« Geräuschvoll öffnete er eine Bierdose und reichte sie mir.

»Nein. Aber Emma.«

Ich wartete auf eine weitere Erklärung.

»Sie hat hier angerufen.« Jakob deutete auf das Telefon. »Emma dachte wohl, dass du am Telefon wärst und redete drauf los.«

Meine Sportklamotten hängte ich zum Trocknen auf und stellte mich unter die Dusche. Wir hatten uns für einen Strandbungalow entschieden, der von Palmen umgeben war. Die Dusche befand sich im Außenbereich und somit im hinteren Teil des Bungalows, wo es auch einen großen Jacuzzi gab und genug Platz um sich zu sonnen. Bekleidet oder unbekleidet. Denn dieser Bereich war mit einer Holzfassade abgeschirmt.

»Wie war das Laufen?« Jakob tauchte vor mir auf.
Da fiel mir wieder ein, was ich eigentlich vorhatte. Ich zog ihn zu mir unter die Dusche.

»Ich mag dich, Jakob. Ich mag dich sogar sehr.«
Er vergrub sein Gesicht in meinen Nacken und da spürte ich es wieder. Das Flattern der Flügel. Die Schmetterlinge. Wasser prasselte auf uns herab.

Jakob hob sein Gesicht und sah mich herausfordernd

an. »Zeig es mir, wie sehr.«

Pünktlich, wie auf der Einladungskarte angegeben, erschien Sandra auf der Bildfläche. Die Einladung war mehr als eine Geste geplant. Mir war klar, dass ich damit nicht wieder gut machen konnte, was ich getan oder fast getan hatte.

Die weißen Stoffpavillons wurden immer am späten Nachmittag am Strand aufgebaut. Insgesamt gab es davon fünf über die ganze Insel verteilt. Nah am Wasser und nur mit Fackeln beleuchtet. Über die Tische waren weiße Tücher gespannt, eine Obstschale, Muscheln und Kerzenleuchter kamen als Dekoration hinzu.

Sandra trug ein weißes Vokuhila-Kleid und ihre langen blonden Haare wehten im Wind. Ich hatte mich schon gefragt, ob sie über die Einladung zum Strand-Dinner miteinander gesprochen hatten. Sven hatte genau die gleiche Einladungskarte bekommen, nur mit einer späteren Uhrzeit. Natürlich wirkte sie enttäuscht und irritiert, als sie mich sah, schließlich hatte sie mit Sven gerechnet. Zehn Meter entfernt von mir, suchte sie nach Bestätigung beim Kellner, ob sie sich nicht geirrt hätte und beim falschen Pavillon gelandet sei. Dieser deutete jedoch weiterhin mit kräftigem Nicken in meine Richtung. Entschuldigend hob ich meine Hände. Sandra verdrehte ihre Augen, ließ die Schultern hängen und ich hatte schon die Befürchtung, sie würde sich umdrehen und davon gehen. Aber auch sie wusste, dass ein Gespräch unausweichlich war.

∞

In den letzten Monaten, seit unserem Aufeinandertreffen im Restaurant, gab es zwar nicht viele Gelegenheiten uns auszusprechen, jedoch gab es sie. Angefangen bei den Geburtstagsfeiern von Sven und Jakob. Es waren auch immer andere Leute eingeladen, was die Sache erheblich erschwerte. Bei Svens Geburtstag hatte ich mich gefragt, wie wohl seine Freunde auf mich reagieren würden. Schließlich war ich ihnen als die Hochzeitscrasherin bekannt. War das nicht auch für Jakob eine furchtbar peinliche Situation? Ich wartete darauf, dass ich damit aufgezogen wurde, aber es kam nichts. Entweder sie wurden von Sandra und Sven gut instruiert oder es war ihnen schlichtweg egal gewesen. Jakob entschied sich dafür, seinen Geburtstag bei sich in der Wohnung zu feiern. Gemeinsam bereiteten wir ein kleines Buffet vor. Hier war ich sozusagen im Heimvorteil. Jakob und ich hatten jeweils unsere eigenen Wohnungen behalten, das Zusammenziehen hatten wir zwar thematisiert, aber wir waren uns beide einig, dass das noch warten konnte. Außerdem war es praktisch, dass die Wohnungen in unterschiedlichen Vierteln lagen. Bei dem jeweils anderen gingen wir ein und aus wie es uns gerade passte. Wir hatten nicht nur ein Zuhause, sondern gleich zwei. Am Abend von Jakobs Geburtstag hatte ich mir fest vorgenommen, Sandra zur Seite zu ziehen und mich für meinen Fehler zu entschuldigen. Ich wollte diese Sache ein für allemal aus der Welt schaffen. Doch wie es nun mal so ist, verlor ich den Mut. Wir machten netten kleinen Small-Talk, aber ihre Augen waren eiskalt. Da war eine riesengroße Barriere zwischen uns, die unüberwindbar schien. Den Wunsch, dass sie meine beste Freundin werden würde, hatte ich nicht. Vielleicht verlangte ich einfach zu viel von ihr. Ich wollte, dass sie mir verzieh.

∞

»Was wird das hier?«

Eine einfache Frage, aber mir verschlug es die Sprache.

Doch auch sie blieb hart, leicht würde sie es mir nicht machen, so viel stand fest.

Zumindest sollte ich es mit einer Entschuldigung versuchen. »Es tut mir so leid, was vor einem Jahr passiert ist.«

Weiterhin sah sie mich stur an.

»Es tut mir so unendlich leid, was ich da letztes Jahr veranstaltet habe.«

Wieder nichts.

Einen Monolog abzuhalten, darauf war ich nicht wirklich vorbereitet. Musste ich es denn wirklich aussprechen? Möglicherweise hatte sie auch gar keine Lust darauf, mir zu vergeben. »Ich kann mir vorstellen, dass es dir lieber gewesen wäre, wenn ich von der Bildfläche verschwunden wäre. Aber nun bin ich mit dem besten Freund deines Mannes zusammen.« Wenn sie doch nur irgendetwas von sich geben würde, um herauszufinden, ob ich auf dem richtigen Weg war oder alles nur noch schlimmer machte. Es war anstrengend und ich stieß ruckartig die angestaute Luft aus.

»Seufzen kann ich auch.« In Sandras Augen lag so viel Kälte. Diese bekam vor allem ich zu spüren. Ihre Augen kannte ich auch anders. Wenn sie Sven ansah, dann strahlten sie, bei ihren Schwiegereltern waren sie voller Wärme, bei Jakob wirkten sie freundlich.

»Weißt du«, begann sie ungewohnt kleinlaut, »in deiner Nähe fühle ich mich immer so unterlegen.«

Was passierte hier auf einmal?

Sie sprach weiter: »Da fühle ich mich wie ein kleines Nichts.« Ihr Gesicht wurde mit diesen Worten weicher.

»Was, echt?«

Es war wie ein Gewitter, welches einem glauben machte, das Schlimmste sei schon vorbei, nur um dann volleinzuschlagen.

»Nein, du Bitch. Du wolltest meine Hochzeit zerstören.« Sie schrie drauflos. Es platzte alles aus ihr heraus, was sich die letzten Monate wohl so angestaut haben musste.

Die Kellner hielten sich brav im Hintergrund. Eine Ader trat auf ihrer Stirn hervor. Okay, das würde ich nun einfach mal über mich ergehen lassen. Der Inhalt ihrer Hasstirade war nicht besonders ergiebig. Im Grunde ging es darum, wie eine Frau auf die Idee kommen kann bei einer Hochzeit aufzutauchen. Wie eine Frau einen vergebenen Mann anmachen kann. Wie ich wohl an ihrer Stelle reagiert hätte, wollte sie wissen. Noch bevor ich zu einer Antwort ansetzen konnte, fuhr sie mit ihrem Geschrei auch schon wieder fort. Lange Zeit fixierte ich einfach nur das Tischtuch, irgendwann wurde es mir zu langweilig und ich merkte, dass mich ihre Beschimpfungen nicht wirklich trafen. Sie taten mir einfach nicht weh. Ich sah Sandra in die Augen und sie verstummte augenblicklich.

»Ich kann deinen Ärger verstehen, ich kann deine Wut verstehen. Ich habe das hier als Friedensangebot geplant. Im Prinzip kann ich nicht von dir verlangen, dass du mir verzeihst. Aber ich möchte, dass du weißt, dass es mir leid tut, dass ich vor einem Jahr in deine Hochzeit geplatzt bin.«

Sandra lehnte sich resigniert in ihrem Stuhl zurück und ich versuchte mich mit dem Blick aufs Meer hinaus abzulenken.

Warum war es mir bloß so wichtig, mich bei ihr zu entschuldigen? Ich hätte es einfach bleiben lassen können. An ihrer Stelle hätte ich mir auch nicht verziehen. Warum auch? Mir fiel ein, was Jakob mir gegenüber erwähnte, als ich ihm von dem Candle Light Dinner erzählte. Jakob, genau. Deshalb war ich hier. Es sollte keine Freundschaft kaputt gehen, vor allem nicht wegen mir.

»Hast du nicht gesagt, dass vor der Hochzeit eure Beziehung noch nie so richtig auf die Probe gestellt wurde?« Nun war auch Sandras Blick starr auf den Horizont vor ihr gerichtet. »Dass du zwar nicht so etwas Intensives wie einen Hochzeitcrash gebraucht hättest, aber du dir dann erst im Klaren warst…«

»Ich kenne meine eigenen Worte, danke.« Sie sah

mich an. »Jakob, das Plaudertäschchen, erzählt dir wohl auch alles.«

Ohne zu schreien, erzählte sie mir davon, wie sie sich nach Svens Rückkehr von der Insel gefühlt hatte. So einsam war sie noch nie zuvor gewesen. Doch sie bekamen es hin, sie sprachen miteinander. Mein Hineinplatzen in die Hochzeit verschaffte ihr einen kleinen Schock. Es hieß immer, dass es der schönste Tag im Leben sein sollte. Dass Sven sie liebte, dessen war sie sich zu diesem Zeitpunkt sicher gewesen, aber eine Frau, die auftauchte um diese Liebe zu zerstören, machte sie sprachlos. Nein, nicht sprachlos. Es raubte ihr den Atem. Als würde man ein Korsett enger und enger schnüren. Glück und Liebe würde sie nie mehr als selbstverständliches Gut ansehen, es war fragil.

»Dennoch, es war eine sehr schöne Hochzeit. Zwar würde ich nicht so weit gehen und behaupten, dass es der schönste Tag in meinem bisherigen Leben war, aber er war durchaus schön.« Sie räusperte sich und wischte sich eine Träne von der Wange. »Da ist noch eine andere Sache.« Sandra zögerte, bevor sie weitersprach. »Zwischen Sven und dir, da gibt es eine Verbindung.«

»Nein, Sandra, da ist nichts.«

Zuerst musste ich das ständig Jakob erklären und jetzt auch Sandra. Glaubt mir doch endlich. Wenn sie jedoch gesehen hätte, wie ich Sven vor zwei Tagen noch am Strand angeschmachtet habe, konnte ich es ihr hingegen nicht übel nehmen, dass sie auf diesen Gedanken kam.

»Lass mich ausreden. Ich meine Jasmina. Diese Gemeinsamkeit verbindet euch zwei in gewisser Weise.«

Darum ging es ihr also. War das wirklich ihr Ernst?

»Weißt du, Jasmina wurde in dieser Familie zu einem Heiligtum hochstilisiert. Aber, um Himmels Willen, nur nicht zu viele Fragen stellen. Versteh mich nicht falsch, ich verstehe die Trauer von Sven und seinen Eltern.« Sandra schien eine Person zu sein, die auf ihre Wortwahl achtete, nicht unbedingt zuvor bei ihrem Ausbruch, aber in den meisten anderen Fällen schon. Sie wägte stark ab, was sie sagen konnte und was nicht. »Dann kommst du daher und Sven kann auf einmal über seine Schwester sprechen. Ist bereit abzuschließen. Ach, wie lächerlich sich das alles anhört.«

Ich hatte keine Idee, was ich dazu sagen sollte, ich hoffte darauf, sie würde einfach weitersprechen.

»Ich hätte ihm so gerne dabei geholfen, aber ich habe nichts dazu beigetragen.«

»Blödsinn.« Schockiert blickte sie mich an. »Was redest du da für einen Unsinn. Die Idee für dieses Abschiedsritual kam schließlich von dir. Außerdem. Also bitte. Es ist doch gut, dass er dich nicht mit seiner toten Schwester in Verbindung bringt.« Diese Frau verwunderte mich, denn tatsächlich schien sie in einer Hinsicht ein kleines bisschen eifersüchtig zu sein. »Du weißt schon, wie ich das meine.«

Ihre Miene begann sich aufzuhellen.

»Ziemlich schräg das Ganze«, musste ich feststellen.

Mit einem Nicken und zusammengebissenen Zähne pflichtete sie mir bei.

Mir kam vor, dass sie keine Lust mehr hatte, darüber zu sprechen, oder möglicherweise war auch einfach alles gesagt gewesen. Denn auf einmal schlug sie einen versöhnlichen Ton an. »Lass uns essen. Ich bin kurz vorm Verhungern.« Sie griff nach der Stoffserviette und faltete sie auseinander.

»Was? Oh nein, das ist nicht für uns.« Abwehrend fuchtelte ich mit meinen Händen herum und wie aufs Stichwort machte ich Sven in unmittelbarer Nähe aus. »Das ist für euch«, und winkte Sven zu. Mir war es nicht in den Sinn gekommen, dass sie glauben könnte, ich würde mit ihr zu Kerzenschein und Meeresrauschen dinieren. »Ach ja, wann willst du es ihm eigentlich sagen. Oder weiß er es schon?«, fragte ich sie noch, bevor Sven in unserer Hörweite war.

Sie schien nicht zu verstehen, worauf ich hinauswollte. Mit ihren Gedanken war sie schon beim Dinner. »Was soll ich wem sagen?«

Ich deutete auf ihren Bauch.

»Woher weißt du das?« Sandra sah mich verdutzt an.

»Na ja, du streichelst die ganze Zeit schon deinen Bauch. Entweder du hast furchtbare Blähungen oder das Offensichtliche ist eingetreten.«

Farewell

Vor Sonnenuntergang fuhren wir mit dem Boot auf das Meer hinaus. Ich bestand darauf, dass Lara mitkam. Lara hingegen willigte nur ein, wenn Jakob sie begleitete. Kurz nach ihrer Ankunft hatte sie mich bereits gebeten mit ihm zu sprechen. Keine paar Stunden gemeinsam auf der Insel und sie hatten sich bereits gestritten. Lara und Jakob. Das hatte ich nicht kommen sehen. Und dennoch musste ich schmunzeln. Die beiden gaben ein gutes Paar ab.

∞

Sandra war fassungslos gewesen, als ich ihr von der Zeit auf der Insel erzählt hatte.

»Du bist einer Frau nachgestiegen, weil sie dich an deine Schwester erinnerte?«

So wie sie die Sache darstellte, klang es tatsächlich bedenklich. Dennoch hatte ich mir mehr Verständnis von ihr erwartet.

»Mit dieser Frau hast du Tage und Nächte verbracht. Was würdest du denn an meiner Stelle denken?«

Ich hatte keinerlei Hintergedanken gehabt, schließlich hatte ich in ihr Jasmina gesehen. Vielleicht hatte ich aber auch nur gesehen, was ich sehen wollte. Blicke, Gesten. Auch nach einem Jahr konnte ich noch Ähnlichkeiten erkennen, aber diese erschienen mir zunehmend blasser.

Zu der Aussprache mit Lara hatten mich Jakob und Sandra damals vor einem Jahr gleichermaßen gedrängt. »Du musst das aufarbeiten«, waren sich beide einig.

Langsam überzeugten sie mich dadurch, dass sie mir die Abläufe der Ereignisse vor Augen führten. Schon auf der Insel hatte ich gewusst, dass das Ganze etwas verrückt war. Aber ich konnte Lara einfach nicht von meiner Schwester erzählen. Bei der Hochzeit war es vollkommen aus dem Ruder gelaufen.

»Wenn du es schon nicht deinetwegen machst, dann bring wenigstens den Mumm auf, Lara die Sache zu erklären.« Jakob spie mir diesen Satz regelrecht ins Gesicht.

Das Treffen mit ihr wirbelte noch einiges auf. Meine Schwester und Lara trafen nicht nur beim Studium aufeinander, sondern waren auch befreundet. Es war eine kleine Erleichterung, als ich erkannte, dass es zu dieser Zeit mehr als nur dieses zugedröhnte Pack gab, welches nicht zwischen Schlaf und Bewusstlosigkeit unterscheiden konnte. Lara spielte nur eine kleine Rolle in der Geschichte. Aber diese war umso wichtiger für mich. Das musste Sandra, aber vor allem auch Jakob akzeptieren.

Als ich Jakob mit der Idee überfallen hatte, dass ich

auf die Insel mitkomme, war er ganz und gar nicht erfreut darüber gewesen. Dass Sandra sich uns anschließen würde, beruhigte ihn zumindest etwas. Mit der Rückkehr auf die Insel sollte sich der Kreis schließen. Sandra schlug ein Abschiedsritual vor, mehr für meine Eltern und mich als für Jasmina. Beim Begräbnis waren wir mit Beruhigungsmitteln vollgepumpt gewesen und haben kaum noch Erinnerungen daran. In Wahrheit wollte ich mich auch gar nicht daran erinnern.

∞

»Sei doch so lieb und sprich ein paar Worte auf dem Boot.«

Mir blieb ein Kloß im Hals stecken. Was verlangte meine Mutter da wieder von mir.

Sandra sprang für mich ein. Sie erklärte meinen Eltern, dass es als stille Zeremonie geplant war. So konnte jeder auf seine Art von Jasmina Abschied nehmen.

In Wahrheit wollte sich Sandra nicht vorstellen, was auf offenem Meer passiert, wenn der Name meiner Schwester laut ausgesprochen wird. Sehr oft wurde sie Zeugin, wie jemand fluchtartig den Raum verließ, nur wenn wir ansatzweise auf Jasmina zu sprechen kamen. Die Tränen, die nach ihrem Tod und beim Begräbnis ausblieben, suchten sich die Jahre danach in den unpassendsten Situationen ihren Weg nach außen.

Ja, es wurde also dringend Zeit, Abschied zu nehmen und Auf Wiedersehen zu sagen.

An die Reling des Bootes gestützt, sah ich der untergehenden Sonne entgegen. Hinter mir vernahm ich abgehackte Schluchzer, die aus dem Mund meiner Mutter kamen.

Jasmina, meine kleine Schwester. Beinahe ein Jahrzehnt nachdem du diese Erde verlassen hast, fühle ich dich noch immer in meiner Nähe. Ich frage mich, was aus dir geworden wäre. Was aus uns geworden wäre. Dann kommt diese Wut in mir auf und nach wie vor möchte ich es nicht akzeptieren, dass es dich nicht mehr gibt. Da stelle ich mir vor, du hättest deinen Tod nur vorgetäuscht, springst aus einer Versenkung und schreist: *Ha ha, reingelegt*. Ich wäre wütend auf dich, aber am Ende auch einfach nur glücklich.

Kannst du dich an deine Freundin Lara erinnern? Auf der Insel, die hinter uns liegt, habe ich sie kennengelernt. Was für eine verrückte Geschichte! Das sind ihre Worte, nicht meine. Dabei starrt sie direkt an mir vorbei und schüttelt dabei den Kopf. Ich bin immer geneigt, diesem Blick zu folgen, um dann zu entdecken, dass da gar nichts ist.

Das Ganze - die ganze verrückte Geschichte hat mir gezeigt, dass ich abschließen muss. Oder haben mir das nur die anderen eingeredet. Warum denn abschließen? Das ist doch grausam. Ich kann dich doch nicht einfach so aus meinem Leben verbannen, du gehörst ja dazu. Nur in der Trauer kann ich dir nahe sein, war ich überzeugt. Wenn ich aufhöre zu trauern, dann verschwindet Jasmina ganz, rief eine Stimme in meinem Kopf. Schließlich bemerkte ich, dass ich gar nie richtig zu trauern begonnen hatte. Deinen Verlust habe ich beklagt, aber wie viele Tränen habe ich all die Zeit zurückbehalten. All diese Tränen weine ich heute. Vor dir. Vor Menschen, die mich nicht aufgegeben haben, obwohl ich sie sehr verletzt habe. Wegen ihnen stehe ich heute hier. Aber auch wegen mir, weil ich weiß, dass es an der Zeit ist, dich loszulassen. Loszulassen und dich im Herzen zu behalten.

Das hörte sich so einfach an. Aber das war es nicht, es ist eine harte und schmerzliche Aufgabe. Ich nahm die Blumenkette, die um meinen Hals baumelte, legte sie ins Meer und sah zu, wie sie von einer Welle stückweise davon getragen wurde. Die anderen machten es mir nach, zuerst meine Eltern, dann Sandra und Jakob. Am Ende stand da Lara. Obwohl ich von Traurigkeit erfüllt war, musste ich innerlich lachen, was mir die Tränen nur umso mehr in die Augen trieb. Lara im kurzen Jumpsuit.

»Das war ein Zeichen!«, hatte sie vor der Abfahrt mit dem Boot behauptet. »Das Teil hing im Schaufenster von Jasminas Lieblingsboutique.«

Liebe Jasmina, du hast uns alle zusammengebracht. Du wirst immer meine Schwester bleiben und solange ich lebe, bleibst du unvergessen.

Die Hochzeit

Mit der Stylistin eilte ich zu Emmas Bungalow, wir waren schon ziemlich spät dran. Erst als sie den Lockenstab hervorgeholt hatte, bin ich stutzig geworden, da hatte sie sich jedoch mit ihren Utensilien bereits ausgebreitet. Hastig packten wir alles zusammen und machten uns auf zur Braut.

Auf dem Weg zu ihr wurde mir erst richtig bewusst, dass ich am nächsten Tag die Insel schon wieder verlassen musste. Nicht ich alleine. Wir! Mit Jakob. Mir gingen die letzten Wochen durch den Kopf.

∞

Julia hatte mich damals nach meiner Verkündung mit großen Augen angesehen. »Ihr zieht das also wirklich durch.«

Emma seufzte. »Mann, das wäre eigentlich mein Traum gewesen«, und boxte mir liebevoll in den Arm.

Nervös hatte ich Felix' Büro betreten, ich hatte keine Ahnung, ob er meinen Plan gutheißen würde. Am Ende stand ich vielleicht sogar ohne Job da. Nun gut, er war nicht erfreut, aber er stimmte meinem Vorhaben zu.

»Und nur drei Monate? Nicht, dass du auf den Geschmack kommst und dann wird daraus gleich ein Jahr.«

»Nein, keine Sorge. Nennen wir es einfach ein Mini-Sabbatical.« Es hatte ganz den Anschein, Felix ärgere sich darüber, dass er nicht selbst auf die Idee kam, sich so eine Auszeit zu gönnen.

»Eine Pause«, wie Jakob es so oft nannte.

»Nein Jakob, keine Pause. Viel besser.«
Wir wollten uns auf neue Erfahrungen einlassen. Was Neues sehen und erleben.

»Warum um alles in der Welt möchtet ihr euch auf Bali trennen.« Julia sah mich schockiert an.

Ich sah sie entgeistert an. »Nicht trennen! Die Zeit voneinander getrennt verbringen.«
Jakob wollte die Insel hauptsächlich abenteuerlich erkunden, ich die Ruhe genießen und hatte mich in eine Art Retreat-Camp eingebucht. Als mir Jakob von seinen geplanten Canyoning-Tours berichtete und Fotos zeigte, kam ich mir unglaublich langweilig vor.

Ich versuchte Julia und Emma zu beruhigen. »Wer weiß, vielleicht treffen wir uns spontan zu Dates.«

Die zwei rasteten aus.

»Oh nein, das werdet ihr nicht tun«, wurde ich sofort ermahnt.

»Dann stelle ich nachts auf jeden Fall mein Handy aus, weil du bestimmt einen Moralischen bekommst, wenn etwas schief geht bei den Dates.«

»Das solltet ihr ja nicht mehr. Keine Dates mehr«, erinnerte mich Emma.

»Ihr habt es uns versprochen«, pflichtete Julia ihr bei. Nach dieser Schimpftirade, die ich über mich ergehen ließ, hätte ich ruhig ein wenig eingeschnappt sein können, aber diese Neider konnten mir nichts anhaben.

Gelassen zuckte ich mit einer Schulter. »Na, dann kommt mich doch auf Bali besuchen.«

Emma schnaubte, da sie ihren Urlaub bereits anders verplant hatte. Mit ihrer Hochzeit und dem Honeymoon.

Julia schien jedoch ernsthaft darüber nachzudenken und eine Woche später rief sie mich aufgeregt an. »Buch mich ein, ich komme mit.«

Stolz präsentierte sie mir am Abend ihre neue Yoga-Matte.

»Ähm, du weißt aber schon, dass es dort Matten gibt.«

»Ja. Egal. Ich will mich auf den Urlaub einfach schon mal einstimmen.«

Meine Mutter, die an diesem Abend bei mir vorbeischaute und die Szene mitbekam, schüttelte nur den Kopf. »Ihr zwei Mädels also allein auf Bali.«

»Mama, wir fahren in ein Retreat-Camp. Da ist alles sicher.«

»Man weiß ja nie, selbst bei uns sollte man als Frau nicht mehr alleine auf die Straße gehen.«

»Ach komm, was redest du denn. Du bist ja auch ganz gut alleine hier her gekommen.

»Ich meine ja nur. Man muss vorsichtig sein.«

Dann sagte ich etwas sehr Unüberlegtes. »Na dann

komm halt mit und überzeug dich selbst.«

Tatsächlich schien sie es abzuwägen, denn lange Zeit sagte sie nichts. Ich war erleichtert, als sie ablehnte. Leider tat sie dies etwas zu vehement.

»Ein letztes Mal frage ich dich! Magst du nach Bali fliegen oder nicht.«

Natürlich wollte sie.

Okay, ich ließ mir das Ganze nochmals durch den Kopf gehen. Mit Julia und meiner Mutter auf Bali. Mit der Ruhe und Langweile war es damit also vorbei. Der nächste Schrecken ließ nicht lange auf sich warten, nachdem sie die Reiseunterlagen und Informationen zum Camp erhielten.

»Lara, was heißt das, es gibt dort keinen Alkohol?«

Ich konnte Julia gar nicht antworten, weil gleich meine Mutter dazwischen fuhr. Die zwei verstanden sich für meinen Geschmack etwas zu gut.

»Du hast davon gewusst und uns nichts gesagt. Lässt uns so ein teures Camp buchen und dann gibt's dort nichts Ordentliches zum Trinken.«

Ich musste die beiden zur Vernunft bringen. »Es ist letzten Endes ein Retreat-Camp! So etwas versteht sich klarerweise von selbst.«

»Du hast gesagt, es sei ein gemäßigtes.«

Das war es auch, jedoch eines ohne Alkohol.

»Mit veganem Essen«, meine Mutter verzog ihr ganzes Gesicht, als hätte sie erfahren, dass es dort nur Ratten und Eidechsen zum Essen geben würde.

»Wisst ihr was, dann storniert euren Aufenthalt halt.

Wenn ihr für zwei Wochen auf Alkohol und Fleisch nicht verzichten könnt, ist es ohnehin nicht das Richtige für euch.«

Damit hatte ich ihren Ehrgeiz geweckt und meine Mutter hatte wieder etwas, was sie mir jahrelang vorwerfen konnte. Ich hörte sie schon sagen: »Wisst ihr noch, als Lara mich auf diese Insel verfrachtete und ich nur Körner zum Essen und Wasser zum Trinken bekam!«

Bei den Telefongesprächen mit ihren Freundinnen klang das hingegen ganz anders.

»Ja, ich fliege nach Bali!«

»Ja, ganz en vogue, Yoga und Selbsterfahrung.«

»Ja, vegan.«

»Ja, man reinigt nicht nur seinen Körper, sondern auch seinen Geist.«

»Nein, um Himmels Willen, keinen Alkohol. Ist ja nicht Mallorca.«

»Wow, wir werden das also tatsächlich tun.«

Nachdem ich die Einzelheiten mit Felix geklärt hatte, gab es kein Zurück mehr. Wir stellten eine große Reiseroute zusammen, die uns von Sri Lanka, über Indonesien, und weil wir schon mal in der Nähe waren, nach Australien führen sollte.

»Wer weiß und im nächsten Jahr nehmen wir uns dann andere Kontinente vor.« Das war keine Frage, die mir Jakob da stellte.

Bei der Vorstellung hatte ich meine Zähne aufeinander gepresst bis mir mein Kiefer schmerzte. »Lass uns mal diese Reise machen«, versuchte ich ihn in seiner Euphorie zu bremsen.

Schnell hatte ich bemerkt, dass mein Budget rasch erschöpft war, wenn wir ausschließlich in vier Sterne-Häuser nächtigen hätten wollen. Jedoch hatte Jakob zum Glück ein wenig Erfahrung mit Backpacking. Mit Emmas Hilfe ergab sich eine gute Mischung zwischen Individualität, die einigermaßen sparsam war, gesprenkelt mit einem kleinen bisschen Luxus.

Dennoch war mir ein wenig mulmig zumute. Emma versuchte mich zu beruhigen. »Ach Lara, denk doch nur an die Absteigen, in denen wir mit Anfang Zwanzig gehaust haben.«

Ich erinnerte mich an unsere Trips nach Spanien und Griechenland. Ausgestattet mit Zelt und Schlafsack waren wir bereit für ein Abenteuer. Letzen Endes hatten wir uns dann doch für die Übernachtung in Hotels entschieden. Manche davon waren so schäbig gewesen, da hätte uns ein steiniger Boden wesentlich mehr Komfort geboten. Mit Schrecken erinnerten wir uns an diese Bleiben zurück und sind noch heute verwundert, dass wir uns nicht irgendwelche Krankheiten eingefangen oder Wanzen mit nach Hause gebracht hatten.

∞

»Was wohl unsere Eltern dazu sagen würden, wenn sie uns hier so sehen würden«, höre ich Emma noch heute sagen, bewaffnet mit einer eingerollten Zeitschrift auf die nächste Kakerlake wartend.

Im Stillen dachte ich mir, es war gut, dass sie keine

Ahnung hatten und ließ meinen Blick durch das kleine spanische Hotelzimmer streifen. »Weißt du was, ich habe eine Idee.«

Ich zerrte Emma in ein Fünf-Sterne-Hotel, welches ich vom Strand aus entdeckt hatte. Das Hotel war so luxuriös und exklusiv. Es hatte sogar einen extra abgetrennten Bereich am Strand, jeglicher Blick hinein wurde einem verwehrt. In der Lobby, die wir von der Straßenseite betraten, hatte ich sofort den Kiosk mit dem gesuchten Kartenständer entdeckt. Postkarten mit Strandaufnahmen aus allen möglichen Perspektiven, Karten mit den Attraktionen der Insel oder mit Surfern und leichtbekleideten Frauen.

»Was suchst du eigentlich?«

»Warte noch.« Ich drehte den Ständer und als ich jene Karte fand, die ich gesucht hatte, streckte ich sie Emma direkt vor die Nase. »Da! Die schicken wir unseren Eltern.«

Auf der Karte war das schicke Hotel abgebildet, in welchem wir uns gerade befanden. Somit würden erst gar keine Sorgen bei unseren Eltern aufkommen. Dass die Karte jedoch beinahe zeitgleich mit uns ankam, daran hatten wir wieder nicht gedacht. Meine Mutter hatte die wunderschöne Postkarte einen Tag vor unserer Rückkehr erhalten. Der Inhalt war stets derselbe: Liebe/Lieber [Name, Mama, Papa, Oma, Opa], du solltest sehen, wie schön es hier ist. Das Hotel ist sauber, das Essen ist gut und die Menschen sind freundlich. Sonnige Grüße, dein/e [Name]. Mehr passte ja auch gar nicht auf so eine Karte.

Braun gebrannt, hatten wir nach unserem Urlaubstrip am Ankunftsterminal auf meine Mutter gewartet. Sie war mit dem Auto vorgefahren und erst als wir merkten, dass sie zur Begrüßung nicht aussteigen würde, verfrachteten wir verdutzt unser Gepäck im Kofferraum.

»Hey, Mama.«

Doch mehr als ein Murren war für uns nicht vernehmbar.

Mit grimmiger Miene und mit beiden Händen das Lenkrad umklammernd, setzte sie Emma bei zu Hause ab. Emmas freundliche Verabschiedung blieb genauso wie ihre Begrüßung unkommentiert. Es herrschte eine eisige Stimmung, wortlos teilte ich Emma mit, dass ich keine Ahnung hatte, was meiner Mutter nicht passte.

Nach wenigen Minuten war mir der Kragen geplatzt. »Kannst du mir sagen, was mit dir los ist?«

Zuerst meinte sie nur so: »Was! Wieso? Was soll mit mir los sein?«, zuckte dabei mit den Schultern und wirkte auf mich wie ein Hühnchen, das sich an einem Korn verschluckt hatte. Gack-ack-ack ackack-ack.

Die Hoffnung bereits aufgegeben, blickte ich aus dem Fenster, dann ging es los. Dann ging es erst richtig los.

»Was zum Teufel ist euch da nur eingefallen.«

Keine Ahnung, wovon sie sprach.

»Wessen Idee war es. War es deine? Ach, es war bestimmt deine Idee.«

Ich hatte keine blassen Schimmer, auf was sie hinauswollte. Meine Mutter. Sie wusste gar nicht so recht, ob sie auf die Straße oder mich angucken sollte.

»Und wie viel das erst gekostet hat, davon spreche ich

erst gar nicht. Das möchte ich erst gar nicht mal wissen.«

Sie dürfte jedoch gemerkt haben, dass sie mir eigentlich gar nicht in die Augen sehen wollte, deshalb sah sie wieder auf die Straße. Auf die Straße konzentrieren, wäre zu viel gesagt gewesen. Ob ihr klar war, dass sie mit knapp neunzig Kilometer die Stunde durch das Stadtgebiet raste?

»Pfui!«, spie sie zum wiederholten Mal aus.

Zuerst hatte mich ihr Ausbruch erschrocken und ich dachte angestrengt nach, ob ich unbemerkt in mein Bett gemacht hatte und der Haufen nun eine Woche vor sich hingammelte. Denn ich konnte mir ihr Ausrasten einfach nicht erklären. Doch Lachen war dann auch die falsche Reaktion gewesen.

Als sie endlich den Wagen anhielt, deutete sie mit ihrem nackten Zeigefinger direkt in mein Gesicht. »Du bleibst bei deiner Großmutter.«

»Kannst du mir vielleicht mal erklären, was ich überhaupt getan habe?« Und überhaupt! Wow, eine echte Bestrafung! Ich muss zu meiner Großmutter. Sarkasmus off. Zudem erklärte ich ihr, dass ich ab Herbst wieder meine Studentenbude beziehen kann und ohnehin nicht vorhatte bei ihr zu wohnen.

»Die zahle ich dir nicht.«

»Dann bezahlt sie mir eben Papa.«

»Wenn ich ihm erst davon erzähle, dann bekommst du keinen Cent mehr von ihm.«

Ich hatte sie angefleht mir endlich zu sagen, was. Was ich angestellt hatte!

Es kostete sie eine große Überwindung, mit mir

darüber zu sprechen und sie sah mich keine Sekunde lang dabei an. »Dieses Hotel. Auf deiner Postkarte. Dieses schöne Hotel, dachte ich zuerst. Ein Vermögen muss eine Nacht darin kosten.« Meine Mutter sprach abgehackt. »Ich recherchierte. Im Internet.«

Nein, tatsächlich, im Internet! Gar nicht im Telefonbuch? Sie nervte mich schon so dermaßen, aber ich sagte kein Wort.

»Der Schlag traf mich, als ich sah, was eine Nacht tatsächlich kostet. Doch das war nicht alles.« Wieder so eine nervtötende Pause. »Ach, was rede ich. Du weißt doch selber besser, wie alles abgelaufen ist.«

Mit gespielter Aufrichtigkeit und lieblich zwinkernden Augen hatte ich sie gebeten weiter zu sprechen.

Ihr war anzusehen, dass sie mit sich selbst kämpfte, sie wollte darüber sprechen und gleichzeitig schien es ihr auch furchtbar unangenehm zu sein. »Lara, ich weiß, dass das ein FKK-Hotel ist.«

Ups, das hatte ich nicht geahnt. Wobei, was spielt sie sich deshalb so auf? So prüde hätte ich meine Mutter gar nicht eingeschätzt.

»In einem Forum wurde darüber berichtet, wie ein junges Mädchen sich Zutritt zu einer Suite verschaffen kann. Es war nicht leicht an diese Informationen zu kommen. Mehr durch einen Zufall kam ich darauf. « Sie schüttelte nur den Kopf. »Oh Lara, ich habe die Zimmerpreise gesehen und ich kenne deinen Kontostand.« Sie sah mich ungläubig an. »Wie konntest du nur!«

Jede weitere Einzelheit musste ich ihr buchstäblich aus der Nase ziehen. Ihre Willigkeit und Ernsthaftigkeit mussten junge Frauen lediglich dadurch kundtun, dass sie sich direkt vorm Hotel auf ein rotes Badetuch setzten. Das linke Bein angewinkelt. Ich nahm an, rote Strandtücher waren nicht allzu selten und es war zu Missverständnissen gekommen.

»Was glaubst du nur von mir!« Sie hätte es verdient gehabt noch weiter in der Gewissheit zu leben, dass ihre Tochter für ein sauberes Hotellacken wohl alles tat. Wobei hätten wir das schon während unseres Urlaubs gewusst, wer weiß, hätten wir uns möglicherweise statt der Postkarten rote Strandtücher gekauft.

Meiner Mutter blieb der Mund sperrangelweit offen stehen.

»Das war ein Scherz. Halt dich in Zukunft vom Internet besser fern. Wenn du schon der Meinung bist, dass das krass ist.«

Das half auch nicht, ihren Mund bekam sie nicht so schnell wieder zu.

∞

»Nicht weinen, Emma, nicht weinen, die Schminke.«

Ein Lachkrampf überfiel sie und sie hätte gerne etwas gesagt, aber es kamen aus ihr nur Glucks-Geräusche. Die Stylistin stand stocksteif in der Nähe der Tür und sah, wie ihre Arbeit der letzten Stunde den Bach hinunter ging. Oder sie fürchtete auch nur, wir hätten etwas Ansteckendes, weil wir uns auf dem Bett vor Lachen krümmten. Leider konnte ich ihre Sprache nicht, ansonsten hätte ich vermutlich ihre Gedanken hören können.

»Die Geschichte ist einfach zu gut. Ich habe so lange nicht mehr daran gedacht.« Emma versuchte sich zu beruhigen, atmete konzentriert ein und aus, fächerte sich Luft zu. Die Versuche wurden durch unberechenbares Gekicher jäh durchbrochen.

Meine Mutter hatte es damals wirklich übertrieben. Da werde ich mir mit ihr auf Bali einen Spaß gönnen. Julia weihe ich natürlich ein. »Aber natürlich, Mama, die Klamotten müssen an der Rezeption abgegeben werden. Ich dachte echt, ich hätte es erwähnt, dass das ein Nudisten-Hotel ist.« Du meine Güte, am Ende gefällt es ihr sogar noch. In den letzten Jahren wurde sie zunehmend lockerer.

Emma warf einen Blick in den Spiegel. »Lara, wie konntest du nur. Ich werde heiraten. Wenn ich bei meinem Gelübde einen Lackkrampf bekomme, dann bist du daran schuld.« Sie setzte einen bösen Blick auf, sie fokussierte sich, bis schließlich erneut Tränen aus ihren Augen traten, der nächste Lachanfall ließ nicht lange auf sich warten.

»Lara, ich bitte dich.«

»Ich mach doch gar nichts.«

»Lara! Ich werde heiraten.«

Wir konzentrierten uns aufs Atmen und hielten uns gegenseitig an den Unterarmen fest. Ich kam mir vor wie bei einem Geburtsvorbereitungskurs. Ob sie zunehmend Fassung erlangte oder verlor, wusste ich nicht so recht zu sagen. Emmas Hochzeit stand kurz bevor.

Sie sah brabbelnd durch mich hindurch. »Ich werde heiraten.«

Auf mein Zeichen hin, nahm der Mann mit der Ukulele seine Stellung ein. Ein sichtlich nervöser Herbert wartete neben zitternden Palmwedeln und einem geschmückten Blumenbogen aus Orchideen.

»Wo seid ihr denn so lange geblieben?« Jakob zischte mich leise an und sah sich suchend um. »Wo ist Emma?«

Wir waren keine zehn Minuten zu spät, jedoch musste es sich für Herbert wie eine Ewigkeit angefühlt haben.

»Sie ist hinter den Palmen, Jakob. Los, los. Ab nach vorne mit dir.«

Herbert sah mich fragend an und erst als ich mit dem Daumen nach oben zeigte, ließ seine körperliche Anspannung nach und er nahm wieder eine annähernd gesunde Haltung ein.

Zum Einzug von Emma ertönten harmonische Klänge von der Ukulele. Vom Wind wurden diese eingefangen. Das sanfte Rauschen des Meeres im Vordergrund und das der Blätter der Palmen im Hintergrund machten die Melodie perfekt. Emma trug ein langes weißes Kleid. Schulterfrei. Auch Herbert war nicht zu verachten. Gerade bei seiner Hochzeit wirkte er für seine Verhältnisse leger gekleidet. Weiße Shorts, die ihm knapp bis zum Knie reichten und ein langärmliges weißes Hemd. Jakob und ich waren in einem dezenten Blau gekleidet. Die Befürchtung, wir könnten bei Fotoaufnahmen vorm Meer geradezu verschluckt werden, war nicht vollkommen unberechtigt gewesen. Eines hatten wir alle gemeinsam. Wir steckten mit unseren Füßen barfuß im Sand. Von dem Zeitpunkt an, als ich bei meiner Ankunft aus meinen Sandalen geschlüpft war, hatte ich keine Schuhe mehr getragen. Erst am nächsten Tag würde es wieder soweit sein. Wenn wir die Insel verließen und die nächste ansteuerten. Doch zuerst würden wir noch feiern.

In diesem Augenblick wurde die Honeymoon-Suite, die nur per Boot erreichbar war, für das glückliche Brautpaar vorbereitet. Einige Hundert Meter von uns entfernt stand alles für den Sektempfang bereit. Auf Emmas und Herberts Einladung hin warteten Sven, seine Eltern und Sandra bereits dort auf uns.

Wie uns die Zufälle des Lebens auf dieser Insel zusammenführten. Noch immer war es schwer für mich, das alles zu verstehen. Und doch hatte ich ein gutes Gefühl dabei.

Vor meiner Abreise hatte mir Julia fest in die Augen gesehen. »Bitte versteh das jetzt nicht falsch, aber ich habe dich, seit wir uns kennen noch nie so zufrieden erlebt wie in der letzten Zeit. So glücklich.«

Ich konnte mit dieser Feststellung nicht besonders viel anfangen. Im ersten Moment. So stark hatte ich mich in den letzten Monaten doch gar nicht verändert. Ich war immer noch dieselbe, nur habe ich mich entschieden mutiger zu sein und mich nicht mehr hinter Ausreden zu verstecken.

Jakob fing meinen Blick auf und erinnerte mich daran, die Ringe griffbereit zu halten. Die Zeremonienmeisterin hatte die beiden gerade aufgefordert ihr Gelübde vorzutragen. In ihren Worten lag so viel Liebe, Aufrichtigkeit und Vertrautheit. Sie rührten mich.

»Ob ich mich in der ersten Minute in dich verliebt hatte? Es geschah in der ersten Sekunde.« Herbert war sich da also sehr sicher gewesen und er hatte nicht locker gelassen.

»Wenn man es weiß, dann weiß man es. Vielleicht nicht in der ersten Sekunde«, hob Emma ein wenig schelmisch hervor und wir mussten alle schmunzeln. Sie hatte es damit geschafft die vor Kitsch triefende Stimmung ein wenig aufzulockern, bevor sie mit gewohnter Ernsthaftigkeit fortfuhr. »Aus den guten Zeiten schöpft eine Beziehung Kraft. Erst in der Art des Umgangs mit den schweren Stunden findet sie ihre Bestätigung.«

Mit den Ringen trat ich vor die beiden hin. Herbert bedachte mich nur kurz mit seinem Blick, er tat alles um nicht gleich loszuheulen. Emmas Augen glänzten. Sie streiften sich die Ringe über ihre Finger und sahen dabei sehr glücklich aus.

Der Mann mit der Ukulele stimmte das nächste Lied an und sang dazu eine herzzerreißende Version von *Love me tender*.

Schon eine Weile sahen Jakob und ich uns über das frischvermählte Paar hinweg an. Unsere ganze Aufmerksamkeit hätte eigentlich den beiden gelten sollen. Aber wir konnten nicht anders.

Lautlos, nur sein Mund bewegte sich, flüsterte er mir drei Worte zu.

Jakob lächelte mich sanft an und wartete.

Ich hingegen wartete darauf, dass ich mit meinem Zitronengesicht den Moment zerstören würde. Wie immer konnte es sich unwillkürlich über mein Gesicht stülpen, ich hatte keinerlei Kontrolle darüber. Innerlich verabschiedete ich mich von dem Anblick eines glücklichen Jakobs. Wieder mal würde ich die Stimmung ruinieren. Doch mein Gesicht verkrampfte sich nicht. Selbst die Vorstellung, direkt in eine Zitrone zu beißen, löste nichts in mir aus.

Stattdessen kamen mir ebenfalls drei Worte - langsam und bedacht - über meine Lippen: »Ich dich auch.«